17세기 호란 시 경상도 한 의병장의 기록

역주 譯註 창의록 倡義錄

역주자 **신해진**(申海鎭)

경북 의성 출생
고려대학교 국어국문학과 및 동대학원 석·박사과정 졸업(문학박사)
현재 전남대학교 인문대학 국어국문학과 교수

저역서 『한국고소설의 이해』(공저, 박이정, 2008)
『조선후기 몽유록』(역락, 2008)
『권칙과 한문소설』(보고사, 2008)
『서류 송사형 우화소설』(보고사, 2008)
『역주 내성지』(보고사, 2007)
『조선조 전계소설』(월인, 2003)
『한국 고수필문학』(월인, 2001)
『조선후기 가정소설선』(월인, 2000)
『역주 조선후기 세태소설선』(월인, 1999)
『조선후기 우화소설선』(공편, 태학사, 1998)
『조선중기 몽유록의 연구』(박이정, 1998)

이외 다수의 저역서와 논문

역주 창의록 譯註 倡義錄

초판 인쇄 2009년 1월 14일
초판 발행 2009년 1월 21일
원저자 신적도
역주자 신해진
펴낸이 이대현
편 집 이태곤·권분옥·이소희·김지향
펴낸곳 도서출판 역락
주 소 서울 서초구 반포4동 577-25 문창빌딩 2층
전 화 02-3409-2060(편집부), 2058(영업부)
팩 스 02-3409-2059
등 록 1999년 4월 19일 제303-2002-000041호
이메일 youkrack@hanmail.net

정 가 18,000원
ISBN 978-89-5556-646-8 93810

17세기 호란 시 경상도 한 의병장의 기록

역주 譯註 창의록 倡義錄

申 適 道 원저
申 海 鎭 역주

도서출판 역락

▌머리말

　이 책은, 당시에 남쪽의 '왜놈', 북쪽의 '되놈'이라 하며 하찮게 여겼던 그들로부터 국난을 당하여 몸소 겪어야 했던 한 재야사림(在野士林)이 손수 모으고 기록한 것이다. 좀 더 정확히 말하면, 17세기 조선조가 정묘년과 병자년의 호란(胡亂)을 당했을 때 양란 모두 의병활동을 한 의병장의 기록으로, 병자호란 때는 '창의일록(倡義日錄)'까지 기록되어 있다. 이 의병장은 바로 나의 12대조 호계공(虎溪公) 신적도(申適道, 1574-1663)이시다.

　호계공은, 퇴계(退溪) 이황(李滉)과 신재(愼齋) 주세붕(周世鵬)의 문하에서 연원지학(淵源之學)을 득문한 바 있는 회당공(悔堂公) 신원록(申元祿)의 손자이자, 임진란 때 의병장을 하였고 좌승지(左承旨)로 추증된 성은공(城隱公) 신흘(申仡)의 아들로 1574년 의성(義城) 도암리(陶巖里)에서 태어났다. 호계공은 조부로부터 가학(家學)을 전수받고, 또 한강(寒岡) 정구(鄭逑)와 여헌(旅軒) 장현광(張顯光)의 문하를 좇아 수학하였다. 그는 퇴계의 출처관인 '난진이퇴(難進易退; 벼슬길에 나아가는 것을 어렵게 여기고 물러남을 쉽게 여기다.)'의 영향을 받아 향촌교화와 학문수양에 매진했다.

　그런데 오랑캐라며 하찮게 여겼던 후금(後金)의 정묘호란이 일어나자, 그는 인생의 일대 전환기를 맞는다. 당시 경상좌도(慶尙左道) 호소사(號召使)였던 장현광의 천거로 54세 때 의병장이 되자, 분연히 몸을 떨쳐 일어나 우국충정을 펼쳤으나 강화가 체결되는 바람에 자신의 뜻을 이루지 못했다. 이에, 그는 화의론자(和議論者)를 공격하는 충정의 소(疏)를 올렸는데, 이 소를 본 인조(仁祖)가 매우 훌륭히 여겨 상운도찰방(祥雲都察訪)을 제수하였고, 선정(善政)을 하고 떠나자 거사비(去思碑)가 세워졌다.

한편, 청(淸)나라의 병자호란이 다시 일어나자, 의성 유생(儒生)들의 추대로 63세의 고령에도 불구하고 의병장이 되었다. 당시 조선이 겪은 치욕을 씻기 위해 감연히 일어나 구국의 대열에 앞장을 섰으나, 이 역시 화친(和親)이 맺어지는 바람에 자신의 뜻을 이루지 못했다. 이에, 청음(淸陰) 김상헌(金尙憲)과 동계(桐溪) 정온(鄭蘊)을 만나 통한의 심정을 절절히 토로한 뒤, 그는 화친을 반대하는 극언의 상소를 올리고는 통곡하며 귀향했다. 이때 호계공의 막내 아우인 난재공(懶齋公) 신열도(申悅道)도 남한산성에서 인조를 호종(扈從)하며 척화(斥和)를 주장하였는데, 뒤에 전라도 능주목사(綾州牧使)를 지냈다. 귀향한 호계공은 채미헌(採薇軒)을 짓고 산림처사(山林處士)로서 은둔하며 여생을 보냈다. 1867년(고종 4)에 이르러서야 호계공의 도학(道學)과 충절(忠節)을 기려서 이조참의(吏曹參議)가 추증되었다.

이처럼, 호계공은 성리학적 화이론(華夷論)의 입장을 지녔던지라, 오랑캐로 여겼던 후금과 청에 대한 강렬한 적개심의 발로로 의전(義戰)을 치르는 의병장으로서 활동했고, 또한 끝내 은거(隱居)라는 방식으로 청에 대한 저항의지를 나타내며 90세의 생을 마친 인물이다.

이 호계공의 문집은 목활자본 ≪호계선조유집(虎溪先祖遺集)≫ 6권 3책인데, 이 책은 그 가운데 3권(정묘호란)과 4권(병자호란)에 묶인 <창의록>을 주석하고 번역한 것이다. 곧, 양 호란의 의병장을 한 개인 창의록(倡義錄)을 완역한 것이다. 주석은 단지 어휘풀이만 하는 것에서 더 나아가 다양한 정보를 제공하고자 하였고, 번역은 직역을 원칙으로 하되 가급적 원전의 뜻을 해치지 않는 범위 내에서 의역을 하기도 했다. 비전공 분야의 글을 초역한 것이라 미진한 면이나 오류가 없지 않을 것인 바, 대방의 질정을 바란다. 다만 이 분야의 연구에 조그마한 일조라도 할 수 있다면 정녕 다행이겠다. 첨언할 것은 『의성군지(義城郡誌)』(의성군, 1998.)에 학행(學行) 11명, 유행(儒行) 25명, 효행(孝行) 9명 등 많은 선조가 등재되어 있는 가운데 호계공도 '학행'에 수록되어 있는 바, 안동대학교 퇴계학연구소가 이미

10여 년 전 호계공의 문집을 비롯하여 몇몇 다른 선조 어르신의 문집에 대해서 해제를 작성하는 등 관심을 가져준 바 있었다는 것이다. 이에 늦게나마 경의를 표하면서 감사드린다.

나는 아주 신가 26세손으로서 호계파이며, 8대 종가의 종손이다. 1960년대 중반을 전후로 하여 이제는 돌아가시고 계시지 않는 할아버지 손에 이끌려 문중 묘사를 지내러 다닌 적이 있었다. 그렇지만 할아버지 당신께서 만년에 중풍을 앓으시는 바람에 몇 번 가지 못하고 중단될 수밖에 없었다. 할아버지께서 끝내 회복하지 못하고 돌아가셨기 때문이다. 할아버지의 장례를 당시 초등학교 4학년이었던 내가 맏상주 노릇을 하면서 생부, 숙부와 함께 치렀다. 백부께서 6.25 때 전사하셨기 때문에, 나는 태어나기도 전 이미 집안 어르신들에 의해서 종손으로 내정되어 있었다. 한 가정의 장자 몫으로만 태어났던 내가 운명적으로 한 집안의 종손 역할까지 떠맡게 된 것이다. 나는 그 종손 역할을 기쁘게 받아들였고 스무 살에 청상이 되신 백모를 어머니로 지금까지 정성껏 모시면서, 돌아가신 할아버지께서 베풀어주신 무언의 가르침을 이어받아 집안의 화목을 위해 나름대로 애쓰고 있다.

그런데 작년 11월에 선조의 묘사를 지내는 문중의 여러 어르신들과 인사를 나누는 기회가 있었다. 그때, 역사적 격랑에 휩쓸려 한때 기울 수밖에 없었던 종가를 내 나름의 방식으로 일으켜 세우느라 앞만 보고 살다보니 까맣게 잊고 살았던, 기억 저편에 자리를 잡고 있던 편린들이 주마등처럼 떠올랐다. 그 누가 '보지 않으면 마음으로부터 멀어진다.'고 했던가. 잠시나마 잊고 있었던 할아버지의 따스한 손길을 느꼈고 정말 그리웠다. 정든 시골 초등학교를 멀리하고 산업박람회가 한창이던 시절에 서울로 전학하여 초등학교, 중고등학교, 대학교를 마치는 등 약 25년간 살았는데, 이 기간 동안 이룬 것도 많지만 잃은 것도 또한 많다. 나를 낳아주신 부모님

두 분은 내가 박사학위를 받는 것도 보지 못하시고 일찍 돌아가셨고, 바로 밑 남동생까지 자신의 꿈을 이루지 못한 채 스무 살에 죽고 말았기 때문이다. 연이은 혈육과의 영원한 이별은 그 무엇과도 바꿀 수가 없는 크나큰 슬픔이었다. 이 밖에 그 누구도 겪지 않았을 법한, 이루 형언할 수 없는 수많은 고난의 날들을 견디다가, 끝내 내가 소망했던 교수가 되어 전남대학교로 부임해 광주살이를 시작한 지 10년을 넘는 중이다.

살아왔던 과정이야 어찌 되었든, 자신이 소망했던 꿈을 이루었을 뿐만 아니라 나밖에 모르는 아내와 씩씩하고 믿음직한 두 아들과 함께 단란한 가정을 꾸린 지금의 나는 분명 허전해 할 것이 없어야 하렸다. 그렇지만 나는 몹시 공허감을 느낀다. 이 공허감을 왜 느끼는가? 그 이유를 이제야 조금씩 깨닫는다. 고향을 떠난 삶과 고단한 삶을 살았으니, 그것을 견디게 하는 정신적 뿌리가 보다 확고하고 튼튼해야 하는데 그렇지 않은 데서 기인한 것임을. 이 깨달음의 계기는 작년에 인사를 드렸던 문중 어르신네들의 모습에서 비롯되었던 것이다. 아니 그때 떠올렸던 돌아가신 할아버지의 가르침이었던 것이다. 그리하여 나의 정신적 뿌리를 찾기로 했다. 아주 신가의 호계파인지라, 나는 우선 호계공과의 만남을 준비하였다. 우리 현대사의 역사적 격랑을 겪으면서도 일실하지 아니하고 집에 소중히 간직하고 있던 ≪호계선조유집≫을 살폈더니, 그 3권과 4권에 걸쳐 실린 <창의록>이 눈에 띄었다. 결국 호계공의 <창의록>을 접한 계기를 장황하게 쓴 꼴이 되고 말았다. 제현들의 양해를 구하는 바이다.

약 400년의 시공간을 초월한 만남.

17세기에 치욕적인 국난을 당하여 치열하게 사신 분과 21세기를 나름대로 열심히 살아가는 그 후손이 글을 통한 만남과 무언의 대화는 참으로 흥분되고 의미 있었다. 이제 이 책을 상재하자니, 그 분께 진심으로 복배(伏拜)하지 않을 수가 없다. 또한 만남과 대화의 결과물을 나의 맏아들이 출생한 날에 간행하게 되어 더욱 뜻 깊게 생각한다. "불휘 깊은 나무는 바람에 아니 뮌다."고 했으니, 우리 후손들은 선조들이 남겨주신 정신적 자양분을 잘 받아들여 우애하고, 또 올곧게 자신의 뜻을 마음껏 펼치기 바라 마지않는다.

   끝으로 직접 편집을 맡아 아담한 책으로 태어나는 데 수고해 주신 이태곤 본부장을 비롯한 역락 가족들의 노고에 심심한 사의를 표한다.

2009년 1월
빛고을 용봉골에서
신해진 謹識

차 례

번 역

호계선조유집 권3(정묘호란)

원문과 주석

虎溪先祖遺集 卷3(정묘호란)

虎溪先祖遺集 卷4(병자호란)

일러두기

이 책은 다음과 같은 요령으로 엮었다.

1. 역문은 직역을 원칙으로 하되, 가급적 원전의 뜻을 해치지 않는 범위 내에서 호흡을 간결히 하고, 더러는 의역을 통해 자연스럽게 풀고자 했다.

2. 원문은 저본을 충실히 옮기는 것을 위주로 하였으나, 활자로 옮길 수 없는 古體字는 今體字로 바꾸었다.

3. 원문표기는 띄어쓰기를 하고 句讀를 달되, 그 구두에는 쉼표(,), 마침표(.), 느낌표(!), 의문표(?), 홑따옴표(' '), 겹따옴표(" "), 가운데점(·) 등을 사용했다.

4. 주석은 원문에 번호를 붙이고 하단에 각주함을 원칙으로 했다. 독자들이 사전을 찾지 않고도 읽을 수 있도록 비교적 상세한 註를 달았다.

5. 주석 작업을 하면서 많은 문헌과 자료들을 참고하였으나 지면관계상 일일이 밝히지 않음을 양해바라며, 관계된 여러분들께 감사드린다.

6. 이 책에 사용한 주요 부호는 다음과 같다.

   1) ( ) : 同音同義 한자를 표기함.

   2) [ ] : 異音同義, 出典, 교정 등을 표기함.

   3) " " : 직접적인 대화를 나타냄.

   4) ' ' : 간단한 인용이나 재인용, 또는 강조나 간접화법을 나타냄.

   5) < > : 편명, 작품명, 누락 부분의 보충 등을 나타냄.

   6) 「 」 : 시, 제문, 서간, 관문, 논문명 등을 나타냄.

   7) ≪ ≫ : 문집, 작품집 등을 나타냄.

   8) 『 』 : 단행본, 논문집 등을 나타냄.

번 역

호계선조유집 권3(정묘호란)

호계선조유집 권4(병자호란)

▲ 단구서원 : 경상북도 의성군 봉양면 분토리 산 25-1

虎溪公 申適道와, 그의 막내 아우 懶齋公 申悅道, 호계공의 아들 忍齋公 申埰가 배향되어 있는 서원이다. 신적도(1573-1663)는 학문과 효행이 뛰어났으며 1606년에 진사가 되었다. 정묘호란 때 의병장으로서 활동하여 祥雲道察訪에 제수되었고, 병자호란 때도 의병장으로서 활동하다 화의로 인해 뜻을 이루지 못하자 和議에 반대하는 극언의 상소를 올리고는 귀향하여 採薇軒을 짓고 은둔하였다. 신열도(1589-1659)는 문장이 뛰어나서 ≪의성지≫의 전신인 ≪聞韶誌≫를 펴냈다. 정묘호란 때 화의를 반대하고 金軍의 침략을 물리치는 데 공을 세웠으며, 병자호란 때도 남한산성에서 왕을 수행하며 척화를 주장하였다. 뒤에 전라도 능주목사를 지냈다. 이처럼 형제가 보여준 창의정신과 충의사상, 신적도의 둘째 아들 신채의 고매한 유학사상을 전승하기 위하여 1856년 서원을 건립하였다.

서/序

　'예법에 관한 일은 일찍이 들어서 알지만 군사에 관한 일은 아직까지 배우지 못했다.'고 한 것은 우리 공부자(孔夫子)의 가르침이시다. 그렇다면 싸우는 일은 유자(儒者)가 그리 힘쓸 것이 아닌데도, '전쟁에 나가 용맹을 떨치지 못하면 효가 아니라.'는 증자(曾子)의 말씀이 또한 있으니, 어찌된 일인가?

　군자는 배움으로써 도(道)를 구하나니, 시서(詩書)를 외고 읽는 것이야 당연히 해야 할 것이요, 예악(禮樂)의 조화와 질서부터 심지어 활쏘고 칼쓰는 기예와, 의례(儀禮)에서 자리를 깔고 물건들을 배열하는 법에 이르기까지 모두 익혀야 할 것들이니, 설령 달갑지 않은 바가 있다손 치더라도 그럴 겨를이 없을 것이다. 그러하지만 군자가 말하는 도는 군신과 부자의 윤리에 바탕을 두고, 부모에게 효도하고 형제에게 우애하며 임금에게 충성하고 벗에게 신의를 지키는 행실을 극진해야 하나니라. 그러므로 평소에는 부모를 편안케 모시고 임금을 높이 받드는 행위가 있고, 변고가 있을 때는 나라와 어른을 위해 기꺼이 죽는 절개가 있게 된다. 이로써 의당 임금께서는 군자를 가까이에 두실 것이니, 나라가 어려울 때면 군자는 타고난 천성적 단충(丹衷)을 발휘하고, 용맹스런 의리를 떨칠 것이다. 학문을 부지런히 갈고닦은 사람은 칼날로 삼고, 벼슬하지 못하고 묻혀 지내는 사람은 갑옷으로 삼되, 이들을 수족으로 부려 방어케 하고, 또한 외교 수완가로 담판을 짓게 하는 경우, 나라의 재난을 구하면 공훈을 세운 반열에 있고, 구하지 못하더라도 또한 강상(綱常)을 붙잡아 일으켜 세운 셈이다. 이로 보면, 싸워야 하는 뜻이 제사지내는 가운데 이미 갖추어져 있으니, 용맹을 떨치며 싸우는 것은 마땅히 충효의 일이 된다.

내가 보건대, 죽은 뒤에 이조 참의(吏曹參議)로 추증된 호계(虎溪)선생 신공(申公) 같은 분이야말로 바로 그런 분일러라. 호계공은 어려서부터 성품이 효성스러워 부모 받들기를 정성으로 하였고, 약관의 스무 살에 임진란을 겪었다. 활쏘기와 말타기를 부지런히 배우는 사람을 공은 탐탁하지 않게 여겼다. 그리하여 한강(寒岡) 정구(鄭逑)와 여헌(旅軒) 장현광(張顯光)의 양문하를 좇으면서 퇴계학(退溪學)을 사숙(私淑)하고, 만오(晚悟) 달도(達道)와 난재(懶齋) 열도(悅道) 두 아우와 함께 학문은 널리 구하더라도 몸가짐만은 예법에 따라 조심성 있게 바로하기로 형제간에 약속하니, 유생들로부터의 명망이 무성하였다.

정묘년(1627), 금(金)나라 놈들이 쳐들어와 임금이 강화도로 피신하였을 때, 생원(生員)에 불과했던 호계공은 군사를 모집하는 소모사(召募使) 여헌 선생의 천거에 의해 의병장이 되어 분연히 일어났다. 이에 벼슬하지 않던 초야의 선비도 선뜻 참여하고, 벼슬아치들도 갑옷을 입고 투구를 쓰고서, 동지들의 사기를 북돋우고 도중(徒衆)을 불러 모았다. 그 기율을 갖춘 군사들의 주밀함과 군령으로써 단속하는 엄함을 보니, 추측건대 한 무리의 군대를 이끌고서 적과 막 싸우려는 참이었다. 그러나 그때 마침 강화(講和)가 되었다며 회군하라는 어명이 있어서 호계공의 군사들은 적진을 향해 더 이상 상경하는 것을 멈출 수밖에 없었으며, 상소를 통해서 망할 나라라도 부흥시킬 방책을 철저하게 논했다. 그리하여 임금이 비로소 호계공이 어떠한 면모를 지녔는지 아셨다.

병자년(1636), 오랑캐들이 다시 쳐들어와 남한산성을 포위하고 있었다. 호계공은 그 이전에 상운도(祥雲道) 우관(郵官: 찰방)을 지내고 제릉(齊陵)·건릉(健陵) 참봉을 연이어서 지냈었는데, 하루아침에 향리인에 의해 추대되어 의병장으로서 단에 올라 군사들의 의분을 고취하면서, 약속을 엄정히 하고 기율을 매우 엄밀히 하기를 정묘년에 했던 것처럼 했다. 그리하여 의병들을 거느리고 서쪽으로 행재소를 가기 위해 간신히 남한산성 밑에 도달했을 때, 조정에서는 이미 화의(和議)를 하고 말았다. 의병들은 해산하고 돌아가자고 청했으나, 호계공은 듣지 않고 광릉(廣陵: 한양)으로 달려가서 다시 한 번 항의하는 상소를 올려 화의의 그릇됨을 정면으로 간하고는 여러 동지들과 서로 마주 보며 통곡하고 귀향했다. 이후로 호계공은 마침내 세상과 아주 등지고는 의성산림에서 삶을 마쳤다.

아! 호계공은 유자(儒者)이셨다. 군대를 양성하는 일도 들은 바 없고, 전쟁에 나가 용맹을 떨치는 것도 시험한 바가 없으셨다. 그럼에도 임금과 부모의 윤리를 밝히면서 충절과 효행을 드러내신 것이다. 나라의 위급함을 만나서 곧장 의병활동에 뛰어들고 죽음을 불사하셨는데, 마치 평소의 일인 듯, 그 당시 당연히 해야 하는 일인 듯 그리하셨으니, 그 의로움은 정녕 위대한 것이다. 또 두 번에 걸쳐 일으켰던 의병활동이 비록 결실을 거둔 것은 없다손 하더라도 마땅히 그 경위만은 후세에게 알려야 하리라. 호계공이 올린 두 번의 상소문에는 국가를 돕고 앞을 내다보는 식견이 있었으니, 천하에 인륜의 떳떳하고 변하지 아니하는 도리를 보여준 뜻을 추어올려야 하겠거늘, 그 방안을 어찌해야 하겠는가? 그래서 호계공이 손수 찬한 정묘년과 병자년 호란 때의 창의록을 당시 관아의 문첩절목(文牒節目)에 따라 차례를 정하고 배열하였더니 자못 상세하다. 헌데 책머리의 '소지(小誌)'에 보람이 전혀 없다거나 나라를 저버렸다는 말이 보이니, 아마도 호계공이 평소의 포부가 남들과 달랐기 때문이리라. 창의한 것이 헛된 것으로 되었거니와, 하소연한 것들이 빈말이 되고 말았으니, 이것이 유록(遺錄)에 한으로 깃들어 있는 것이거니와 또한 조선의 뜻있는 선비의 눈에 눈물이 나는 까닭이리라.

고종(高宗) 임금께서 정묘년(1867)에 암행어사가 채문(採聞)한 것을 들으시고 도학(道學)과 충절(忠節)을 겸비했다 하여, 마침내 호계공에게 천관우시랑(天官右侍郎)을 증직하고, 그 후손들에게도 감격스럽게 임금의 은혜가 내려졌다. 이에, 후손들은 호계공이 벼슬하지 않고 지낸 뜻을 더욱 천명하고자, 책상자에 오래 동안 간직했던 조금 낡은 문집 몇 권과 그 밖에 정묘년과 병자년의 호란을 기록한 별책 한 권을 꺼내놓고는, 장차 오래도록 전하려 한다면서 나에게 서문을 부탁하여 창의록에다 한 마디 썼노라. 그윽이 생각건대, 호계공은 당대의 사표이니 우러르지 않을 수 없다. 특별히 정묘년과 병자년 호란의 일을 공개하여서, 예법과 군사가 다르지만 더러는 상수(相須)하는 의미가 있음을 살피도록, 여러 후손들에게 알리지 않을 수 없어 이 글을 썼느니라.

무진년(고종5, 1868) 음력 10월 하순 문소(聞韶) 김대진(金岱鎭) 삼가 씀.

간략한 기록/誌略

나는 정묘호란 때 여헌(旅軒) 장현광(張顯光), 우복(愚伏) 정경세(鄭經世) 두 어른이 천거하여 외람되이 의성현(義城縣)의 의병들을 규합하는 우두머리가 되었는데, 의병군이 출정하여 도착하기도 전에 화의(和議)가 체결되어 이미 오랑캐들은 물러가버렸다.

저 병자년에 호란이 다시 일어났을 때, 북쪽으로 말머리를 돌려 죽음으로써 적과 싸울 방안을 강구하여 행재소(行在所)에 달려갔더니, 임금은 항복하기 위해 벌써 남한산성에서 내려오시고 말았다. 이에, 사서(沙西) 전식(全湜)을 비롯한 여러 사람들과 서로 마주보며 통곡하다가 귀향했다.

매번 한 가닥의 생각이 이를 적마다 분통이 치밀어 죽고만 싶다. 이제 이렇게나마 전후사(前後事)와 대소사(大小事)를 주워 모으니 한 통(通)의 기록이 되었고, 또 당시에 썼던 일기와 의병의 단결조목(團結條目) 등을 뒤에 덧붙였다. 이는 후손들이 조상들의 보람이 없었던 의병 명성과, 시종일간 나라를 저버린 죄가 이와 같았음을 알게 하고자 한 것이니라.

고을의 선비들에게 알리는 글/通諭—鄕士友文

오호라! 국가의 변란은 어찌 차마 말하랴. 왕궁(王宮)이 강화도로 옮겨가니, 종묘사직(宗廟社稷)이 고립무원(孤立無援)의 지경이라. 200년 예의의 나라가 하루아침에 오랑캐들에 의해 유린되었도다. 작금의 신하된 자로서 누구인들 한 번 죽기를 바라는 마음이 없을까만, 의분에 복받치는 뜻을 지닌 선비들과 의리 있는 독서한 사람들임에랴.

오호라! 이 못난 사람이 본디 형편없는 자질을 지녔지만, 나라가 태평할 때는 기왕에 잘못된 일을 바로잡아 구제하지 못했을 바엔, 지금이라도 나라의 어려움에 충성을 바치려하오. 이 세상에 태어난 후손들로서 아주 굉장히 치욕스러움을 모르는 것이 아닐 것이오. 그러나 다만, 떳떳한 마음으로 임금에게 충성을 다하는 것은 하늘에서 타고나는 것이로다. 그렇지만 물고기냐 곰발바닥이냐 하면 곰발바닥을 선택하듯 삶과 죽음의 선택에서 의로운 죽음을 선택하리라는 맹자(孟子)의 가르침을 들었는지라, 일찌감치 신하가 임금을 위해 죽어서 충효를 다하는 것이 당연히 해야 할 일이라는 것을 알 것이오.

지금 임금님이 위험에 처하여 죽을지도 모를 지경이 저와 같으니, 신하된 자로서의 마땅히 하여야 할 본분은 바로 몸을 떨치고 일어나 곧장 의병활동에 뛰어드는 것에 달렸는지라, 진실로 조심스러워하고 움츠리며 물러나 있을 처지가 아닌 것이오. 이렇게 눈물을 뿌리며 의병장으로서 우리 고을 선비들에게 알리노니, 나와 뜻을 같이하는 사람들은 각각 스스로 분발하고 힘써서 기어이 실효(實效)를 거둘 수만 있다면 퍽 다행이겠노라.

두 번째 알리는 글/再諭文

오호라! 우리가 지금 국가의 변란을 당하여 무릇 충성스런 울분이 들끓고 적개심으로 가득한 자로서 누구인들 몸을 떨쳐 한 번 죽기를 바라는 마음이 없을까만, 평소에 책을 읽은 사람임에랴. 의리지학(義理之學)을 궁구(窮究)하여, 죽고 사는 것에 대한 자기의 분수에 알맞은 정도를 분별할 수 있을 것이니, 공명이야 헌신짝처럼 여기고 몸을 바치되 다만 위로 향하는 충성만 있을 따름이라.

이 못난 사람이 본디 이러한 도리를 아는지라, 국가의 근심거리가 생긴 때에 충성을 바쳐서 만에 하나일지라도 나라를 근심하는 지극한 정성을 이루고자 하노라. 그러나 작금에 적의 세력이 너무나 치성(熾盛)하여서 적은 수의 무리가 진실로 가히 큰 무리를 대적하지 못한다고 한다면, 비록 불타는 들판의 불길과 같은 울화는 누를 수 있을지라도, 그럼에도 두려운 것은 한 잔의 물로 수레에 실린 장작더미의 불을 막는 것처럼 우리의 힘으로 나라를 구하기가 어려울까 하는 것이니, 어찌 홀로 우두커니 서 있을 수 있으랴. 개미새끼나 하루살이 한 마리와 같은 미미한 구원조차 전혀 없더라도, 미처 어찌할 사이 없이 매우 급작스런 위급한 때에 모두 함께 힘을 쏟으면 그래도 국가적 어려움을 극복할 수 있으리라.

이에 눈물을 훔치면서 의병장이 되던 날 이미 고을의 선비들에게 알리는 글을 보냈도다. 원컨대, 우리 고을의 뜻을 같이하는 모든 선비들과 함께 온 힘을 다해 난국을 헤쳐 나가서 우리의 200년 종묘사직을 보존할 책임을 수행할 수만 있다면, 마땅히 각자는 주창하는 데 힘쓰기를 겨를이 없어야 할 것이라. 어찌 감히 우물쭈물 물러서며 움츠리는 것이 이 같을 수 있단 말인가? 바라고 바라기는 여러 군자들이 다시 알리는 뜻을 깨달아 모이는 것이니, 같은 목소리로 호응하는 자가 있다면 퍽 다행이겠노라. 정녕 다행이겠노라.

세 번째 알리는 글/三諭文

　오호라! 삼천의 무리가 마음이 똑같기 참 어렵다. 까닭에 예부터 출정할 때면 군사들과 맹서하는 법이 있었으니, 간혹 한두 번에서 세 번까지도 했었다. 맹서를 두세 번 하고도 명을 따르지 않는 자는 나라에서 정한 형벌이 있었으니, 지금 나라가 환란을 만나서 임금이 몽진(蒙塵)함에랴.

　무릇 신하된 자로서의 도리는 진실로 단 하루라도 마음과 정신이 편안해서는 옳지 아니한지라, 못난 내가 여러 번 알리는 지경에까지 이른 것이라. 하나같이 충성스런 울분과 불의에 대한 분노에서 일어났다지만, 의병을 제대로 통솔하지 못하고서는 그 허물이야 용서하면 그만이라고 어찌 말할 수 있겠는가?

　만일 이 세 번째 글이 널리 알려진 후에도 나와 뜻을 같이하는 사람들이 여전히 그냥 우두커니 바라보기만 하고 불응한다면, 먼저 내 자신이 달려가서 나라의 위난(危難)을 피하지 아니하리라. 그러나 후에는 마땅히 임금께 아뢰어서 신하의 분수를 저버린 죄를 다스리도록 하되, 다시금 충분히 취조(取調)하고 처벌을 분명히 하여서 일 처리가 공정하다면 퍽 다행이겠노라.

각 면의 고을 모속유사들에게 알리는 글/

諭各面募粟有司文

　곡식을 모으는 것은 마음을 다해 거행해야 할 일이오. 작금에 국가가 불행하게도 오랑캐의 침입을 당했으니, 이는 관원이든 백성이든 대단히 통분하는 것이라 어찌 이루 다 말할 수 있으랴. 의병활동은 신하로서의 도리로 그만둬라 하여도 그만둘 수 없는 것이라.

　먼저 우리 의성현(義城縣)의 각 면(面)은 유사(有司)를 선정하여 앞장서서 곡식을 거두어 감독하도록 해야 하오. 그래도 군량미는 갑자기 신속히 조달하기가 어려울 것이오. 만일 혹 적의 세력이 불꽃처럼 성하여 우리 군사가 오래라도 대치하게 되면, 나중에 쓸 군량미를 미리 조처해두지 않으면 아니 되느니. 이에, 각 면 지역은 모량도감(募糧都監)을 가려 뽑아 군사에 관한 일을 힘쓰도록 해야 할 것이오. 또 향교(鄕校)·서원(書院)·향소(鄕所) 및 높고 낮은 벼슬아치 등과도 함께 의논하여 알아듣게 잘 타일러서 원하는 대로 힘껏 그들 각자가 두곡(斗斛)의 곡식을 내게 하여 만에 하나 필요한 군량미를 대비해야 하오. 그리고 각 유사는 있는 정성을 다하게 하되, 다만 그 많고 적음을 마땅히 참작하여서 전문(轉聞)하여 처리하도록 하라. 아울러 이러한 뜻으로서 착실히 시행할 일이므로 유시(諭示)하는 바이라.

덧붙이는 기록/後錄

하나. 각 면의 유사(有司)는 마땅히 깊이 생각해서 뽑되, 반드시 용감하고 건실한 데다 지모까지 지닌 자라야 한다. 간혹 질병으로 인해 싸움 터에 나아가기 어려운 자가 생기면 대신 연고가 없는 사람을 뽑아서 라도 영솔해야 하니, 바로 바로 이것에 의거하여 알리고 거행해야 한다.

하나. 전직(前職) 한량관(閑良官), 납속(納粟) 점장인(店匠人), 공천(公賤)과 사천 (私賤)을 막론한 향리(鄕吏), 역리(驛吏), 사포수(私砲手) 등에 이르기까지 모든 젊은 건장한 자들이면 아울러서 지체 없이 데리고 와야 한다.

하나. 고을 유생(儒生)들 가운데 간혹 늙고 병들고 잔약하면서도 젊은 자손 이 없는 자는 마땅히 건장한 노비로 대행하게 해야 한다.

하나. 온갖 무기는 끝내 변통하여 준비하기가 어려우니, 본읍(本邑)의 관(官) 에서 소유한 무기를 함께 서로 쓰는 것이 마땅하나, 만일 간혹 관에 서 들어오지 못하도록 막으면 우선 글로 아뢰고, 그래도 급하면 달 려와서 아뢰어야 한다.

하나. 군량미는 군대가 이동할 때도 아주 끊어지거나 없어져서는 아니 되 니, 마땅히 향교(鄕校)와 서원(書院), 향소(鄕所)의 책임자 및 모든 향원 (鄕員)과 함께 서로 의논하여 마련해서 실어 보내야 하는데, 만일 혹 늙고 병든 데다 노비까지 없는 사람이 그 누구도 대행할 수가 없어 서 군량미로 대신 내기를 원하면 허락해야 한다.

하나. 군량미를 마련할 때, 만일 약속 기일이 되었는데도 내지 아니 하면 마땅히 중벌을 주어야 하겠지만, 우선 관곡(官穀)으로 대신 내주어야 한다.

하나. 군량과 무기를 함께 실어 나를 때, 고을 사람들 및 유생과 한정(閒丁)을 막론하고 관아와 민간에 말이 있는 사람들이면 뽑아내어서 실어 와야 한다.

하나. 무기를 갖추기가 시각을 다툴 만큼 매우 절박하니, 만일 재물 많은 사람이 나라를 위해서 곳간을 기울여 있는 재물을 다 털고자 하면, 마땅히 각별하게 긴급 보고하고 전문(轉聞)하되, 칭찬하고 장려하는 은전(恩典)을 넉넉히 베풀고 그 사람의 성과 이름을 상세히 적은 책을 만들어 두루 알려야 한다.

하나. 활을 잘 쏘거나 포를 잘 쏘는 자가 비록 고을 사람들에게 죄를 저질렀더라도, 그가 마음을 돌리어 의로운 생각을 품었다면 역시 의병 모집에 응모하는 것을 허용해야 한다.

하나. 우리나라는 저 임진왜란을 겪은 이후로 사람들의 마음이 미처 안정되기도 전에 오늘날 또 호란을 겪는지라, 앞의 모든 약속 조항은 응당 열 배로 특별히 더 마음을 써야 할 것이고, 그 후에라야 비로소 적과 싸울 수 있으니, 이를 각기 두루 알려야 한다.

하나. 앞의 모든 항목은 각기 언약한 것이니, 이후에 만일 혹 이 항목들을 따르지 않는 자가 있으면, 의당 규칙에 의거하여 긴급 보고해야 한다.

좌도 호소사(장현광)에게 올리는 글/

呈左道號召使(張顯光)文

    우러러 아뢰올 일로 삼가 정문(呈文)을 올립니다. 선생님은 도학(道學)이 순일(純一)하시고 충의(忠義)가 격렬하시니, 조정과 민간이 우러러 쳐다본 지가 이미 오래되었습니다. 헌데 불행히도 오랑캐들이 쳐들어오자, 주상 전하는 궁성을 떠나 다른 곳으로 피란하시고, 중외(中外)의 여러 신하들은 겁을 지레 먹고 산돼지처럼 앞뒤 가리지 않고 이리저리 줄달음질치니, 촌 구석 사람들의 마음도 급박하여 어찌할 줄 모르는 것이 고기가 놀라듯 합니다. 오늘날 나라의 형편은 머리칼이 치솟는 지경이고 조정의 계책이 효과가 없는 판에, 조정이 우리 본도(本道)를 믿는 것은 수족처럼 머리와 눈을 호위하여 막아줄 뿐만 아니라 자제(子弟)들이 부형(父兄)을 지켜주는 것이 있어서 금일에 본도의 활동이 잘되기를 기대하는 것입니다.

    이제 좌도(左道) 및 우도(右道) 호소사(號召使)에게 즉시 군사를 모으고 의병 모집을 독촉하라는 임금의 조서가 누차에 걸쳐 이같이 간절하게 이르니, 무릇 신하된 자로서의 도리로 누구인들 이같이 위급하고 어려운 때에 감히 죽기로 작정하고 정성을 쏟지 않겠습니까? 선생님을 우러러 생각해 보면, 평소 영특한 재주와 덕이 뭇 신하들 가운데 특출하게 뛰어나서 한 시대의 추앙받는 바가 되셨는데, 하물며 지금 도의(道義)를 보존하는 짐을 떠맡는 것이 가볍지 않음에랴. 그래서 나라의 일에 몸 바쳐 노심초사하는 마음을 지니셨고, 각 읍(邑)의 의병들은 전후(前後) 두 차례의 관문(關文: 공문서)에 따라 거듭 엄중하였더니, 백성들을 감동하고 감격케 하였습니다.

위로 향하는 충성을 어찌 이 적도(適道) 같은 자가 배우고 익혔겠습니까? 가정에서 보고 들어서 깨달은 것이겠습니까? 사문(師門)의 가르침을 비록 잘 알지 못하고 대략 알았을지라도, 의리에는 군신과 부자의 분수가 있음을 압니다. 하지만 평소에 배운 것이 형편없고 재주가 졸렬한지라, 전쟁에 임해서 큰 계책을 세워 국가를 반석같이 편안하게 만들기에는 진실로 부족합니다. 그러하오나 아직도 충성스런 울분과 불의에 대한 분노가 있으니, 금일에 다시 떨치고 일어나 북쪽으로 말머리를 돌려 죽음으로써 나라의 은혜에 보답할 것만 생각할 따름이옵니다. 어찌 감히 조금이라도 물러나 움츠리고 있겠습니까? 지금 의병들을 막 거느리고 약속대로 용감히 달려가서 경상 좌도 및 우도의 양도(兩道) 호소사(號召使)께서 보낸 관문의 명령대로 마땅히 거행할 것입니다. 명령을 의병들 각자에게 알려준 후에 차차로 치보(馳報)하겠습니다. 말이 절박한 심정으로만 넘쳐나서 대단히 황공하옵니다.

우도 호소사(정경세)에게 올리는 글/

呈右道號召使(鄭經世)文

원통하고 절박한 정상을 아뢰는 일로 정문(呈文)을 올립니다. 삼가 아뢰옵건대, 저 적도(賊徒)가 둔하고 어리석음을 생각지 않고서 의병을 모아 거느리고 가다가 중도에 이르러, 영리(營吏) 이정훈(李廷薰)을 보았더니 통문(通文)을 보여주었습니다. 그 통문에 의하면, 「2월 5일 강화도에서 선전관(宣傳官)이 말하기를, "화사(和使)를 강인(姜絪)이 적진으로 들어가서 강홍립(姜弘立)으로 삼되, 만일 중신(重臣)들을 돌려보낸다면 화친(和親)하는 일이 이루어질 것이라." 하였고, 또 양국 사이의 화친은 태평의 즐거움을 함께 누리는 것이라.」고 씌어 있었습니다. 이 통문을 보고 절반도 읽기 전, 알지 못하는 사이에 피눈물이 온 얼굴을 덮었습니다.

우리나라는 천조(天朝) 명(明)나라에 대해 근실하게 복종하여 섬길 뿐만 아니라 감히 하루도 재조지은(再造之恩)을 잊어서는 아니 될 것입니다. 지난날 임진왜란이 발발하기 전, '길을 빌려 달라[假道].'고 방자하게 요구하면서 사신(使臣)을 우리나라에 보냈지만, 우리 선조이신 선조(宣祖) 소경왕(昭敬王)께서는 왜(倭)의 사신을 물리쳐 끊었고, 그리고 천조에 이를 낱낱이 자세하게 알려서 주(周)나라 무왕(武王) 때 주공(周公)이 군사를 이끌고 남쪽의 형서(荊舒)를 쳐 천하를 편안케 했던 사례를 참고하도록 하셨습니다. 마침내 왜적이 쳐들어와서는 우리나라 팔도(八道)를 함락하고 우리 삼도(三都: 한양·개성·평양)를 무너뜨린 끝에 선왕의 무덤인 선릉(宣陵)과 정릉(靖陵) 두 곳을 파헤치고 임해군(臨海君)과 순화군(順和君) 두 왕자를 포로로 잡아갔

으니, 이야말로 영원토록 잊을 수가 없는 변란을 겪은 것입니다. 선조 소
경왕께서 명나라의 군사를 청하자, 명나라가 군사 십만 명과 양곡 십만 곡
(斛)을 내놓아, 우리 백성들의 도탄에 빠진 생명을 구해주고, 우리의 종묘
사직을 보존케 하여서 지금에 이르고 있으니, 이야말로 명나라의 크나큰
은혜가 아닌 것이 없음을 드러낸 것입니다. 돌아보건대, 벌이나 개미와 같
은 미물조차도 또한 천성이 있거늘, 어찌 감히 조금이라도 상국(上國)을 섬
기는 일에 소홀할 수 있겠습니까? 지금 또 우리 국가가 불행히도 참혹하
게 오랑캐의 침입을 당하여 임금이 궁성(宮城)을 떠나 피란하는 파천(播遷)
의 치욕을 겪으니, 우리 동국의 일역(一域)은 수레바퀴 자국에 괸 물에 있
는 붕어처럼 모두 구원이 시급한 상황입니다. 오호라! 나라의 형편이 이러
한 위험에 있으니 통곡함이 끝이 없사옵니다.

　지금 본도(本道) 호소사(號召使)를 차출할 때, 이미 조정에서 어질고 재주
가 총명한 분을 발탁하였습니다. 그러니 각지의 의병들이 함께 세력을 모
아서 한꺼번에 싸움터로 달려가면, 마침내 임금께 충성하고 윗사람을 섬
기고자 하는 소원을 이루고, 평소에 본디 닦았던 의리가 단지 군부일체(君
父一體)이었으니 충애(忠愛) 두 글자만, 곧 임금에게 충성을 다하고 나라를
사랑할[忠君愛國] 따름입니다.

　헌데 지금 어이하여 조정에서는 강화사(講和使)에 관한 논의가 이처럼 경
황이 없는 때에 나온단 말입니까? 저 개돼지 같은 놈을 강화사로 시켜서
함부로 뱀이나 전갈과 같은 독을 뿜도록 하고, 잔인한 마음을 제 멋대로
하도록 하여 어찌 감히 강화를 맺고자 한단 말입니까? 하물며 지금 임금
의 조칙이 여러 번 내려져서 본도에 많은 선비들을 구하고 바라는 것이
매우 절실하고 지극함에서야 말할 필요가 있겠습니까? 그러므로 양도(兩道)
호소사의 관문(關文)과 관향사(館餉使)의 통문(通文) 등에 의하면, 「병마(兵馬)
와 군량미(軍糧米)를 매우 신속히 보내되, 기일을 지키지 지체마라.」고 되어
있으니, 우리 의병 각자는 국가에 충성을 다할 것이며, 난리를 만나서 크

나큰 은혜에 터럭만큼의 보답이라도 하고자 합니다.

엎드려 생각건대, 합하(閤下)께서는 평소에 의리가 명백하고 재기(才氣)가 뛰어나셨기에 국가의 간절한 부탁을 기다리지 않고 이미 충성스런 울분과 용맹스런 적개심을 드러내셨습니다. 어찌 나라가 풍전등화 같이 위급하고 위태로운데 싸움터로 곧장 달려가서 사생결단하기를 피하겠습니까? 그런데 지금 사세(事勢)가 매우 긴급한지라 이런 까닭으로 사정의 연유를 아뢰었으며, 원수를 갚는 데에 있는 힘을 아끼지 않고 다하여서 우리 종묘사직을 보존할 수만 있다면 매우 다행이겠습니다.

의소 훈령/義所傳令

　오늘 호소사(號召使)의 관문(關文)이 도착하여 보니, 글의 뜻이 간곡하고, 설득하는 바가 명백하고 친절하여서, 사람의 마음을 감동시키고 선비의 기개를 북돋워주기에 충분하였노라. 그것을 받들어 시행하는 도리에 있어서 어찌 행여 우물쭈물 물러서며 움츠려서 절로 불충(不忠)의 죄에 이르러 하랴? 생각건대, 우리의 소주(韶州: 의성)는 곧 예로부터 문헌의 고장일러라, 평소 가정에서의 훈계하고 가르친 바와, 향당(鄕黨)에서의 힘써 타이르고 경계한 바가 충성과 효도에 벗어나지를 않았으니, 임금이 위급한 이때를 당하여 격려하고 분발하지 않고서 호위할 수 있는 방도를 생각하는 것이 가능키나 하랴? 벌과 개미 같은 미물조차도 오히려 임금과 신하의 분수가 있거늘, 더구나 우리 사람들임에랴. 옳은 일을 보고도 용감하지 않거나 같은 목소리로 있는 힘을 다해 호응하지 않으면서, 임금의 파천(播遷)과 종묘 사직의 몽진(蒙塵)을 앉아서 보기만 하고 풀속을 헤매면서 살기를 도모한다면, 상도(常道)를 지닌 사람이고서 누구나 이고 있는 하늘과, 공자와 맹자의 가르침이 어디에 있으랴.

　나 적도(適道)가 형편없는 자질을 지녔음을 스스로 알지만 유가(儒家)의 덕행을 본받고 힘쓰지 않을 수 없었고, 상사(上司)의 거듭되는 재촉이 이미 간절한지라 가슴속에 꽉 찬 충성스런 울분이 절로 격동되니, 의리상 감히 사양할 수 없는 것이어라. 하여 이렇게 떨치고 일어나서 의병들을 모아 나라 위해 죽고자 하노니, 나와 뜻을 같이하는 여러 선비들은 각별히 의로운 마음을 떨치고 적개심을 불태워서 함께 원수 갚기를 바라노라. 그 성공과 실패, 이익과 손해는 나 적도(適道)가 예측할 수 있는 바가 아닐러니, 다만 나의 의(義)를 다할 뿐이라. 군사는 의로움으로 이름 짓고 의로움은 힘을 쓸 일이 없나니, 비록 빈주먹을 불끈 쥐고 적의 시퍼런 칼날을 무릅쓰며 끝까지 싸울지라도 기운과 정신이 꺾일까 염려하랴. 더구나 지금 기물과 무기, 군량미 등을 이미 조치하였고, 군사가 진격하고 있다는 믿을 만한 형세임에랴. 바로 우리들이 있는 힘을 다해야 할 때이니, 여러 사람들에게 바라건대, 모름지기 각별히 힘쓸 것이고, 이를 두루 알리도록 하라.

의소가 유시한 방문/義所榜諭

이번에 군량을 거두는 조치는 실로 국정과 군사에 관하여 빨리 처리하지 않으면 아니 되는 일이라. 예로부터 군량이 끊기고 전쟁을 이긴 자가 있지 않기 때문이노라. 앞에도 믿고 의지할 수 있는 군량이 없고, 뒤에도 계속해서 보내는 군수물자가 없으면, 아무리 죽음을 불사하는 용맹과, 전쟁을 잘하고자 하는 마음이 있을지언정 굶주림에 쓰러짐을, 어찌 보고만 있으랴. 이는 저 수양성(睢陽城)을 지킨 열사(烈士) 장순(張巡)이 성이 함락되고 죽임을 당하여 끝내 오랑캐를 죽이지 못한 까닭이기도 하니라. 지금 오랑캐 금(金)나라에 의한 변란이 졸지에 일어나는 바람에 나라에서 비축한 군량이 다 고갈되어 국사(國事)의 어렵고 위태함은 말하여 보아야 통곡뿐이라. 하여 임시 조정[行朝]에서 특별히 임기응변으로 처리하는 방책을 생각하고 관향관(管餉官)을 파견하여 군량미를 거두고 군수물자를 보충하도록 하였느니라. 금일 책임을 맡은 사(司)의 여러 인원은 적절히 경계(警戒)하여 두려워하는 마음으로 시행하라.

교서(붙임)/敎書(附)

왕은 이르노라.

아니 돌보사, 하늘이 우리나라에 재난을 내리니 금(金)나라 오랑캐 미천한 놈들이 이에 준동하는지라, 서쪽지방 사람들이 모두 병화(兵禍)를 입었다. 용만(龍灣)·능한(凌漢)·청천(淸川) 등 3개의 산성이 하루아침을 지키지 못했고, 평양(平壤)도 무너지고 황주(黃州)도 흩어지는 데까지 이르니, 큰 멧돼지와 뱀 같은 오랑캐들이 포학하고 탐욕스럽게 들이닥치는 형세를 막을 수가 없었던 것이어라.

오직 내가 부덕하여 큰 난리를 만나서, 마지못하여 태왕(太王)이 양산(梁山)을 넘었던 일을 좇아 잠시 흉적의 칼날을 피하려고, 종묘사직과 함께 자전(慈殿)을 모시고 강도(江都)로 나왔다. 도성(都城)의 남녀들이 길바닥에 엎어지며 쓰러지고, 온갖 일이 어지러워져 팔도(八道)가 난리법석이니, 마음이 아프고 얼굴이 부끄러움은 물론 그 죄가 진실로 나에게 있는데 오히려 무슨 말을 하리오. 오랑캐 놈들이 안주(安州)를 통과한 이후부터 여러 차례 차인(差人; 일종의 사신)을 통해 서신을 보내와 우호 맺기를 요구하고 있다. 개돼지 같은 그들의 말을 믿을 수야 없을지라도, 우리의 임기응변에 달렸으니 일시적으로 병화를 완화시키는 계책으로 삼는 것이야 어찌할 수 없는 것이로다. 헌데 오랑캐의 본심을 헤아리기가 어려운 것이 천조(天朝) 명나라를 거절하라는 말까지 있는 것이나, 이는 군신(君臣)의 직분이야 천지가 살피는 바인지라 대의가 분명한 것이니, 차라리 국가가 망하고 말지언정 감히 따를 수 없는 것이다.

조정에서 바야흐로 진창군(晉昌君) 강인(姜綱)을 보내어 오랑캐에게 회답하려는데, 이 한 가지 조목만은 마땅히 준엄하게 거절하고야 말겠도다. 오랑캐가 이 한 가지 조목을 버리고 화친과 우호 맺기를 요구한다면, 성을 내려가서 항복하는 수치가 있을지언정 눈앞의 위급함이라도 늦추어야겠다. 다만, 한없는 욕심과 끝없는 요구 가운데 하나라도 따르지 아니함이 있으면 그 화가 더욱 혹심해질 것인 바, 예전의 귀감(龜鑑)이 멀리 있지 않으니 바로 송(宋)나라 때이라. 존망의 위기는 오직 이때인지라, 지금으로서의 우리 속셈은 경기(京畿)의 병졸들은 남한산성에 주둔하고, 삼남(三南)의 병사들은 한강을 차단하고, 서북(西北)의 군사들은 적의 후방을 살피면서, 칼날을 예리하게 갈고 있다가 기회를 보아 무찔러 없앨 수 있기를 바라는 것이다. 다만, 강도(江都) 중심지의 형세가 몹시 위태로워서 삼군(三軍)은 한데 나와 있고 백관(百官)도 석벽에 기대고 있는데, 군량마저 바야흐로 떨어지고 수군도 모여들지 않는다. 연안의 여러 둔영(屯營)에 병력과 군량이 모두 모자라고, 서쪽 군사가 새로 패전하였는데도 북쪽 군사가 이르지 않으니, 곧 무너질 날이 머지않고 바로 조석에 있도다. 지금이 바로 충신(忠臣)과 열사(烈士)가 눈물을 흘리면서 조서를 읽고 진심에서 우러나오는 정성으로 의병을 일으킬 때이다.

아! 너희 번진(藩鎭)과 수령, 선비와 백성들은 모두 충의심을 분발하여 왕이 분개하는 상대를 토벌하되, 혹은 병마를 재촉하기도 하고 혹은 군량을 운송하기도 하여, 마음을 합쳐 함께 원수 갚아서 국난을 구하라. 아! 나랏일이 참으로 위급하니, 그대들은 몸을 아끼지 않고 때에 따라 공을 세우면 내가 인색하지 않게 상을 내릴 것이로다. 그러므로 이에 교시(教示)하노니 의당 자세히 알지어다.

중외의 대소신료, 기로, 군민, 한량을 선유하는 교서/
諭中外大小臣僚耆老軍民閑良

왕은 이르노라.

오호라! 치란(治亂)과 흥망(興亡)이야 나라가 있다면 필연적으로 면할 수 없는 것이라. 그러나 그렇게 되는 까닭을 깊이 있게 파고들어 보면, 임금의 잘잘못에서 기인되지 않은 것이 없다. 사람이고서 피할 수 없는 사건이 아직 일어나지 않을 때에는 맡은 직무를 게을리 하고 한 때의 안일만을 탐하면서 법도를 망가트리고 덕망을 잃어 위에서 분노하고 아래에서 이반하거늘, 어리석게도 전혀 반성할 줄 모르다가 끝내 화패(禍敗)에 이르고서야 아무리 울어 보아도 소용이 없게 되는 것이다. 지난 역사를 두루 살펴보면서 매양 이 점이 가슴 아팠는데, 오늘날 그만 이러한 허물을 밟게 될 줄이야 어찌 생각이나 했으랴.

내가 덕이 적어서 비색한 운수를 만나 나라가 장차 전복될 지경이니, 앉아서 보고만 있을 수 없고 하늘의 밝은 명을 공경하며 두려워하고, 높은 자리에 임하여 밤낮으로 걱정하며 두려워하여, 나라를 보전하고 백성을 편안히 할 방도를 생각해 왔다. 그러나 돌아보건대, 나는 사리를 분별하기에 밝지도 못하고, 만물을 윤택하게 하기에 어질지도 못하며, 사람을 감동시키기에 미덥지도 못하고, 난리를 바로잡기에 굳세지도 못하였다. 정사를 펴고 일을 꾀하면 번번이 도리에 어긋났고, 부역(賦役)은 번거롭고 무거워서 백성도 피곤하고 군사도 지쳤다. 지난 갑자년(1624, 인조 2) 변란 때 역적 이괄(李适)에게 도리어 물어 뜯기어 종묘사직이 전복되고 왕위가 위태로웠다. 그 변란을 초래한 이유를 곰곰이 생각하면, 허물은 실로 내게 있었다.

그런데 내가 이 잘못한 점을 징계하며 조치를 신중히 하지 않아 덕은 날로 더욱 어두워지고 정사는 날로 더욱 더럽혀져서 천재와 괴변이 달마다 생겨나고, 온갖 비방과 뭇 원망이 극에 달하지 않는 것이 없다. 장졸(將卒)들이 기회를 잃어도 나는 알지 못하고, 이웃의 적국이 틈을 엿보아도 나는 깨닫지 못하여, 역적 오랑캐가 군사를 크게 일으켜 졸지에 서쪽 변방을 침범하고 말았다. 이에 용만(龍灣)과 같은 큰 진(鎭)이 하루아침에 함락되어 무기와 군량이 모조리 적의 수중에 들어갔고, 흉악한 금나라 군대가 우리나라 안으로 침범하여 이미 정주(定州)를 지났으니, 멧돼지 같은 저돌적인 기세를 막아낼 수가 없다.

그래서 종묘사직의 백년대계를 깊이 생각하고 아울러 조정의 공론도 채택하여, 이에 종묘사직과 자전(慈殿) 및 중궁(中宮)을 받들고 강도(江都)로 들어가 피난하게 했다. 혹여 적의 기세가 점점 핍박해 온다면, 나 역시 장차 파천(播遷)하게 될 것이다. 일이 이 지경에 이르렀으니 다시 더 무슨 말을 하랴. 오호라! 파천하는 치욕은 백 년에 한 번만을 당해도 오히려 큰 변고라 할 것이어늘, 나는 4년 사이에 벌써 두 번이나 당하게 되니, 사랑으로 덮어주는 하늘이 어찌 나에게만 이다지도 혹독하단 말인가.

조용히 생각해 보건대, 내 스스로 불러들이지 않은 화가 없다. 대체로 나는 혁명의 시대를 만나서 큰 난리의 뒤를 이어 덕을 펼치고 은혜를 베풀어 만백성을 크게 보호하지도 못하면서 민심을 잃어버릴 조치가 한두 가지가 아니었다. 즉위하던 당초에 백성의 고통을 염려하여 그것을 덜어주라는 명령을 여러 차례 반포했건만, 받들어 시행하는 자가 내 뜻과 부합하지 않게 해서 실질적인 혜택이 미치지 못했으니, 도탄에 빠져 울부짖는 백성들이 어찌 내가 그들을 속였다고 여기지 않으랴. 이것이 바로 내가 민심을 잃게 된 첫째 이유이다.

패역(悖逆)한 일들이 여러 차례 일어나고 큰 옥사(獄事)가 서로 잇따랐는지라, 원흉과 괴수야 본시 처형당하는 것이 마땅하지만, 거기에다 연루시키는 일이 여러 번에 걸쳐 있었으니 원통하고 억울한 자가 없으랴. 필부한 사람이 원한을 머금어도 자연의 조화를 해친다고 하는데, 더구나 단지 필부한 사람이 아님에랴. 이것이 바로 내가 민심을 잃게 된 두 번째 이유이다.

서쪽 변경에 오래도록 군사를 주둔시키고는 둔진(屯鎭; 明나라 장수 毛文龍의 진영)에서 군량을 독촉하는지라, 길 떠나는 이는 싸가야 하고 집에 있는 이는 보내주어야 하는데, 사람의 머리 수에 따라 곡식을 내게 하여 키로 쓸어 모으듯 거두어들이니, 백성은 곤궁에 빠지고 국고는 바닥이 드러나 서울이고 지방이고 계속 흉흉했다. 비록 부득이한 일이었다 하지만 백성들이 어떻게 견뎌낼 수 있었으랴. 이것이 바로 내가 민심을 잃게 된 세 번째 이유이다.

심지어 호패법(號牌法)은 본래 도망자와 사고자로 인한 빠진 인원을 보충하고, 그 이웃이나 일가붙이에게 군포세(軍布稅)를 물리던 폐해를 없애고자한 것이지, 애당초 백성들을 괴롭히려는 것이 아니었다. 그러나 백 년 동안이나 폐지되었던 법을 갑자기 거행하면서 허다한 유민(游民)들을 강제로 속박하는 일을 급히 끝맺으려다 보니 점진적으로 하지 못한 실수를 빚고말았다. 속박하기를 지나치게 엄정히 하고 규정하기를 너무 세밀히 하니, 사람들이 그 불편한 점을 말하곤 하였으나 나만 중도에 철폐하기가 어렵다고 여겼다. 따라서 뭇사람들의 원망을 샀으니 누가 나의 본심을 이해하랴. 유생(儒生)을 대상으로 한 고강(考講)도 실제로 창시(創始)한 것이 아니라 옛 제도를 본뜬 것이었으나 역시 시의(時宜)에 맞지 않았다. 뜻은 비록 학문을 권장하는 데 있었지만 사람들은 도리어 그 가혹하고 각박하다고 여겼다. 이것이 바로 내가 민심을 잃게 된 네 번째 이유이다.

≪서경(書經)≫의 <오자지가편(五子之歌篇)>에서 말하지 않았는가. '한 사람이 실수가 셋이니 그에 대한 원망이 어찌 드러나야만 알 것인가?' 하

였는데, 더구나 나는 이런 네 가지 실수가 있었으니 위망이 닥친 것을 불행으로만 돌릴 일이 아니라 하겠다. 이처럼 극도의 혼란 속에서 오랑캐가 침범해 들어와 종묘사직[五廟]이 몽진을 하고 자전(慈殿)이 피난하느라 노숙[芨舍]하시는데, 싸워 지킬 만한 군사도 없고 지급할 양식도 없으니, 아무리 지혜로운 자도 계책을 내지 못하고 용감한 자도 손을 쓰지 못하며, 사방을 둘러보아도 갈 곳이 없고 큰 물을 건너려도 나루터가 없는지라, 이 사태를 곰곰이 생각하면 형극(荊棘)의 길처럼 참으로 어렵노라. 비록 그렇기는 하지만 천지는 지극히 인자한 덕이 있어 일찍이 관계를 끊은 적이 없으며, 군신은 본디 정한 의리가 있는데 어찌 차마 나를 버리겠느냐. 이제 내가 장차 마음을 돌이키고 생각을 바꾸어서 옛것을 버리고 새롭게 나가 각 도의 어사(御史)를 소환하여 시급히 호패제도를 혁파하고 그 문안을 불태워 버릴 것이며, 모든 전후에 호패의 일로 죄를 당한 자나 옥에 갇힌 자나 귀양살이하는 자들을 모조리 용서하여 이 백성들과 함께 유신(維新)을 다시 시작할 것이다. 양정(良丁)들을 끌어 모아 이미 여러 가지 종류의 군역(軍役)을 정한 자는 그대로 두고서 고치지 않았고, 각 도의 군사를 등록하는 문안은 불사르지 않았다.

아! 그대들 중외(中外)의 사민(士民)들이여. 비록 나를 임금답지 못하다고 여길지라도 역대 선왕께서 보살펴 주신 은택(恩澤)을 느끼지 못하느냐. 곧, 내가 나라를 잃게 한 것이야 구휼할 것이 없다 하여도, 종묘사직의 제사가 끊기고 팔도가 어육처럼 도륙된다는 것은 어찌 생각지 않느냐. 그러기에 나의 진심을 담은 한 장의 교서로 사방에 널리 알리노니 모두 나의 이 마음을 살펴서, 충의(忠義)를 분발하고 온 몸의 힘을 다하여, 혹 의병을 소집하여 행재소(行在所)로 달려오기도 하고 혹 군량미를 모아서 군문(軍門)으로 실어 보내기도 하되, 제각기 힘이 미치는 대로 분의(分義)의 당연함을 다하도록 하라. 입에서 나온 말이 아니라 실로 충정에서 나온 말이라. 그러므로 이에 교시(敎示)하노니 의당 자세히 알지어다.

삼도의 선비와 백성들을 선유하는 글/宣諭三道士民

왕세자는 이르노라.

나라의 운세가 기구하여 오랑캐가 제멋대로 날뛰면서 대진(大鎭)을 잇따라 함락시키고는 어느새 나라 안까지 침범해 왔다. 살펴건대, 우리 주상(主上)께서 종묘사직을 위한 큰 계책을 깊이 생각하셨으니, 한편으로는 대왕대비께서 놀라실 것을 염려하시어서 거처를 강도(江都; 江華島)로 옮기고는 험한 형세를 이용하여 적을 막을 방법을 세우셨고, 또 한편으로는 나에게 분조(分朝)를 책임지는 임무를 맡기시고 남쪽 지방의 군사를 독려하라 하셨다.

보잘것없는 어린 내가 이 거창하고 어려운 일을 감당케 된 것은 성상께서 나를 돌보시고 또 돌보시는 뜻이 아닌 것이 없으니, 나 소자(小子)가 어찌 아침저녁으로 받들어야 할 일을 잊으랴. 그리하여 애틋한 은혜와 사랑을 억지로 끊고서 위험을 무릅쓰고 멀리 내려와 이곳에 왔노라. 이는 백성들의 마음을 붙잡아서 안정시키고, 의병들의 용기를 북돋아 독려하여서, 어려움에 처한 군부(君父)를 구원하고, 넘어지려는 나라의 형편을 회복하려는 것이라. 이것이 참으로 구차스럽기는 하지만 나의 지극한 바람인데, 어떻게 해야 할지 그 계책을 알지 못하겠다.

생각건대, 삼남(三南; 전라·충청·경상도)의 선비와 백성들은 그대들의 조상 때부터 이백 년 동안 문명의 교화를 깊이 좇아서 충성스럽고 믿음직하다는 아름다운 명성이 집집마다 가득하여 변란이 일어날 때면 늘 그대들의 힘을 입어 왔었다. 국가가 그대들을 저버렸을지라도 그대들은 한 번도 국가를 저버린 적이 없었다. 멀리는 임진란과, 가까이는 역적 이괄(李适)의 변란에서 그대들의 조상은 물론 그대들까지 앞장서서 의병을 이끌고 임금을 위해 충성을 다하기도 하고, 양식을 모아 군량미마저 확보해 주기도 하였다. 그러한 의열(義烈)은 사책(史冊)에 환히 실렸고, 그 공로를 갚은 은전(恩典)은 구태여 말할 겨를이 없을 정도였다. 더구나 지금 오랑캐의 변란이 고금(古今)에도 드문 바임에랴. 누린내가 강역(疆域)을 더럽히고, 금수(禽獸)가 감히 사람을 핍박하는 이때야말로 바로 충신과 의사가 자기 몸을 나라 위해 바쳐 죽을 때요, 거사하여 공을 세울 때인 것이다.

진정 원하건대, 선비와 백성들은 모두 자신들의 뜻을 떨치고 일어나 각자 있는 힘을 다하도록 하라. 아비는 자식을 일깨우고 형은 아우에게 일러주어, 의병을 앞장서서 일으키기도 하고, 의로운 곡식[義粟]을 모으기도 하며, 강도(江都)를 막아 지키기도 하고, 한강 나루를 차단하기도 하며, 기묘한 계책을 내어 적을 무찌르기도 하고, 염탐꾼을 보내어 적의 형편을 살펴오기도 해야 할 것이다. 높고 낮은 모든 벼슬아치들이 일제히 떨쳐 일어나고 원근(遠近)에 있는 백성들이 서로 응한다면, 아마도 의로운 명분 아래 군대의 사기가 드높아져 백성들과 공을 이룰 수 있을 것이다. 그러니 중흥(中興)의 업적은 그대들 선비와 백성들이 아니고서야 장차 누구를 바라겠는가.

지난 폐조(廢朝; 광해군)의 아주 못된 정치 때문에 병들고 상처받은 것이 아직 회복되지 않았고, 성상께서 즉위하신 뒤로도 나라에 변고가 많았다. 하여 백성을 다친 사람을 대하듯 하고픈 마음이야 간절하였어도 실제로 혜택이 골고루 베풀어지지는 못하였는데, 그대들 선비와 백성들도 필시 그러한 사정을 헤아려 줄 것이어라. 심지어 호패법(號牌法)도 본시 부세(賦稅)를 균등하게 하고 군대를 정비하여 국역을 피해 도적이 되는 폐단을 방비해 보려는 것이었다. 그러나 법만 앞세울 뿐 백성들의 실정은 살피지 않고 단속함이 너무도 심하여 마을마다 원성을 자아내게 하니, 백성들 모두가 불편함을 품게 되었다. 주상께서 그렇게 된 연유를 깊이 살피시고, 실제 군안(軍案)을 제외하고는 원래의 패안(牌案)을 가져다가 불살라 버리고 쓰지 못하게 하셨다. 또한 중외(中外)의 죄수들에 대해서도 흉악무도하거나 중차대한 죄인들만 제외하고는 모두 그 죄를 씻어 주도록 하셨다. 그러니 그대들 선비와 백성들도 의당 각기 고치기 어려운 폐단이라도 아뢰고 각각 계책을 개진하면, 민생의 이익과 병폐, 정사(政事)의 득실과 관계된 것 가운데 시행할 만한 것과 없애야 할 것들을 내가 응당 법에 구애됨이 없이 형편에 따라 잘 처리할 것이다.

그리고 뛰어난 재주와 깊은 식견을 지녀 작전 계획을 도와줄 만하고, 무예와 용맹 및 재능을 지녀 군대를 거느릴 만한 자들 가운데, 과거를 보는 데에 한계를 갖고 있거나 평범한 관리가 되는 데에 제한을 받아서, 초야에 묻혀 뜻을 펼쳐보지 못한 이들이 필시 많이 있을 것인 바, 의당 각자 풍운(風雲)의 뜻을 떨쳐서 경륜(經綸)을 펼 수 있는 기회를 잃지 않도록 하라. 또 칼을 짚고 직접 달려오거나 지방 수령이 추천하여 보내온 자는, 내가 응당 주상[大朝]께 아뢰고 어명을 받들어 제수할 것이다. 비록 한 가지 재능만 지녀서 아주 미미한 공로를 낸 자일지라도 또한 견록(甄錄: 작게 나타난 기록서)에서 거두어 서용(敍用)할 것이니 혹여 믿음을 잃지 않도록 하라.

오호라! 충성스럽지 않으면 이는 임금이 없는 것이며, 효성스럽지 않으면 이는 부모가 없는 것이라. 중국이 추악한 오랑캐와 다른 까닭과, 생민(生民)이 하찮은 동물과 다른 까닭이 여기에 있지 않은 것이 없다. 나 소자가 비록 감히 많은 말이야 하지 않겠다만, 그대들 선비와 백성들은 그래도 우리의 선왕들을 생각하고 우리 임금을 생각한다면 나 소자를 멀리 버려두지 말고 우리 국가를 도와주기 바라노라. 그러므로 이에 교시(敎示)하노니 의당 자세히 알지어다.

의소가 불러 타이르는 글/義所召諭文

　　삼가 성상의 전교를 보건대 말씀하시는 뜻이 간절하고 측은하니, 이때야말로 바로 충성스런 신하와 의로운 선비는 눈물을 뿌리며 장도에 오를 때이라. 오호라! 나랏일이 어렵고 위태한데다 힘든 지경인지라, 임금께서 백성들에게 널리 알리는 말씀이 여러 차례 내려졌는데도, 신하된 자로서 구차히 머뭇거리며 관망하고자 한다면, 이는 임금이 없는 것이라. 임금을 뒤로한 죄로서 죽임을 어찌 면할 수 있으랴. 장차 기일에 맞춰 군사를 정돈하여 임금의 급박한 처지를 구하러 달려가야 하느니, 각기 사나운 기세와 씩씩한 담력으로 오랑캐의 노린내가 우리 강역(疆域)을 더럽히지 않도록 해야 할 것이라. 위반한 자는 군율(軍律)에 의거하여 처단하리로다.

호소사의 공문(붙임)/號召使關(附)

　마음을 다하여 거행할 일이다. 나라가 불행하게도 오랑캐의 침입을 당했는데, 이는 뼈에 사무치도록 신하들의 고통일러니 어찌 이루다 말할 수 있으랴. 뜻밖에도 이번에 호소사(號召使)로 제수하는 명을 갑자기 접하니, 의병 모집을 독려하는 소임을 맡기셨다. 이는 늙고 병들어서 감당할 바가 아니거늘, 나랏일이 이 지경까지 이르렀으니 어찌 마음이 아프지 않으랴.

　이에, 여러 고을은 각각 의병장을 정하여 의병을 불러 모으고, 군량미에 관해서 실어 보낼 길이 없으면 각 읍의 군량미는 이미 가지고 있는 관아에서 변통하여 조치하여야 한다. 그리고 만일 혹 적의 세력이 불꽃처럼 성하여 우리 군사가 오래라도 대치하게 되면, 나중에 쓸 군량미를 미리 조처해두지 않으면 아니 된다. 이에 모량관(募糧官)을 보내어 군사에 관한 일을 힘쓰도록 했으니, 각 고을 수령은 향교(鄕校)·서원(書院)·향소(鄕所) 및 높고 낮은 벼슬아치 등과도 함께 의논하여 잘 타일러서 마음과 힘을 합하여야 한다. 각자 두곡(斗斛)의 곡식을 내게 하여 만에 하나 필요한 군량미를 대비하고, 그 가운데 재물이 쓰고 남는 자도 또한 충분히 알아듣도록 타일러서 주급(周急; 궁핍한 사람을 도와주는 일)하는 뜻을 널리 보이는데 정성을 다하도록 하여 그 많고 적음을 참작하여서 전문(轉聞)하여 처리하도록 하라. 아울러 이러한 뜻으로서 착실히 시행할 일이다.

관향사의 공문/館餉使關(丁卯二月初六日到付)

전(前) 홍문관(弘文館) 전한(典翰)이었던 관향관(管餉官) 이준(李埈)은 군량미 모집에 응하도록 하여서 군수물품(軍需物品)에 보태고자 한다.

오호라! 지금의 국가 변란은 옛적에도 드문 바이나, 변방의 성(城)들이 침입을 받아 텅 비게 되고 임금이 궁성을 떠나게 되심은 우리 벼슬아치와 백성들 모두의 책임이니, 어찌 마음이 찢어지지 않으랴. 하물며 본래 선비가 많다고 일컬어지는 기북(冀北)의 아름다운 풍속을 지닌 이 영남(嶺南)임에랴. 예(禮)를 가르치고 의(義)를 익혔으니, 이처럼 어렵고 위태한 때에 자식 된 사람은 효를 위하여 죽을 수 있고 신하 된 사람은 충성하여 죽을 수 있어야 한다. 우리 장현광(張顯光) 참판(參判)과 정경세(鄭經世) 부제학(副提學) 두 상공(相公)께서 조정의 명을 접하고 경상도 전체 의병을 일으키니, 위풍이 우레 치듯 천지를 뒤흔들고 그 충의(忠義)야 하늘이 아는 바이다.

여러 고을의 응모하는 것을 돌아보매, 그 수(數)야 비록 많지만 거둬들인 군량이 먹기에도 부족하여 스스로 무너질까 염려된다. 군량을 계속해서 보낼 수 있는 방법을 생각하니, 실로 민간에서 사사로이 쌓아둔 곡식을 거둬들이는 데에 달려 있는지라, 거둬들이는 데 터럭만큼의 노력이라도 다하여 군량이 떨어졌다고 아우성치는 군사들을 급히 달려가서 구해야 한다. 이에 제군(諸君)들을 모속유사(募粟有司)로 뽑았으니, 뜻을 같이하는 사람들이 온 마을에서 응모하도록 잘 타일러주기를 간절히 바란다.

피를 뿌리는 투지를 힘껏 떨쳐서 풍전등화(風前燈火) 같은 위급한 상황을 함께 구해야 하는데, 오랑캐의 끔찍한 재난이 하늘까지 넘실거리건만 저 자거리엔 죽어서까지 풀을 묶어 방비하려는 자가 없으니, 지금 이 일이야 말로 급한 일이라 걱정하노라. 오호라! 국운(國運)이 한 번 가서 되돌아오지 않는 것이 아니니, 회복(恢復)하는 방법은 모름지기 충성을 다하는 데에 두어야 한다. 사람의 마음이 하늘을 감동시킨 바가 있으면 반드시 뜻이 통할 것이고, 먼 곳과 가까운 곳 서로 호응하면 격문(檄文)을 전할 수 있으리니, 이 오랑캐를 섬멸하지 못하고서야 비록 양식이 넉넉한들 먹을 수 있겠는가. 널리 알리는 글[諭文]이 지나거든 반드시 옷소매를 떨치며 분연히 일어나라. 재물을 다 내어 응모함으로써 모름지기 의리를 중시하고 재물을 하찮게 여기기를 바라노라.

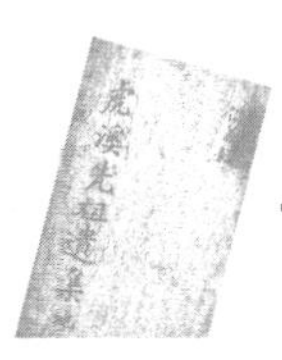

고을의 높고 낮은 벼슬아치들에게 알리는 글/

諭一鄉大小人員文(丙子)

오호라! 예로부터 글을 읽어 의리를 배운 선비들은 스스로 임금과 부모가 일체인 줄로 알았으니, 충과 효는 둘로 나뉜 것이 아니라 원래 하나의 이치였다. 집에서 효를 다하는 사람은 반드시 임금에게 충을 다하니, 나라가 변을 당할 때마다 임금을 우러러 모시기에 마치 부모가 물불 속에 있는 듯이 허둥지둥 서두른다. 전쟁터로 달려가서 살기를 꾀할 겨를도 없는 듯이 자신의 몸을 던져 나라를 위해 죽는 사람들이 또한 있었다.

오호라! 지금의 국가 변란은 옛적에도 드문 바이나, 변방의 성들이 함락되고 임금이 궁성을 떠나게 되심은 신도 인간도 공분(共憤)하거늘, 어찌 감히 조(趙)나라의 한단(邯鄲)이 진(秦)에 의해 조만간 망하리라 했던 것처럼 조금이라도 기다리랴. 그리고 월(越)나라 사람들이 진(秦)나라 사람의 살찌고 야윈 것에 대해 전혀 개의치 않았듯이 무관심하랴. 이것이 못난 내가 제군들에게 알려 깨우치고자 하는 까닭이라. 충성스러움이 이미 지극하거늘, 하물며 정묘년(丁卯年)에 저 오랑캐들이 틈을 엿본 지도 얼마 오래지 아니하여 또다시 위난을 만나서 우리 신하들이 아직도 격한 충분(忠憤)이 남아 있음에랴. 오호라! 우리 영남(嶺南)은 본래 선비가 많은 고장이라 일컬어지는데다 예의와 풍속이 서로 전하고 충효와 문견(聞見)에 익숙하니, 이

처럼 어렵고 위태한 때에 자식 된 사람은 효를 위하여 죽을 수 있고 신하
된 사람은 충성하여 죽을 수 있음을 알아야 한다.

간절히 바라건대, 제군들은 각자 피를 뿌리는 투지를 떨쳐서 풍전등화
(風前燈火)와 같은 위급한 상황을 함께 구함이 어떠한가. 바야흐로 오랑캐의
끔찍한 재난이 하늘까지 넘실거려 나라의 운명이 달걀을 포개놓은 듯 절
박한 위기에 놓여 있거늘, 널리 알리는 글[諭文]이 지나는 곳에서 만약 옷
소매를 떨치며 분연히 일어나지 아니한다면 제군들이 평소에 배운 의리란
정녕 어디에 있다고 하겠는가. 오호라! 오랑캐를 소탕하기 위해서는 모름
지기 충성을 다하는 데에 두어야 하나니, 사람의 마음이 하늘을 감동시킨
바가 있으면 뜻이 통할 것인지라, 이 오랑캐를 섬멸하기 이전에는 결단코
죽음을 맹세코 용감히 달려가되 충을 제대로 갖추어 오랑캐를 쳐야 한다.
이러한 뜻을 일일이 알리노니 착실히 거행해야 한다.

덧붙이는 기록/後錄

하나. 부지런하고 재간이 있는데다 지모(智謀)까지 있는 사람을 뽑아서 각 면(面) 지역의 유사(有司)로 삼되, 유사는 이익과 손해를 개진하고, 의병과 관련된 사실을 지극정성으로 널리 알리며, 백성들이 바치는 곡식을 살펴야 하니 억지로 추천하지 말아야 한다.

하나. 창고에 곡식을 가득히 쌓아둔 사람이 가난한 집에서 내어야 할 곡식을 엄벙덤벙 내는 것은 옳지 못한데, 이렇게 하는 것은 단지 책임 메우기 식의 입막음일 따름이기 때문이라. 모름지기 곳집을 털어서라도 내게 하는 뜻을 잘 헤아려서 군수물품을 충당하도록 하라.

하나. 모집한 겉곡식은 의병에 참여할 수 없는 노약자에게 주어 미리 찧어서 쌀로 만들어놓고는 운반을 기다리도록 하라.

하나. 이 글이 도착하기 전이라도 반드시 각 면 지역에서부터 곡식을 거두는 조치가 벌써 있어야 했는데, 여염(閭閻)의 사람들이 나랏일이 얼마나 위급한지 잘 알지 못하는 것을 염려하여 대충 거둬들인 까닭에, 다시 알려서 지난번과 이번에 거둬들인 것을 장부로 만들어 매우 빠르게 올려 보내면 일일이 계문(啓聞)하여서 훗날 공에 대해 상을 내릴 자료로 삼을 것이다.

하나. 지금의 일은 지난 정묘년 때와 같지 않는지라, 큰 난리가 있는 지금이라고 해도 결단코 구제하지는 않을 것이나 아무 일이 없을 때는 임금이 상을 내리실 것이니, 이 뜻을 알아듣게 알려라.

도 일원에 널리 알리는 글/通諭道內文

　의병장이 여러 고을의 노인네들, 벼슬이 없는 선비들, 백성들에게 널리 알리노라.

　오호라! 십 년 전 정묘년에 틈을 엿보았던 오랑캐들이 지금 멧돼지 같은 기세로 쳐들어와 용만(龍灣)과 안시(安市)의 높은 성벽이 무너졌고, 부윤(府尹)이 변경을 순찰하는데 많은 열사(烈士)들이 전사하였다. 변방의 모든 고을들은 이미 멀리 바라보고 놀라서 싸우지도 않고 달아나는 형국인지라, 우리 조선의 서부 지방은 바야흐로 오랑캐들이 득실거리며 날뛰는 소굴이 되었으니, 늙은이나 어린아이가 무슨 죄가 있어서 흉적의 칼날에 피를 뿌린단 말인가. 자녀들이 포로가 되어 모두 음산(陰山)으로 끌려가고, 오랑캐의 기세가 날로 대단하여 민심은 날로 요동치니, 왕실을 옮기어 나라의 보존을 도모코자 한 것은 진실로 부득이하게 조정의 당면 문제를 해결하려는 데서 나온 것이라.

　오호라! 미처 어찌할 사이도 없이 바다의 입구에 삼궁(三宮)이 파천(播遷)하니, 200년의 종묘사직(宗廟社稷)이 고립무원(孤立無援)의 섬에 의탁해 있도다. 경성(京城)이 결딴나서 온 성안의 사람들이 어찌할 줄 모르는 것이 물고기가 놀라듯 하니, 누군들 부모가 없으랴마는 도로에서 붙들고 잡느라 야단이고, 누군들 부부가 없으랴마는 산골짜기로 도망가 숨느라 난리이다. 뿐만 아니라 변란을 당한 사람치고 세상에 살 길을 찾을 만한 곳이 없으랴마는, 왕실의 위태로움을 생각하면 어느 곳이라야 편하게 쉴 수 있을런

가. 지금의 나랏일은 지사(志士)를 기다릴 필요도 없이 목을 놓아 크게 울 일이로다.

오호라! 우리 동방은 비록 작고 좁으나, 의관(衣冠)이며 문물(文物)이 너무도 성하고 예악(禮樂)이며 교화(敎化)도 너무나 훌륭하여 천하에 소중화(小中華)라 일컬은 지가 지금까지 천오백 년이라. 어찌 거칠고 사나운 도적놈들에 의해 한 번 짓밟힌 바가 되었다고 해서, 이내 비린내며 털북숭이의 오랑캐 땅이 될 수 있으랴. 운수에 관계된 일은 아무리 애를 써도 벗어날 수 없다 하나, 하늘은 따르는 자를 도와주리니 억울함이 반드시 풀릴 것이리라. 더구나 영남(嶺南)이 학식과 능력을 갖춘 선비의 보고(寶庫)이자 나라의 근간임에랴. 열성조(列聖朝)가 배양(培養)하고 선현(先賢)들이 교훈(敎訓)하여 집집마다 절의(節義)의 기풍이 있고 가정마다 충효(忠孝)를 전하는 풍속이 있는지라, 의병의 명성이 이미 임진란 때 현저했거늘 충성스런 울분을 어찌 지금이라서 토하지 않으랴. 조정이 우리 경상도에 기대하는 것도 적지 않도다.

오호라! 나 적도(適道)는 본디 궁벽한 시골에 묻혀 살다보니 태평성대엔 쓸데없는 사람이었다 해도, 임금을 바르게 하고 시국을 바로잡아 화란(禍亂)에서 위태롭고 망할 뻔한 종묘사직을 구하지 않았을 뿐만 아니라 또한 붓을 던져버리고 전쟁터에 나가 적개심을 불태우지도 않았으니, 여러 선비들에게 죄를 지은 것이 참으로 많도다. 나 스스로가 사람들의 결기를 북돋우면서 으뜸으로 의병을 일으키는 데 부족하다는 것을 알지만, 위급하고 어려운 때에 의병장이란 중책(重責)을 부여받았으니, 도리상 사양하지 않겠다. 피눈물을 머금고 맹서하건대 밤이고 낮이고 애를 쓸 테지만, 있는 힘을 다했는데도 끝내 패배할까봐 정녕 두렵도다. 그러나 믿는 바는 똑같이 하늘에서 부여받은 충의를 내가 먼저 드러내면, 여러분들도 배운 바를 깨치는 것이 바로 이런 때에 있을 것이라는 점이다.

오호라! 여러분들이 평일에 성현의 글을 읽었으니 배운 바가 무엇이뇨?

나라의 운명이 매달린 깃발보다 더 위태로운 때를 당했는데도, 의분에 복받쳐서 떨치고 일어나 자기 몸을 나라 위해 바쳐 죽으려 하지 않고, 단지 풀속을 헤매면서 살기를 도모한다면, 여러분들이 평일에 글을 읽고 안 명분과 의리는 어디로 갔단 말인가. 가령 오랑캐의 기병이 쳐들어와서 팔도(八道)가 짓밟혀 더럽혀진다면 여러분들의 몸과 집, 처자식들만 과연 깨끗한 곳에서 보존할 수 있으랴. 의리가 이와 같고 이해관계가 이와 같으면, 자기 몸을 나라 위해 바쳐 죽는 것이 속수무책으로 참혹하게 죽는 것보다 낫지 않으랴. 의(義)란 힘으로 되는 것이 아니고, 끝내 꼭 죽어야 하는 경우가 아님에랴.

오호라! 시대를 거슬러서 같은 경우를 본다 하더라도, 선비들 및 노인네들과 백성들이 지존(至尊)이신 임금께서 흙탕길에 이슬 맞으며 피난하고 계심을 차마 들어야 하랴. 종묘사직이 몽진함을 차마 보아야 하랴. 열성조(列聖朝)의 은택(恩澤)을 차마 잊어야 하랴. 의관(衣冠)이 오랑캐 풍이 됨을 차마 태연하여야 하랴. 더구나 지금 교서(敎書)가 또다시 내리시어 임금께서 맑은 목소리로 우리 경상도 많은 선비들을 부르시고 바람심에랴. 뿐만 아니라 정녕코 비유컨대 부모가 물불 속에 있으면서 자식에게 구해주기를 바라는데, 이를 알고도 눈물 뿌리고 옷소매를 떨치며 분연히 일어서지 않는 자라면 또한 사람의 도리라곤 없는 것이리라. 저 원충갑(元沖甲)이란 한 서생(書生)이 향병(鄕兵)으로써 홍건적(紅巾賊)을 크게 무찔렀나니, 군대가 바른 명분 아래면 역시 씩씩함은 어찌 예나 지금이나 다를 수 있으랴. 무릇 혈기(血氣)를 지닌 사람들은 의를 보면 용기를 떨칠 것이고, 또한 같은 뜻을 다 드러내어 호응할 것이니, 이들을 향리(鄕里)에 불러 모아서 의병(義兵)으로 규합하여 관군(官軍)과 협동하고 전략을 기다려야 하는데, 더러는 험한 고갯길을 차단하여 분조(分朝)를 호위해야 할 것이다. 만일 적의 형세에 기가 죽어 움츠려 들어서 기꺼이 응모하지 않는 사람이 있다면 깨우쳐 타이르기를 더욱 힘써야 할 것이고, 두세 차례나 힘썼는데도 오히려 따르지 않는다면 이는 머리를 땋아 뒤로 내려뜨리는 오랑캐 풍속을 기꺼이 받아들이겠다는 것이고, 스스로 임금을 뒤로한 죄에 들겠다는 것이다. 대의(大義)가 있는 곳엔 절로 그에 따른 떳떳한 형벌이 있을 것이로되, 우리 경상도에 어찌 이 같은 사람이 있으랴.

오호라! 나와 뜻을 같이하는 사람들은 모두 내가 정성껏 고한 말을 잘 듣되, 행재소(行在所)를 그리워하여 눈물을 뿌리며 죽기를 각오하고 많은 사람들을 모아서 원수를 갚아야 할 것이라. 중히 여길 바는 의(義)일 뿐이니, 물고기냐 곰발바닥이냐 하면 곰발바닥을 선택하듯 마땅히 의로운 선택을 하여 오랑캐들의 간담을 서늘케 해야 하느니. 할 말이야 아직도 다하지 못했지만 뒤에 하기로 하니, 각각 마땅히 잘 살피도록 하라.

모군 조항/節目

하나. 지금에 장정들이 모두 관군(官軍)에 편입되어 한 명도 남아 있지를 않아 의병을 불러 모으기가 정묘년 때보다 배나 어렵다. 그러하지만 나라에서 징발했다 하더라도, 빠뜨리지 않고 다 징발하지는 못했을 것인 바, 그들 중에서 모집하면 날래고 건장하여 쓸 만한 자를 얻을 수도 있을 것이니, 책에 적힌 이름만 살피거나 각 고을의 벼슬하지 않은 선비들이나 시켜서 찾아보아서는 절대로 아니 되며, 일일이 직접 찾아다니면서 상세히 알아듣도록 더욱 잘 타일러 응모토록 해야 한다.

하나. 군사가 정예(精銳)하기를 힘쓰고 숫자 많기를 힘쓰지 않는 것은 본디 병가(兵家)에서 제시하는 승리의 요체일러라. 더구나 지금 군량(軍糧) 운반이 지극히 어렵고 게다가 많이 모을 수 없음에랴. 쓸모없는 군사는 손해가 있을 뿐 이익이 없는지라, 모름지기 담력(膽力)이 있고 힘이 강하며 날래고 사나우며 용맹한 자면 반드시 모집해야 하느니, 착실히 온 힘을 다하도록 하라.

하나. 의병은 모름지기 관병(官兵)과 세력을 합한 후에라야 성공할 수 있거늘, 관병과 의병이 늘 협력하지 않아 걱정거리인 것은 임진란(壬辰亂) 이래로 이미 그렇게 된 일이다. 지금의 본도(本道: 경상도) 형편이 임진란 때와는 같지 않으니 추호도 침범 점령하는 일이 있어서는 아니 되며, 만일 꾀를 내어 관군(官軍)을 피한 자가 있으면 의병에 응모하는 것을 허용하지 말아야 한다.

하나. 지금 군량(軍糧)을 모으기가 군병(軍兵) 모집하기보다 더 어려우나, 모집하고 난 후의 군병은 제힘으로 먹게 해서도 아니 되며, 또 관곡(官穀)을 거두어 먹게 해서도 아니 된다. 많은 모량유사(募糧有司)들이 널리 돌아다니며 알아듣도록 타일러서 백성들이 제힘에 알맞게 내면 아마도 작은 양처럼 보여도 이것이 쌓이면 많은 양이 될 것인 바, 이를 군병에게 공급할 방도로 삼아야 한다.

하나. 곡식을 저장하여 둔 부자들은 이런 위급하고 곤란한 때에 어찌 재물을 아끼는 마음이 있단 말인가. 어쩌다 불행하여 오랑캐가 깊숙이 쳐들어온다면 비록 곡식이 있다 한들 큰 도둑을 위해 쌓아둔 것이 아니랴. 모름지기 이런 뜻으로 지성껏 알아듣도록 타일러서 곳간을 기울여 있는 재물을 다 털게 함으로써 나라를 위해 목숨 바친 의(義)를 본받게 하라. 그들 중에, 뜻있는 선비가 본시 재물을 아끼는 마음이 없었으나 면역(免役)받기 위해 곡식을 바쳤다[納粟]는 소문이 날까 봐 부끄러워서 기꺼이 곡식을 내지 않는 사람이 있다면, 이야말로 남들의 혐의(嫌疑)만을 피하려는 작은 절조(節操)이지, 나라를 위해 목숨 바치려는 충성스런 마음은 아닌 것이다. 다만 의리를 중시하고 재물을 하찮게 여겨 이런 위급하고 곤란한 때에 온 힘을 다해 곡식을 낸다면, 훗날 나라에서 그 공로를 갚는 은전(恩典)이 내릴 일이니 남들의 혐의를 응당 피해야 할 바가 아니라. 이러한 뜻을 알아듣도록 격려하고 타이르도록 하라.

하나. 모집한 의병은 모두가 훈련을 전혀 받지 않은 자들인데다 무기까지 아예 없으니 극히 염려할 만한 일인지라, 지금 바야흐로 병영(兵營)과 수영(水營) 및 각 진포(鎭浦)에 공문(公文)을 보내어 활과 화살, 조총(鳥銃)과 화약 등을 거두어 달라고 했다. 그러나 우리들이 믿고 의지하는 것은 단지 충의(忠義)일 뿐이니, 진실로 이 마음을 견고히 한다면

비록 죄인을 때리는데 쓰던 세모진 방망이만 지녔더라도 용맹스러
움을 떨칠 수 있을 것이다.

하나. 각 읍의 소모관(召募官)은 각자 뜻을 같이하는 선비들을 뽑아서 소모
유사(召募有司)라 부르고, 그들로 하여금 여염집을 두루 찾아다니면서
평민들을 알아듣도록 타이르게 하여 의병을 모집하든 곡식을 거두
든 그 결과대로 일일이 기록하여 책을 만들어서 종사관(從事官)의 행
차를 기다릴 것이로되, 간혹 먼저 보고하여 알린다면 더욱 좋을 것
이다.

하나. 지금부터는 소모관(召募官)이 있는 곳에 통문(通文)이 도착하면 곧 베
끼고 원래의 통문을 각 읍(邑)으로 내려 보내되 시각을 써 넣은 후에
향교(鄕校)의 노비나 서원(書院)의 노비를 시켜서 차례차례 파발마를
달려 한시도 지체하지 않도록 해야 하며, 제일 마지막에 도착한 곳
에선 원래의 통문을 다시 종사관(從事官)이 소속된 곳에 돌려보내도
록 해야 하니, 이는 후일에 증빙할 자료로 삼도록 하기 위함이다.

하나. 본도(本道)의 넓이가 매우 넓어서 뜻을 같이하는 선비 및 모집한 군
인 등이 한 곳에서 모이기가 어려운 까닭에 좌도(左道)와 우도(右道)를
여섯 개의 도회(都會)로 나누었다. 세 명의 종사관(從事官)이 각각 두
개의 도회를 관장하여 두루 돌아다니며 점검하고 바로잡는데, 모임
[聚會]을 살피기 위해 자주 왕래함으로써 요란스럽게 하는 폐단을 각
각 의당 자세히 알아야 한다.

하나. 본관이 영남을 넘기 전, 우리 경상도[本道]의 여러 선비들이 의병을
일으키는 격문(檄文)이 벌써 도로에 빗발치고 있음을 듣는다면 같은
마음으로 기뻐함이야 어찌 끝이 있으랴. 응당 이 뜻으로 긴급 보고
하고 전문(轉聞)해야 한다. 모든 일을 다시금 십분 착실히 하여서 조
정이 부르고 바라는 뜻에 부응해야 한다.

하나. 지금 원근(遠近)의 관군들이 각기 날짜를 달리해서 출발하여 함창(咸

틈)에서 일제히 모이기로 약속하는데, 이는 당초에 임금을 위하여 충
성하려는데 급하여 일의 형편을 생각할 겨를도 없었던 것이라. 이제
마땅히 얼굴을 마주보며 이 사태를 중지시키기 위해 논의해야 할지
니, 여러분들은 아직 그 모임에 나가는 계획을 세우지 마라. 의당 먼
저 급히 의병들을 불러 모아서 장수가 될 만한 자를 선택하여 그로
하여금 의병들을 거느려 훈련케 하고 군진(軍陣)의 대오를 갖추도록
하여 다시 전령(傳令)오기를 기다리되, 아침에 명령을 내리면 저녁에
출발할 수 있게 해야 한다.

하나. 각 읍에는 반드시 사포수(私砲手)가 있을 것인 바, 관군에 소속되지
않은 자들에게 모름지기 각자의 관군 편입 의사를 물어서 응모하는
자가 있으면 우림위(羽林衛)의 패첩(牌帖)을 지급하고, 원하지 않는 자
라도 응당 상으로 포목을 내릴 것이니, 이러한 뜻을 알아듣도록 타
이르라.

하나. 서얼(庶孽)을 허통(許通)하는 첩지(帖紙) 300장을 임금께 아뢰어서 가져
온 세 종사관(從事官)이 각기 100장씩 지니고 있으니, 1장당 정가(定
價) 백미 10석임을 널리 알려라. 그래서 사려는 사람은 일일이 장부
에 기록하고 종사관에 보고하여 첩지를 내어주도록 하라.

하나. 모집하는 일은 비록 충의(忠義)로 한 것일지라도, 군대는 역시 전혀
군법(軍法)이 없을 수가 없으니 만일 간혹 위반하거나 따르지 않는
자가 있으면 매질[杖] 20대 이하로 하되 의병장이 스스로 알아서 처
리하고, 무거운 죄를 저지른 자는 도회(都會)에 보고하고 나서 그 명
령을 의소(義所)에서 시행하라.

창의일기/倡義日錄

병자년(1636) 12월 20일

국난을 당하였으니 나라를 위하여 의병을 일으키자는 통문(通文)을 고을의 높고 낮은 벼슬아치들에게 띄웠다.

○ 감영(監營)의 관문(關文)에 의하면, 이달 14일에 원임대신(原任大臣)인 윤방(尹昉)과 김상용(金尙容)이 종묘사직의 신주(神主)를 모시고 강화도(江華島)로 피난하였는데, 비빈과 왕자들 모두가 같이 갔다고 한다. 또 남한산성으로 갈 수밖에 없었던 동궁(東宮)은 친히 채찍을 잡아야 했고, 임금이 타신 대가(大駕)의 전후에서 수행했던 사대(射隊)는 규율에 어긋나게도 서로를 잃어버렸으며, 성중(城中)의 남녀들은 사방으로 흩어져 달아나는데 울음소리가 진동하였다고 한다.

12월 21일

영리(營吏)의 통문(通文)에 의하면, 이달 15일에 최명길(崔鳴吉)이 임금께 아뢰기를, "오랑캐들의 말로는, '금번에 우리들이 온 것은 오로지 화친(和親)을 하기 위해서였는데, 너희 나라는 인민이 죄다 달아나 흩어지고 주상이 파천하는 지경에까지 이르렀으니, 마음이 몹시 편치가 않다. 만약 화친을 견고히 하고 싶다면 왕자(王子)와 대신(大臣) 각 1명과 척화하자는 두세 사람을 보내라. 그렇게 하면 마땅히 돌아가겠다.'고 했다." 한다.

○ 또한, '오랑캐 군대는 저자산(楮子山)에 진을 치고 있다.'고 한다.

12월 22일

고을의 사람들이 모두 모여 나를 의병장(義兵將)으로 추대했고, 나는 병중임을 내세워 고사했지만 받아들여지지 않았으니, 의병을 앞장서서 이끌 계획을 세워야 하겠다.

○ 어떤 사람이 와서 말하기를, "왕의 동생이라고 하는 능봉군(綾峯君)이 화친의 뜻을 전하러 갔다."고 하나, 그 옳고 그름을 알 수가 없었다.

○ 저녁에 도착한 감영의 관문(關文)에 의하면, 홍서봉(洪瑞鳳)과 한여직(韓汝稷)을 오랑캐의 적진에 가서 "왕자가 현재 강도(江都)에 있으니 돌아오시면 보내겠다."고 달래게 하였는데, 오랑캐들이 "왕자가 아닌 세자라야만 화친을 할 수 있을 것이다."고 하였다. 세자가 이를 듣고, 주상께 나아가 아뢰기를, "만약 일이 급박하오면 제가 마땅히 나가겠사옵니다."고 했다. 주상이 대군(大君)을 세자(世子) 대신하여 가게 했는데, 오랑캐의 별다른 대꾸가 없음을 대군이 돌아와서 알리니, 조정의 신하들이 서로 말없이 돌아다보기만 했다. 그리하여 신풍군(新豊君) 장유(張維)가 "세자가 곧 가셔야 되겠소이다." 하자, 여러 대신들이 서로 '계획은 이미 정해졌도다.'라고 말했다. 이에, 예조판서(禮曹判書) 김상헌(金尙憲)이 엄정한 얼굴빛으로 "공(公)들은 어찌 이러한 말씀들을 한단 말이오? 나와 공들은 다시는 체부(體府: 남한산성의 임시조정)에 같이 섰을 수가 없으니, 대궐로 돌아가면 대죄해야 할 것이오." 그러자 주상이 "지금은 서로 싸울 때가 아니니, 경(卿)들은 각기 종묘사직의 신주를 제자리로 모시는 것에나 힘을 쏟으시오." 하자, 세자가 "내가 어찌 가지 않을 도리가 있겠습니까?"라 했다고 한다.

12월 23일

고을 사람들이 한 마음이 되어 떨치고 일어나 의병에 대해 준열한 논의를 했는데, 나는 약속을 엄정히 하고 기율을 매우 엄밀히 하였다. 그러나 의병을 모집하는 조목에 대해서는 전 지역의 장정(壯丁)들이 모두 관군에 편입되고 남은 자들이 노약자일 뿐이라 심히 고민스러웠다.

12월 24일

모속유사(募粟有司)에게 유시하면서 정묘호란 뒤로부터 흉년인지라 국가 이든 민간이든 저축한 것이 바닥이 드러날 정도로 고갈되었을 것이니, 작금에 군량을 모으는 것이 정묘년보다 더 어려움이 있을 것인 바, 비록 한 말, 한 섬의 곡식이라도 의량(義糧)을 내어 숨김없이 군수물품에 보태고자 한다면 의당 일일이 알리도록 하게 하였다.

○ 오늘 안동(安東) 의병군으로부터 관문(關文)이 도착했다.

12월 25일

우리 경상좌도 병사(兵使) 허완(許完)이 여러 고을[列邑]에 의병을 일으켜 주기를 촉구하는 관문(關文)이 도착하였는데, 글의 뜻이 매우 엄정했다. 어제 날짜의 한양 관문이 와서 보니, 「임금이 바야흐로 물불 가운데 있는데도 각 도에서는 근왕병(勤王兵)의 그림조차도 없으니, 이와 같이 위험이 눈앞에 닥쳤거늘 신하된 자들이 어찌 차마 이 같을 수 있겠는가 했다. 또 주상께서 누(樓)에 올라 애통해 하며 교서를 내리기를, '한 모퉁이의 고립무원(孤立無援) 성(城)에 화친하는 일이 이미 끊어졌는데도, 안으로는 의지할 만한 무리도 없고 밖으로는 개미새끼와 같은 조그마한 구원도 없도다.' 하니, 모든 벼슬아치들이 교서를 듣고서 목놓아 소리쳐 울지 않는 자가 없었다.」고 한다. 우리 경상좌도의 각 읍은 매우 빠르게 의병을 일으켜 이번 달 그믐날 다 같이 모이기로 했던 함창(咸昌)을 향해 근왕하러 떠났다.

12월 26일

우리 읍의 의병군 위용이 어느 정도 갖추어졌지만 눈길에다 빙판길인지라 병사와 말들이 미끄러지기 십상이어서 출발하기가 참으로 어려웠다.

그러나 함창(咸昌)에서 만나기로 한 약속 날짜가 촉박하여 의병군을 거느리고 출발하니, 활을 쥔 사람이 150여 명, 포를 가진 사람이 230여 명, 진중(陣中)을 지휘할 사람이 50여 명으로, 도합 400여 명이나 되었는데, 이날 도원(桃院)에서 주둔하였다.

○ 서쪽 한양에서 온 소식이 서로 번갈아 가며 전파된 것이라 제대로 확실하게 알 수가 없었다. 그러나 오랑캐가 남문(南門) 밖까지 쳐들어와서는 "의논할 일이 있으면 믿을 만한 사람을 보내는 것이 좋을 것이다."고 했다 한다. 그리하여 호조판서(戶曹判書) 김신국(金蓋國)을 보내었더니, 오랑캐들은 "10년 전의 정묘호란 때 화약(和約)했던 것을 어찌 하루아침에 배반할 수 있느냐? 너희 나라가 간사함은 이미 익히 아는 바이라. 비록 다시 화친하고자 해도 어려울 것이다."고 했다 한다.

12월 27일

이른 아침에 군사들을 먹여서 비안(比安)에 도착했는데, 각 읍의 의병군들이 모두 출발하지 않았다는 소식이 들려왔다. 임금이 이처럼 위급한 때인지라 더욱 우울해짐을 이길 수가 없었다. 비안 수령이 의병을 일으켜 주기를 독촉하는 관문(關文)을 들고 나와 맞이하였다. 그 관문에 의하면, 「병졸은 용감하고 건장한 자를 고르고, 군량(軍糧)은 직접 방아를 찧어서 계속 마련하고, 화살과 화약(火藥) 등도 또한 넉넉하게 준비하여, 급박한 상황이라도 군색스럽지 않도록 하라.」고 되어 있었다.

12월 28일

서쪽 한양에서 들려오는 소식은 날로 너무나 당황스러워, 열읍(列邑)의 의병진이 병졸을 거느리고 출발하기를 더 이상 머무르며 기다릴 수가 없었다. 그런데 포군(砲軍) 2명이 병이 나서 떠날 수가 없어서 조금이라도 차도가 있으면 급급히 오게 하면서 군율에 저촉되지 않도록 하라고 했다.

○ 이날, 안계(安溪)에 도착했는데, 각 읍의 의병군이 많이 출발했다는 소식이 들려왔다. 우리 영남의 사군자(士君子)들이 나라를 위해 같은 목소리로 호응한 것이라, 참으로 기뻤고 정녕 기뻤도다. 또 들리기를, 오랑캐가 유리한 형세인지라 우리나라 군대가 모두 움츠리고 물러나려는 생각이 있다고 한다. 스스로 잘 알지도 못하는 사이에 마음이 찢어지는 듯하여, 의병군들에게 "인(仁)은 용맹으로써 내는 것이 아니요, 의(義)란 힘으로써 내는 것이 아니다. 각기 마음을 떨쳐 일어난다면 한 사람이 백 명도 당해 낼 수 있을 것이니 어찌 우리가 저들을 두려하겠느냐."고 말했다. 이날, 도원수(都元帥) 김자점(金自點)은 군(軍)을 거느리고 미원(薇園)에 진(陣)을 치고는 나오지를 않았으며, 원주(原州) 영장(營將) 권정길(權正吉)은 검단산(黔丹山) 아래에 주둔해 있었다고 한다.

12월 29일

눈이 아주 많이 오고 모진 바람이 불어서, 군졸들의 손과 발이 모두 얼고, 나 또한 한기(寒氣)가 살갗을 벗기는 것 같이 몹시도 고통스러웠을 뿐만 아니라 현기증까지 일어났지만 억지로 일어나서 출발했다.

○ 우리 경상좌도 병사(兵使)가 상주(尙州)에 도착하여 진을 쳤다고 한다.

○ 도성 안의 급박한 상황이 날로 더욱 심하다고 하니, 충성스런 울분이 격동되어 절로 눈물이 흘러내렸다. 춥디추운 철에 군대가 행진하는데 배고프고 추운 것이 만일 겸해진다면 빨리 가기가 더욱 어려워질 것이다. 이날 해당 고을에 공문을 보내었더니 모량유사(募糧有司)가 도착한지라, 삼탄(三灘)에 진을 치고 잤다.

정축년(1637) 1월 1일

날씨가 다소 화창해졌다. 일찍 일어난, 지방의 군인[鄕軍]들이 출발했다. 호남과 영남의 각읍(各邑) 의병들이 차례로 출발했다고 하니, 나라를 위하는 정성은 참으로 다르지 않고 같도다.

○ 해당 고을 수령의 가동(家僮)이 와서 이르기를, 29일 체부사(體府使)가 군사 100여 명을 이끌고 남한산성 북문(北門)에서 산을 따라 내려갔더니 오랑캐들도 백여 명의 기병(騎兵)들이 나타났고, 우리나라와 약간 떨어진 곳에서도 또한 포수(砲手) 200여 명이 나타났다고 한다. 체부(體府)가 깃발을 휘두르며 군사들에게 내려가라고 명했는데, 군사들은 겁을 먹고 내려가지 않으니 그 내려가지 않는 자들을 죽이자, 그때서야 우리 군사들이 산을 내려가기 시작했다고 한다. 소나무 뒤에 매복해 있거나 성 밖에 있던 오랑캐들이 우리의 군진으로 말을 달려 돌입하니, 우리 군사들은 총 한 방 쏘지도 못하고 화살 한 번 당겨보지도 못한 채 혼비백산하여 도망쳤는데, 적에 의해 짓밟혀 죽은 자가 그 수효를 헤아릴 수가 없다고 한다. 전해주는 말을 듣고 나니, 분통이 터지고 한심스러웠다.

○ 이날 함창(咸昌)에 도착했다.

1월 2일

나는 몸이 불편하여 음식을 전혀 먹지 않아서 의병군을 이끌고 떠날 수가 없었지만, 억지로 행군하여 저녁에야 신원(新院)에 도착하여 진을 치고 잤다.

1월 3일

눈이 조금 오더니 날씨가 점점 좋지 않아서 억지로 일어나 출발했더니 조령(鳥嶺)의 동원(東院)에 도착했는데, 군사들이 얼고 추위에 떨어 얼굴에 사람의 안색이라고는 전혀 없었다.

○ 임금이 계신 남한산성의 침구(寢具)가 모두 오랑캐에 의해 약탈되었는데, 이로부터 주상(主上)은 의창군(義昌君)이 바친, 산양(山羊) 가죽으로 만든 이불을 덮지 않고 주무신다고 한다. 심지어 먹을거리조차 부족하여 생

선과 고기를 계속해서 드릴 수가 없자, 임금을 모시고 있던 한 신하가 얼음을 깨고 유목어(柳目魚)를 잡아서 구워 수라상에 올렸더니, 주상께서 맛있게 드시고는 "이 생선의 이름이 무엇이냐?"고 물으셔서 그 신하는 "유목어이옵니다."라고 대답하였다. 그러자 주상은 "이 생선은 맛이 꽤 가상하니, 이름을 '금증어(金增魚)'라고 하여라." 했다 한다. 엎드려 생각건대, 그 고기는 주상께 드리기에 너무나 맛이 없는 것이었다.

○ 또 충청병사(忠淸兵使; 李義培) 및 도원수(都元帥; 金自點)가 오랑캐와 검단산(黔丹山)에서 전투를 벌이다가 모두 패배하여 달아났고, 모든 도(道)의 의병들은 오랑캐의 세력이 너무나 치성(熾盛)함을 듣고서 관망만 할 뿐 진군하지를 않았으며, 간혹 앞으로 나아간 의병진도 대부분 한산(漢山: 지금의 廣州)에서 20리 떨어진 쌍령(雙嶺)에 진을 쳤다고 한다. 오랑캐 군대는 길을 가로막아 조정과 서로 통하지 못하게 한 채, 밤낮으로 나무를 쌓아서 불을 질러 그 연기와 불꽃이 하늘을 덮게 하여, 성(城) 안에 있는 사람들이 구원병(救援兵)이 가까이 온 것으로 알게 했다고 한다. 그날 밤 사이에 성 안에서 개원사(開元寺) 승군(僧軍) 두 명을 보내어 진군(進軍)을 가벼이 하지 말라고 했다 한다.

1월 4일

눈이 오다가 좀 개는데, 의병군을 이끌고 수돌(水乭)에 도착했다.

○ 각 읍의 의병들이 대부분 쌍령(雙嶺)에서 패했음을 듣고는 몹시도 마음이 찢어지는 듯했다. 또 의성읍(義城邑) 관군도총(官軍都總) 김엽(金燁)은 정묘호란 때 나와 함께 의병을 일으킨 자인데, 지금은 관군을 이끌고서 오랑캐와 가까운 깊숙한 곳에 전진해 있다고 한다. 본진의 군량과 관계하여 생각할 때면 늘 공급되지 못할까 걱정되어 오늘은 의성 모량소(募糧所)에 공문을 보냈었으며, 맏아들 집(㙫)에게도 편지를 보내어 군량을 보내도록 의성 모량소에 독려하되, 잘 알아듣도록 타일러 이해시켜야지 절대로 강압

적으로 추진해서는 아니 된다는 뜻을 당부하였다.

○ 듣건대, 주상께서 최명길(崔鳴吉)에게 오랑캐의 조서(詔書)에 답서를 짓도록 하니, 그 답서는 「조선 국왕은 삼가 글을 대청국(大淸國) 관온인성황제(寬溫仁聖皇帝)께 올립니다. 저희 작은 나라가 대국(大國)에 잘못을 저질러 스스로 병화(兵禍)를 초래해서, 몸이 외로운 성에 들어 위태로움이 조석(朝夕)에 임박하였습니다. 이미 죄 지은 줄을 알고 있습니다. 죄가 있더라도 용서하는 것은 대국이 천심(天心)을 본받아 행하고 만물을 감싸서 용납하는 바입니다. 만약 정묘년 하늘에 맹세한 맹약을 생각하시어, 저희 작은 나라의 백성들의 목숨을 불쌍히 여기시고 저희 작은 나라로 하여금 스스로 새로워지기를 도모함을 용납하신다면 저희 작은 나라가 마음을 씻어 복종함이 오늘부터 새로이 시작될 것입니다. 엎드려 바라옵건대, 황제께서는 굽어 살펴주옵소서.」라고 되어 있는 바, 이 답서를 보내려 할 때 조정에서 서로 난색을 보이자, 최명길이 "우리들은 만고의 죄인이 될지라도 오늘의 강화(講和)가 일개 사소한 일은 아니라오." 하였다 한다. 이경직(李景稷)으로 하여금 답서를 오랑캐에게 전달하려 하자, 오랑캐는 "몽고 왕자가 곧 올 것이니, 상의해서 알리겠다."고 말했다 한다.

1월 5일

이른 아침에 군사들을 먹여서 출발하여 대추원(大秋院)에 도착했더니, 각 도의 관군과 의병들이 대부분 검단산(黔丹山) 전투에서 패배했다고 한다.

○ 또 기평군(杞平君) 유백증(兪伯曾)이 상소하여 극력히 해창군(海昌君) 윤방(尹昉)과 김류(金瑬)의 나라를 그르친 죄를 아뢰니, 조정이 숙연했다고 한다.

1월 6일

눈보라가 너무도 심하여 군사들이 다닐 수가 없어서 추원(秋院)에 그대로 머물렀다. 도망하여 온 성주(星州) 병졸이 와서, "오랑캐는 포로로 잡은 조선의 남자들 가운데 장정(壯丁)은 머리를 깎여 군인으로 삼고, 늙은이는 땔나무를 하게하고, 여자들 가운데 젊은 아낙은 군대 안에 두고, 할머니는 밥짓고 물긷게 한다."고 하였고, 또 "우리나라 군사들 가운데는 얼고 굶주려 죽는 자가 매우 많다."고 하였다.

○ 정오경에 의성현 관군도총(官軍都總) 김엽(金燁)의 마부(馬夫)가 살아 내려왔는데, 의성 의병이 이곳에 머무르고 있다는 것을 듣고 와서, "이달 3일에 김엽의 3형제가 쌍령(雙嶺) 전투에서 모두 전사했다."고 말했다.

1월 7일

다소 화창해져서 의병군을 이끌고 출발하여 곤주점(困酒店)에 도착했다.

○ 조정이 화친(和親)하는 일을 돈독히 힘쓰고자 좌상(左相) 홍서봉(洪瑞鳳)을 오랑캐의 진중(陣中)으로 보냈더니, 오랑캐가 우리에게 약속 저버린 것에 대해 책망하면서, "너희 나라와 오고간 문서를 보면 모두가 우리 군사를 노적(奴賊)이라 불렀는데, 너희 나라의 이러한 죄는 참으로 용서하기가 어려운 것이어서 우리가 이번에 군사를 일으킨 것이니 떳떳하고 정당하거늘, 어찌 감히 우리를 도적[賊]이라 부른단 말이냐?" 말하고는 문서를 주었는데, 그 문서에 「대청국(大淸國) 관온인성황제(寬溫仁聖皇帝)는 조선국왕에게 조서를 내리노니, 겨우 홀몸이 산성으로 달아나서 비록 천 년을 산들 무슨 이익이 있겠느냐?」고 씌어 있었다 한다.

1월 8일

일찍 일어나 군사들을 먹여서 출발했는데도 날이 저물어서야 배감(杯酣)에 도착하니, 군사들은 대부분 얼고 굶주렸다. 호남과 영남의 의병들은 대부분 쌍령(雙嶺)에서 패했고, 경기 의병들은 광주(廣州)에서 전투를 하다가 모두 패하여 달아나는데 죽은 사람이 생각보다 매우 많았으나, 오랑캐 군대는 죽은 자가 몇 명에 지나지 않았으니, 어찌 장수들이 군사들을 거느리고 성(城)으로 들어갈 수 있겠느냐고 하였다.

1월 9일

일찍 군사들을 먹여서 당일에 용인(龍仁)으로 달려가서 도착했다. 초경(初更)이 되었을 즈음, 도망하여 온 대구(大邱) 군졸을 만나 전세(戰勢)를 물었더니, "병사(兵使) 나리는 오랑캐가 쌍령(雙嶺)에 진을 치고 있을 줄 모르고 아무런 의심도 않고 그 고개를 넘다가 죽으셨고, 전라병사(全羅兵使)는 군사를 이끌고 광교산(光敎山)에 들어가 주둔하였지만 오랑캐의 숫자가 많고 적음을 알 지 못하는 가운데 오랑캐가 걷잡을 수 없이 일어났으니, 나머지 상황은 일일이 말할 수 없다."고 하였다.

1월 10일

광주(廣州)의 한산(漢山)으로 달려가서 도착했다.

○ 강도(江都)엔 오랑캐들이 이리 뛰고 저리 날치며 쳐들어와 약탈하느라 여념이 없다고 하니, 너무나 분개하고 탄식할 일이었다.

1월 11일

날씨가 매섭도록 혹심하게 추워서 한산(漢山)에 여전히 머물렀는데, 남한산성 안의 형편은 참혹하기가 차마 말할 수 없다고 한다.

○ 임금님이 남한산성으로 파천하신 지 거의 한 달여에다 드시는 것이 매우 부족하고 주무시는 것이 극심하게 춥다고 하니, 충성스런 울분이 격동되어 북받친 눈물이 흘러내렸다.

○ 파천 당시에 막내 동생 열도(悅道)가 어가(御駕)를 호종하여 남한산성에 있거늘, 포위된 상태에서 생사를 알 수가 없어 매우 답답한데, 야밤에 오랑캐들이 불을 질러 그 연기가 하늘을 덮을 정도로 자욱하다.

1월 12일

조정은 이날 화친하는 일을 돈독히 힘쓰기 위하여 각 도의 관군과 의병들이 성중으로 입성함을 금지하니, 모두가 되돌아가야 했다. 이를 듣고는 분개함을 견디지 못해 성으로 들어가 항소(抗疏)하려 했다. 또한 오랑캐가 화의(和議)를 재촉하니, 조정에서 최명길(崔鳴吉), 홍서봉(洪瑞鳳), 허한(許僩), 윤휘(尹暉) 등에게 국서(國書)를 지니도록 하여 적진(賊陣)으로 보냈다. 그 국서는, 「조선국왕은 삼가 글을 대청국(大淸國) 관온인성황제(寬溫仁聖皇帝)께 올립니다. 저희 작은 나라의 군신은 목을 늘이고 발꿈치를 돋우어 날마다 폐하의 말씀을 기다렸습니다마는 이제 이미 열흘이 넘도록 아무런 말씀이 없으셔서 아무런 일을 할 수가 없으므로 힘이 빠지고 정성이 핍박하여 다시 아뢰지 않을 수 없습니다. 오직 황제께서는 통찰하시기 바랍니다.」고 씌어 있었다. 또한 「군신과 부자, 형제가 오래 외로운 성에 있어서 군색하기가 또한 심합니다. 진실로 이때 있어서 대국이 특별히 저희가 잘못을 버리고 스스로 새로워지기를 허락하셔서 종묘사직을 보존하고 오래 오래 대국을 받들게 하신다면, 저희 작은 나라의 군신들은 감격하여 장차 마음에 깊이 새겨 받들어 자자손손 세상이 망할 때까지 이르도록 잊지 않을 것입니다. 원하옵건대, 저희 작은 나라를 불쌍히 여기고 하해와 같은 은택을 널리 베풀어 주십시오. 이제 황제께서 새로이 대호(大號)를 세우시고 관온인성(寬溫仁聖) 넉 자를 내세우셨습니다. 이는 장차 천지의 도리를 본받으시어 패왕의 사업을 회복하려 하심이니, 저희 작은 나라와 같이 전의 허물을 고치고 넓으신 비호를 받고자 하는 자는 버림받지 않을 줄 믿습니다.」고 씌어 있었다. 이에 오랑캐는 "오늘은 이미 저물었다. 오고가는 것이 어려우니 명일에 서문(西門)으로 오면 함께 상의하겠다."고 대답했다 한다.

1월 13일

간신히 남한산성으로 들어가니, 성안의 땔나무와 식량이 모두 떨어진데다 날씨까지 혹심하게 추웠는지라, 우리나라 사람들은 얼고 굶주려 죽은 자가 이루 헤아릴 수가 없었다.

○ 김상헌(金尙憲)과 정온(鄭蘊) 등을 만나 상의하면서 강화(講和)의 그릇됨을 힘써 충언했다. 또 막내 동생인 진보(晉甫; 申悅道의 자)의 소재를 물었더니, "우리들도 보지 못한 지가 벌써 며칠 되었네."라고 했다.

○ 오늘, 조정은 최명길(崔鳴吉) 등으로 하여금 국서(國書)를 지니고 용골대(龍骨大)와 마부태(馬夫太) 두 장수에게 가서 만나도록 했더니, 저들이 "지난날 맹약을 파기한 잘못이 우리에게 있는가? 너희에게 있는가?" 하자, 최명길은 머리를 조아리며 사죄하여 "성상(聖上)의 잘못이 아니라, 모두 우리나라에서의 잘못이다."고 했다. 또 "너희 나라는 어찌 우리와 싸우지 않는가?" 하니, "작은 나라가 어찌 감히 대국과 맞붙어 싸우겠는가." 하였다. 그러자 적장이 국서를 가지고 들어갔다가 한참만에야 도로 나와서 "황제께 국서를 올렸으니 말씀이 있으시면 의당 잘 생각해서 회보(回報)하겠다."고 하였다.

○ 대낮에 강릉(康陵; 明宗 및 그의 비 沈氏의 능)과 태릉(泰陵; 中宗의 계비 尹氏 능)이 방화되자, 우리나라의 임금과 신하들은 놀라고 눈물 뿌리지 않는 사람이 없었다.

○ 오랑캐들이 남문(南門) 밖에서 포를 쏘아대었다. 모였다 흩어짐이 일정하지 않았으니, 그들의 교활한 계책을 알지 못했던 것이라.

○ 도원수 김자점은 끝내 군사를 내보내지 않으니, 조정은 마음속으로 매우 괴이하게 여겼다.

1월 14일

혹심한 추위에 바람까지 세차게 부는데, 우리나라 장정들이 밤낮으로 한데 있어서 얼고 추위에 떠는 모습은 참혹하기가 차마 보지 못할러라.

○ 연기와 불꽃이 하늘에 넘실거리는지라, 연유를 물었더니 오랑캐놈들

이 헌릉(獻陵)을 방화했기 때문이라 한다. 우리나라 사람이나 벼슬아치이고
서 분개하지 않는 사람이 없었다.

1월 15일

적의 형세가 치성(熾盛)하니, 각 도와 각 읍에서 보내온 장계(狀啓)를 제
때에 들이지 못하고 며칠이 지난 다음에야 들였다. 관군(官軍) 두 사람이
비로소 들어와 계문(啓文)을 올리니 곧 심기원(沈器遠)의 장계였다. 그 장계
는, 「소신(小臣)은 북백(北伯)과 남병사(南兵使; 徐佑申)와 함께 양근(陽根: 지금
의 양평)에 진(陣)을 쳤는데, 도원수 김자점(金自點)도 토산(兎山; 황해도 금천군
소재)에 이르러 오랑캐와 크게 싸웠고, 삼별장(三別將; 평안도 별장) 장훈(張曛)
이 8백여 기병을 거느리고 안협(安峽; 강원도 이천군 소재)에 도착했고, 경상
좌도와 우도의 관군 및 의병들이 쌍령(雙嶺)에 패몰했고, 충청감사도 패하
여 달아났는데 어디 있는지 알 수 없으며, 전라병(全羅兵)도 반흘산(半屹山)
에 도착했고, 전라 감사(監司)도 안성에 도착했다.」 하였다.

○ 오늘, 김상헌(金尙憲) 및 정온(鄭蘊)과 함께 국사를 의논하다가 알지도
못하는 사이에 피눈물이 옷깃을 적셨는데, 다 함께 화의(和議)를 파하라는
소(疏)를 올리니, 주상께서 "너희들의 말은 매우 가상하나, 이러한 마당에
까지 이르렀으니 어찌할 수가 없도다." 하셨다.

1월 16일

눈보라가 매우 심했다. 오후에 오랑캐는 나무로 만든 패[木牌]에다 '초항
(招降; 적에게 항복함.)'이라는 두 글자를 써서 남별대(南別臺) 아래에 세우라
고 했는데, 거센 바람에 지탱하지 못하고 꺾어져 버렸다.

1월 17일

날씨가 다소 갰다. 오랑캐의 국서가 왔는데, 그 국서 끝에, 「천지의 도

리는 선행을 하는 자에게는 복이 오고, 악행을 하는 자에게는 재앙이 오므로 지극히 공평하고 사사로움이 없다. 짐은 천지의 도리를 몸소 행할 것이되, 마음을 기울여 따르고 순종하는 자는 잘 돌보아주고, 형세를 따라 항복하는 자는 목숨 정도야 보전해주지만, 명령을 거역하는 자는 하늘의 뜻에 따라 치고, 무리를 모아 악한 짓을 하거나 칼을 잡아 어지럽히는 자는 목을 베며, 완고한 백성으로 순종하지 않는 자는 가둘 것이다. 이제 네가 짐과 적이 되었으므로 내 군사를 일으켜 여기에 왔다. 만약 너희 나라가 죄다 짐의 울타리 안으로 들어온다면, 짐이 어찌 나의 백성같이 여겨서 길러주며 보호해주지 않으랴? 이제 살고자 하느냐? 마땅히 서둘러 나와서 나를 따르고 순종하라. 싸우고자 하느냐? 양편 군사가 한 번 서로 싸워 보자. 그러고 나면 상제(上帝)께서 절로 처분을 내리실 것이다.」라고 씌어 있었다. 최명길을 보내어 적진(賊陣)에 가서 말하기를, "이와 같이 따르기 어려운 청은 급작스레 결정할 수가 없으니 잠시만 말미를 달라."고 하니, 오랑캐는 "신속히 계획을 세우라." 했다고 한다.

1월 18일

날씨가 다소 화창해졌다. 오랑캐가 남문(南門)에 와서 소리치기를, "화의를 하자고 하면, 할 수 있다. 그렇지 않다면 응당 죽음을 각오한 전쟁이 있을 뿐이니, 깊이 생각하여 처신하라."고 했다.

조정은 최명길(崔鳴吉)에게 국서를 짓도록 했는데, 그 글은 「엎드려 밝으신 뜻을 받자오니, 간곡하신 타이름을 내려주셨습니다. 그 책망하심이 엄중하신 것은 곧 가르치심이 지극하기 때문입니다. 가을의 찬 서리와 여름의 뜨거운 태양과 같이 무척 엄함 가운데 봄에 만물이 소생하는 뜻을 품고 있어, 엎드려 읽고는 황송하고 감격하여 몸 둘 바를 모르겠습니다. 지금의 소원은 다만 마음을 바꾸고 생각을 고쳐 지난날의 습관을 깨끗이 씻고, 온 나라가 명을 좇음은 번신(藩臣)의 예(禮)로써 할 뿐입니다. 오늘 성

(城)을 나오라 하시는 명령은 실로 어질고 죄를 감싸주시려는 뜻에서 나온 것이지마는, 생각건대 아직 겹겹이 둘러싼 포위도 풀리지 않았고 황제의 노여움도 대단하시어, 여기 있어도 죽고 성을 나가도 역시 죽을 것이므로, 용의 깃발을 멀거니 바라보고는 스스로 죽을 것만 같으니 심정 또한 슬픕니다. 옛사람 가운데 '성 위에서도 천자를 절로 뵈었던 자'가 있다 하니, 예(禮)를 그만둘 수 없지만 황제의 병위(兵威)는 역시 두렵습니다. 황제께서는 바야흐로 천지의 모든 생물까지도 마음에 두시는데, 저희 작은 나라야 온전히 살리고 넉넉히 보살펴주신데 달려 있지 않겠습니까? 삼가 생각하건대, 황제의 덕이 하늘과 같아 반드시 불쌍히 여겨 용서하실 것이라 여겨 감히 진정을 토로하였사오니, 삼가 은혜로운 말씀을 기다리겠습니다.」고 씌어 있었다.

김상헌이 그 글을 보고서는 발기발기 찢고 목 놓아 통곡하며, "경등은 어찌 이 같은 일을 할 수 있단 말이오?" 하자, 명길이 "우리들도 대감의 책망을 진실로 압니다만, 대개 마지못한 데서 나온 일입니다."라 했다. 그리고는 곧 그 찢어진 글을 수습하고 보철(補綴)하였다. 이에 예조판서 김상헌은 "국사(國事)를 이런 무리들에게 맡기는 것은 잘못이로다. 나는 이제 그대들과 다른 일이야 없고 울 일만 있도다."라 말했다.

1월 19일

몹시 거센 바람이 불었다. 최명길(崔鳴吉)과 윤휘(尹暉) 등이 국서를 전하자, 오랑캐가 국서를 받아서 보고는 "너희 국왕은 어찌하여 성(城)을 나오지 않느냐?"고 묻자, 두 사람은 임금이 성을 나올 수 없는 뜻을 힘써 설명하였으나, 오랑캐는 답서(笞書)를 주지 않으면서 "마땅히 그대들의 뜻을 힘써 보겠으니 답서는 기다려라." 하였다. 하는 수 없이 여러 사람들은 모두 빈손으로 돌아왔다.

　○ 내가 보니, 김상헌은 국서를 찢은 후에 먹지도 마시지도 않고 모조

리 물리치고는 누워서 국사만을 생각하며 눈물을 흘려 옷깃을 적시고 있
었다.

1월 20일

세찬 바람에다 눈까지 두어 자나 많이 내렸다. 우상(右相) 이홍주(李弘冑),
최명길, 윤휘 등을 보내어 답서(答書)를 받아오게 하였더니, 글의 뜻이 험상
궂고 패악스러웠다. 그 답서는 「대청국(大淸國) 관온인성황제(寬溫仁聖皇帝)
는 조선 국왕에게 조서를 내려 깨우치게 한다. 네가 하늘을 배반하고 맹약
을 어겼기 때문에, 짐(朕)이 몹시 노하여 군사를 거느리고 와서 치는 것이
라 용서하지 않으려 했다. 이제 네가 외로운 성을 고단하게 지키다가 짐이
손수 쓴 준절히 책망하는 조서를 보고서 죄를 뉘우치고 여러 번 글을 올
려 죄를 면하기를 바랐다. 짐이 큰 도량을 베풀어 네가 스스로 지난 잘못
을 뉘우치고 새로워지기를 허락하는 것은 짐이 성(城)을 공격하면 능히 함
락시킬 수 없기 때문이 아니다.」라 되어 있어서 치욕스러움을 꾹 참아야
했다. 또한, 「주모하여 맹약을 깨트린 너희 신하들을 짐은 당초에 모조리
죽이려고 생각했으나, 이제 네가 성(城)에서 나와 나를 따르며 순종하려 한
다면, 먼저 주모한 신하 몇 사람만 결박해서 보내어라. 짐은 의당 그들을
효수(梟首)하여 뒷사람들에게 경계할 것이다. 짐의 중국 정복 계획을 그르
치고, 너의 백성들을 물불에 빠트린 자가 그들이 아니고 누구란 말이냐?」
고 되어 있다. 이 답서를 보신 주상께서 "차라리 척화인(斥和人)들과 함께
죽을지언정 결박해서 보낼 수는 없노라." 말하시고는 눈물을 흘리시니, 많
은 신하들이 통곡하는데 그 소리가 성 밖까지 들렸다.

1월 21일

최명길(崔鳴吉)과 이홍주(李弘冑) 등이 국서(國書)를 가지고 오랑캐의 적진
에 갔는데, 이때의 국서는 성을 나오는 것과 척화인(斥和人)을 결박해서 보

내는 것은 곤란하다는 뜻이었다. 이 글을 본 오랑캐가 "이러하다면 화친(和親)하는 일은 결코 할 수가 없다."고 했다. 이에 우상 이홍주가 "지난 10년 간 형제국(兄弟國)이라 칭하면서도 섬기는 것을 너그럽게 받아들여 헤아려 주시더니, 다시 어찌 따르기 어려운 일을 말씀하신단 말이오?" 하자, 오랑캐는 "너는 너의 국왕에게 가서 내가 말한 바를 고하기만 하라."고 했다. 이홍주는 아무 말도 못하고 즉시 돌아왔다.

1월 22일

날씨가 화창한 이른 아침에 전교(傳敎) 하기를, "성을 지키던 군사들 가운데 면천자(免賤者)는 복호(復戶)하고, 각기 기술(技術)에 따라 장차 여러 가지 과거를 보이려는 뜻을 성첩(城堞)에다 알려라."고 하였다.

또 세자가 "나에게는 아들이 있고, 또 여러 형제가 있거늘, 내가 어찌 이 한 몸을 아껴서 종묘사직을 보존하지 않으려 하겠느냐? 날이 밝으면 내가 성을 나가리라."고 말하였다. 이에 조정은 모두가 "척화인(斥和人)을 보낼지언정, 세자는 보낼 수 없사옵니다." 하였다. 전(前) 참판 정온(鄭蘊)이 "소신(小臣)은 비록 오랑캐의 사신을 베자고 앞장서서 청한 사람이 아니지만, 우리 척화신들은 모두 주상께서 저희들을 결박해서 오랑캐의 적진에 보내시기를 바라나이다." 하였다. 이명웅(李命雄)도 화친을 배척한 죄가 있다고 말하였으나, 세자께서 "그만 물러나서 안심하고 있어라."고 대답했다.

오늘, 오랑캐가 크게 음식을 장만해서 군사들을 먹이니, 다시는 재촉하는 말이 들리지 않았다.

1월 23일

아침에 눈이 내리더니 낮에는 개었다. 개원사(開元寺)의 한 낭(廊)을 부숴서 성첩(城堞)에서 불 지필 땔감으로 삼았다.

오랑캐 적진의 장정 백여 명이 칼을 들고 궐하에 와서 "어찌하여 척화인(斥和人)들을 빨리 내보내지 않는 것이냐? 화의(和議)를 견고히 하고 싶다면 내보내야 하오." 조정은 최명길에게 국서(國書)를 짓도록 하여 오랑캐의 적진에 받들어 보이니, 그 국서는 「신이 이미 몸을 폐하게 맡겼으니, 폐하의 명령은 마땅히 분주하게 받드는데 겨를이 없어야 할 것입니다. 하지만 아직 감히 성(城)을 나가지 못하고 있는 까닭은 신의 형편이 참으로 전에 아뢴 바와 같이, 다만 이 한 조목에 신의 죽음이 달려 있기 때문입니다. 화친(和親)을 배척한 여러 신하에 대해서는 실로 저희 작은 나라의 임금과 신하가 다 함께 분하게 여기는 바입니다. 척화론(斥和論)을 앞장서서 떠든 대간(臺諫) 홍익한(洪翼漢)은 지난해에 평양서윤(平壤庶尹)으로 내몰았으니 본토로 회군하시는 길에 결박지어서 보낼 수 있을 것입니다. 그 밖에 파면되어 지방에 가 있는 자는 길이 막히어 그 거처를 찾기가 쉽지 아니하온데, 회군하시는 날에 그들 찾아내어 처분을 기다리고자 합니다.」고 씌어 있었다. 오랑캐가 이 국서를 보고는 "만일 척화인들을 결박해서 보내지 않는다면 화친하는 일은 절대로 있을 수가 없다."고 하였다. 예조판서(禮曹判書) 김상헌(金尙憲)이 이 소식을 듣고 척화한 죄로 궐하에서 명을 기다렸고, 대사간(大司諫) 윤황(尹煌)도 궐하에서 대죄하였으며, 수찬(修撰) 오달제(吳達濟)도 역시 척화한 무거운 죄를 상소하여 대죄하였다. 이에 주상께서는 "내 척화신을 결박하여서 보낼 마음이 없으니, 경(卿)들은 안심하고 물러나 있어라." 하였다.

1월 24일

눈이 내리다가 맑았다. 오랑캐는 한편으로 화친(和親)을 돈독히 힘쓰는 생각을 지녔고, 또 한편으로 몰래 습격(襲擊)하는 계획을 지니고 있었는데, 이러나저러나 조정으로서는 대책이 없었다. 야밤에 포성(砲聲)이 서암문(西暗門) 밖에서 갑자기 들리더니, 사람들의 아우성치는 소리와 대포 소리가 뒤섞여 소란스러움이 얼마 동안 계속 되었다. 오랑캐들이 밤을 틈타 성을 넘어서 몰래 성 안으로 침입하고자 한 것이었으나, 성을 지키던 군졸이 알아차려 접전하였다고 한다.

김상헌과 함께 밤새도록 잠자지 않으면서 나랏일에 대해 함께 걱정했다.

1월 25일

날씨가 다소 화창했다. 오랑캐 적군 14명이 서암문(西暗門) 밖에 와서 소리치기를, "우리 황제께서는 조선 국왕이 황제의 명을 받아들이지를 않아서 격노하여 공격하고자 하니, 받아들이는 것이 좋을 것이다. 또한 급히 고국으로 돌아가시고자 하시어 너희 나랏일을 전적으로 용골대(龍骨大)와 마부태(馬夫太) 두 장군에게 위임하고 내일 떠나고자 하시니, 만약 황제가 고국으로 돌아가신다면 너희 나라가 비록 화친하는 일을 체결하고자 해도 할 수가 없을 것이다." 하였다. 조정은 이를 듣고 상의하여 '내일 이른 아침에 세자(世子)가 척화인들을 거느리고 오랑캐의 적진으로 가는 것'으로 결정이 났다. 이를 듣고서 분개하지 않을 수 없었다.

1월 26일

홍서봉(洪瑞鳳)과 최명길(崔鳴吉)이 오랑캐의 적진에 가서 '세자(世子)와 척화인(斥和人)들이 성(城)을 나와서 황제를 뵈올 뜻'을 알렸다. 오랑캐는 "너의 국왕이 함께 오지 않는단 말이냐?"고 물으면서, 강도(江都) 내관 나업(羅業), 진원군대군(珍原君大君)이 손수 쓴 서찰, 윤방(尹昉)이 은혜를 그리는 장계(狀啓) 등 문서를 일일이 보여주며, "우리는 강도를 완전히 함락시켰고, 또 숙의빈궁(淑儀嬪宮) 및 대군부인(大君夫人)은 본국 사람(조선인)에게 모셔 오게 하는데 내일이면 마땅히 도착할 것이고, 창고는 우리가 굳건히 지키고 있으니, 너희 국왕이 성을 나오기를 기다린 후에야 마땅히 궐내에 들일 것이다. 너희 국왕이 성을 나오지 않음은 무슨 의심과 염려가 있어서 그러는 것이냐?" 말했다. 이때 성 안에서는 강도(江都)가 함락된 사실을 알지 못하다가 이 말을 듣고서 그 진위를 탐문했지만 모두가 사실이었다. 조정은 놀라서 얼굴색이 변하지 않는 이가 없었다.

1월 27일

안개가 매우 자욱했다. 오늘 조회에서 여러 신하들과 함께 성(城)을 나가기로 결정하고 최명길이 국서를 지니도록 하여 오랑캐의 적진에 보냈는데, 그 국서에 『일찍이 알현[朝謁]하고자 했으나 황제의 병위(兵威; 군대의 위세)를 두려워하여 참으로 황제의 용서를 받지 못하다가 이제라도 성(城)을 나겠다는 것을 밝히니, 황제의 밝은 덕을 입어 이국땅의 귀신이 되는 것을 면하게만 된다면 이 얼마나 다행이며 이 얼마나 다행이겠습니까.』라고 하니, 오랑캐가 답하기를, "다만 다시 깨우쳐 나오기를 기다리노라." 하였다.

이날, 김상헌(金尙憲)은 끈으로 목을 매어 자결코자 했으나, 곁에 있던 사람이 때마침 알아차리고 그 끈을 풀어주어 다행히 죽음을 면하였다. 그리고 정온(鄭蘊)은 사언시(四言詩)를 읊조렸으니 다음과 같다.

임금의 욕됨이 이미 극에 이르렀으니,	主辱已極
신하가 어찌 죽기를 더디게 하리오.	臣死何遲
생선을 버리고 웅장을 택하는 것,	舍魚取熊
이때를 두고 이름일러라.	此正其時
임금 모시고 항복하는 건,	陪輦投降
내사 진실로 부끄럽네.	余實恥之
한 칼로 인을 얻으니,	一劍得仁
죽음 보길 제 집에 돌아가듯 하도다.	視死如歸

그리고는 정온이 차고 있던 칼로 스스로 배를 찔렀는데, 다행하게도 곁

에 있던 사람의 도움으로 죽지는 않았을지라도 피가 온 몸에 낭자했다.

1월 28일

아침 늦게 오랑캐가 서문 밖에 와 불러서 최명길(崔鳴吉)과 홍서봉(洪瑞鳳)이 갔더니, 곧 용골대(龍骨大)와 마부태(馬夫太) 두 사람이었다. 오랑캐가 묻기를, "너희 나라와 남조(南朝; 명나라)의 칙서가 왕래할 때 예의가 어떠했느냐?" 하여, "칙서(勅書)를 받든 자는 남으로 향하여 서 있으면 시신(侍臣)이 그것을 (꿇어앉아) 받는다."고 대답하였다. 오랑캐가 말하기를, "너의 장자(長子)를 인질로 하고, 여러 신하들로서 자식이 있는 자는 자식을 인질로 하되, 자식이 없는 자는 아우를 인질로 하라." 하였고, 또 "내일 일찍이 예(禮)를 행하지 않을 수 없을 것이니, 예를 행할 때 옛날부터 있어 온 법규와 격식대로 할 것인데, 너희 나라는 어떻게 하려느냐?" 홍서봉이 묻기를, "국왕이 항상 곤룡포(袞龍袍)를 입고 계시니, 이 옷을 입고 와서 알현해도 되는가?" 하니, "그렇게는 할 수 없다. 남색(藍色) 옷을 입고 오면 될 것이다."고 대답하였다. 또 홍서봉이 "나갈 때 남문(南門)으로 나가면 어떻겠는가?"고 물으니, "아니 된다. 죄 있는 자는 정문(正門; 남문을 가리킴.)으로 출입할 수 없으니, 서문(西門)으로 나와야 될 것이다."고 대답하더니, 또 "이후로는 남조(南朝)와 교통하지 말라. 세공(歲貢)은 백금(白金) 1천 냥, 백저포(白苧布) 1천 필, 백미(白米) 1만 석, 황금(黃金) 1백 냥, 호피(虎皮) 3백 장을 약속하라."고 말했다. 최명길과 홍서봉은 즉시 돌아왔다.

1월 29일

오달제(吳達濟)와 윤집(尹集)이 화친(和親)을 배척한 죄에 얽혀 청나라 군진(軍陣)으로 잡혀가면서 궐하(闕下)에 하직 인사를 드리니, 주상이 "경(卿)들의 부모와 처자들은 내가 마땅히 돌보리라."고 하였다. 이날, 최명길 등은 두 사람을 이끌고 청나라 군진으로 가니 청나라 군주가 "너희들은 무슨 까닭으로 척화하였느냐?”고 물으니, “우리나라의 신하로서 대명(大明)만 섬겼던 까닭에 대명만 있는 줄 알았지, 청(淸)나라가 있는 줄은 알지 못했소이다.”고 대답했다. 이에 청나라 군주는 멋쩍은 웃음을 짓고서 두 사람을 그대로 구류(拘留)시키더니, 최명길에게 “너의 국왕이 내일 일찍 나올 때에 시종(侍從)하는 사람은 수백 명을 넘지 않아야 한다.”고 했다 한다.

○ 정온(鄭蘊)이 상소하기를, 「소신(小臣)이 자결하고자 했던 것은 전하가 겪는 지금의 일을 차마 볼 수 없기 때문이거늘, 한 가닥 쇠잔한 목숨이 사흘이 지나도 오히려 그대로 붙어 있으니 소신은 참으로 괴이하게 여깁니다. 최명길이 이미 전하에게 신(臣)이라 칭하게 하여 나가서 항복하도록 하였으니, 군신(君臣)의 분수가 이미 정해진 것이라, 신하라 하여 임금을 섬김에 있어서 한갓 순종하는 것만으로 공경함을 삼지 말고 간쟁할 만한 일이면 간쟁해야 하는 것입니다. 저들이 만일 인장(印章; 국새)을 바치도록 요구해오면, 조종조(朝宗祖)가 그 인장을 받아서 사용한 지가 이미 2백 년이 되었음을 전하께서는 장차 간쟁하셔야 하고, 이 인장을 돌려주어야 하면 명나라에 바쳐야 할 따름이옵니다. 그리고 저들이 만일 명나라를 공격하는 일에 조력(助力)하라고 하면, 명나라와 우리나라가 부자지간(父子之間)임은 청나라도 아는 바임을 전하께서 응당 간쟁하셔야 하고, 자식에게 아비를 공격하라고 가르치는 것은 윤리 기강[倫紀]에 관계되는 일이니, 공격하는 자도 진실로 죄가 있을 뿐만 아니라 그렇게 하라고 한 자도 옳지 않다고 하시면, 저 흉하고 간사한 오랑캐라도 반드시 양해할 것이옵니다. 삼가 바라옵건대, 전하께서 이 두 가지를 간쟁하셔서 천하의 후세로부터 죄를 얻는 일이 없게 하신다면 천만다행이올 것입니다.」라 하고는 그대로 엎드려서 통곡을 하였다.

주상도 목이 메어 말하기를, “내가 경(卿)들과 함께 언제 다시 태평성대의 임금과 신하가 되어서 마음껏 토론하는 즐거움을 맛보랴.”고 하니, 좌우의 사람들이 눈물을 흘리며 답답해하지 않는 자가 없었다.

1월 30일

안개가 짙게 끼었고 음산했다.

주상(主上)과 세자(世子)는 오랑캐 진영으로 행차하려고, 어제 보내온 남색 융의(藍色戎衣) 차림으로 남한산성의 서문을 나섰다. 주상을 호행(扈行)하는 자는 500명에 불과했다.

주상이 송성(松城; 일종의 청군 전초기지)에 이르렀을 때, 아홉 단으로 쌓은 수항단(受降壇) 위에는 용문석(龍文席; 용의 무늬가 그려진 자리)을 깔고, 구름 모양의 금수에다 교룡이 그려진 요[雲錦繡蛟龍褥]를 펴서 청나라 군주가 앉아 있었다. 우리 임금에게 땅에 무릎을 꿇고 엎드려 자신의 죄를 고백하고 개과천선하겠다고 다짐토록 하니, 호행하던 뭇 신하들이 방석이라도 깔아주기를 청했다. 이에, 청나라 군주는 "죄가 있으니 방석을 깔아줄 수가 없다. 짐(朕)이 마땅히 네 두 팔을 뒤로 얽어매도록 해야 하거늘 깊은 은혜를 베풀어 이를 시행하지 않도록 했으니, 의당 잘 알지어다."고 말했다. 주상이 청나라 군주 앞으로 나아가 세 번 무릎을 꿇으면서 땅에 엎드려 머리를 조아리니, 청나라 군주는 주상에게 단에 오르도록 하여서 주상이 올라 서쪽을 향해 앉고 술잔을 돌리고 난 후에야 잔치 자리에서 떠났다. 숙의(淑儀), 빈궁(嬪宮), 대군부인(大君夫人)이 주상을 뵙기도 전에, 이미 주상에게 도성으로 돌아가라는 명령이 내려졌으나, 세자와 대군은 그녀들과 함께 심양으로 가야했기 때문에 그대로 머물러 있었다. 주상이 강을 건너려 할 때, 도성으로 들어가려는 사람들의 마음이 조금 다소곳해졌지만, 도성 안팎의 분위기가 흉흉하기만 하다.

2월 1일

조금 화창했다. 화친(和親)을 배척한 여러 사람들과 서로 마주 보고 통곡을 하다 귀향길에 올랐다.

2월 2일

날씨가 개었다.

전란의 뒤끝이라 지나가는 길가의 객점(客店)이 거의 다 타버렸지만, 간혹 덩그러니 빈 집만 있는데 먹을거리가 있어서 침식을 할지라도 매우 마음이 편치가 않거늘, 먹을거리가 없음을 자못 걱정해야 하는 집임에랴.

2월 3일

우연히 의성현(義城縣) 수령의 하인을 만났는데, 도움을 받은 일이 많았으나 난리 후에는 사람들의 인심이 크게 변하여 간혹 강탈을 당하는 일이 있어서 마음대로 행역(行役)을 시킬 수가 없었다.

2월 4일

하루 종일 눈이 조금씩 내렸다.

충주(忠州) 지경에 도착하니, 지나는 길가의 주점(酒店)과 원근의 촌락들에서 닭과 개의 소리가 들리고, 사람들의 집은 얼마만이라도 예전의 모습 그대로였다.

2월 5일

날씨가 개었다.

출발하여 얼마 되지 않아서 배고픔과 목마름이 너무나도 심하여 조금도 더 갈 수가 없었다. 어느 한 사람이 나의 굶주린 기색을 보더니 몇 잔의 술을 사서 주는지라, 이를 마셨더니 조금이나마 배고픔과 목마름을 면할 수가 있었다. 오늘 조령(鳥嶺)을 넘고 문경(聞慶)에 도착하여 고을의 수령 집을 찾아서 유숙하는데 자못 대접이 후했다.

2월 6일

아침 늦게 출발하는데, 문경 수령이 구리돈 50전을 노자로 보내왔다. 오늘 유곡(幽谷)에 도착했다.

2월 7일

큰 눈이 내리다가 오후에야 약간 개었다.

오늘 삼탄(三灘)에 도착하여 유숙했다. 남한산성을 떠난 지 거의 5,6일인데 경성(京城) 소식이 매우 감감하여 몹시 답답하다.

2월 8일

날씨가 개었다.

떠나면서 시 한 수를 읊노니,

바다같이 깊은 성은 헛되이 저버리니,	聖恩虛負海量深
쳐다보고 굽어보매 나의 부끄러운 마음 뿐.	俯仰乾坤愧我心
저기 저 고향에 숨어 살지니,	望裏家鄉嘉遯處
명나라 해와 달이 내 원림에 비쳐지기를.	皇明日月照園林

오늘 비안(比安)에 도착했다.

2월 9일

오후에 집에 도착하니, 집 식구들은 '아무런 사고 없이 목숨을 잘 보전했다.'고 하네.

후지 / 後識

병자년 12월 2일, 금나라 오랑캐들이 우리의 도성(都城)을 갑자기 쳐들어온 바람에 나라의 위급함이 조석(朝夕)에 임박하였으니, 뭇별들이 북극성을 받드는 것과 같은 정성이 조금이라도 있는 자 치고 누구인들 분하여 울면서 떨쳐 일어나지 않으랴. 선친께서는 일찍이 정묘호란 때에 충성스런 울분을 미처 펼치지 못하셨거늘, 병자년에 오랑캐가 또다시 침입했을 때 향리 사람들과 의병활동을 꾀하는지라, 못난 자식들은 선친이 연로하셔서 감당할 수 없음을 울면서 말씀드렸지만, 선친께서는 엄히 꾸지셨다. 곧, "임금이 위급함에 처했는데 신하된 자로서 어찌 분수를 잊고 그냥 바라만 보며 자신의 몸만을 지키려 꾀한단 말이냐. 지금에야 혈기가 이미 쇠했을지언정 그래도 의리를 떨칠 수 있는 용기만은 있으니 너희들은 염려하지 마라." 하셨다. 이내 의병을 규합하고 출발하여 광주(廣州)의 한산(漢山)에 도착하시니, 이미 화의(和議)가 결정나버렸다. 그리하여 선친께서는 대궐에 가서 화의의 그릇됨을 상소하여 극론하고는, 몹시도 분하게 여기면서 고향으로 내려오셨다. 미곡(薇谷)에다 집을 짓고서 날마다 책과 역사 읽는 것으로 즐거움을 삼으시더니, 향년 90세로 돌아가셨다.

오호라! 선친께서는 조상의 자취를 이어 충효를 배우고, 스승과 벗에게서 학문과 덕행을 본받아서, 일찍이 우리 도[吾道]의 곧바름을 알아 나라가 위급하자 두 번이나 죽음을 불사하셨으니, 이는 평소에 쌓은 우뚝함을 볼 수 있으리라. 그러나 한(恨)하는 것은 조정에서 크게 펼치지 못하고 단지 우관(郵官: 찰방)과 능서(陵署: 齊陵과 健陵의 참봉)로서 당신의 온축(蘊蓄)한 바를 미처 다 펼치지 못함이 있는 것인데, 선친은 물처럼 담담하시지만 자식된 자로서야 한량없는 서운함이 없으랴. 실행한 것의 대강은 이미 제 형이 쓴 가장(家狀)에 있는지라 이제 다시 거듭 말할 필요는 없으나, 오직 마음에 느끼는 바를 자제하지 못하고 평소 보고들은 대로 간략하게나마 써서 책 말미에 덧붙인 것은 자손들이 본받아야 할 모범을 삼기 위함이라.

못난 아들 점(坫)이 피눈물을 흘리며 삼가 씀.

후서/後叙

밝은 해처럼 천추(千秋)에 황제의 기강을 떨치고, 덕풍을 백대(百代) 뒤에도 들음은 지사(志士)가 힘쓰는 일인데, 이는 진실로 옛사람들도 해내기가 어렵고, 일반 사람들도 하지 못하는 것이라. 지난날 병자호란 땐 임금이 도성(都城)을 떠나시니 나라가 위태로웠다. 그때 군사를 가진 장수들이 대부분 앉아 머무르고 나아가지 않았으나, 오직 전식(全湜)이 영남에서 정홍명(鄭弘溟)이 호남에서 각각 의병을 일으켰으니, 나는 매우 장하게 여긴다. 또 당시 조정에서 벼슬한 신하들 대부분이 강화(講和)를 주장하였으나 홍익한(洪翼漢), 오달제(吳達濟), 윤집(尹集)이 애써 척화(斥和)를 주장하였으니, 나는 매우 존경하고 사모한다. 그러나 의병을 일으킨 자가 반드시 다 척화를 내세운 사람인 것은 아니며, 척화를 주장한 자가 반드시 다 의병을 일으킨 사람인 것은 아니니, 진실로 한 절목이라도 오히려 어렵거늘 둘 다를 겸하기가 전혀 쉽지 않다. 더군다나 한 사람이 두 번씩이나 의병을 일으킨 것이 세상에서 드물게 있는 것임에랴. 우리 호계(虎溪) 선생만은 때마침 정묘년(1627)에 서쪽 변방이 오랑캐에게 함몰되었을 때 의병을 불러 모으고 군량(軍糧)을 보내어 대궐에 들였다. 또한 병자년(1636)에 남한산성이 오랑캐에게 위협받았을 때도 의병을 불러 모으고 밤새워 달려서 이르렀다. 그러니 선생은 의병을 일으킨 것이 무릇 두 번이나 한 것이다. 화의(和議)가 이미 결정났음을 듣고는 상소(上疏)를 하여 그르다 하였고, 백헌(白軒) 이경석(李景奭)에게 화답시를 지어 벼슬조차 물리쳤다. 마침내 미곡(薇谷)으로 물러나 집에만 있으며 세상사를 거절하였으니, 선생의 척화하는 마음은 정녕 지극한 것이러라. 선생의 대절(大節)이야말로 위대하도다.

선생은 이름이 적도(適道)이고 자가 사립(士立)인데, 일찍이 한강(寒岡) 정구(鄭逑), 여헌(旅軒) 장현광(張顯光) 양 문하에 출입하며 가르침을 청하여 연원지학(淵源之學)을 배웠다. 만오(晩悟) 달도(達道), 난재(懶齋) 열도(悅道) 두 아우와 함께 여묘(廬墓)살이를 하는데 예를 극진히 하니, 효도하고 우애한다고 알려졌다. 또 빙계서원(氷溪書院)의 원장으로 있을 때 인목대비(仁穆大妃) 폐모론(廢母論)에 가담했던 정조(鄭造)가 와서 심원록(尋院錄)에 이름을 써놓자 그 이름을 파내었으니, 윤기(倫紀)의 대강(大綱)을 세움에 이와 같이 하겠는가. 창의(倡義)는 영남의 전식(全湜)과 호남의 정홍명(鄭弘溟) 두 의병장과 흡사하고, 척화(斥和)는 홍익한(洪翼漢)·오달제(吳達濟)·윤집(尹集)의 삼학사(三學士)와 흡사하다. 그의 대의(大義)와 고절(高節)은 진실로 천추(千秋)에 빛나고 백대(百代)의 경계이로다.

정묘년(1867) 10월 하순 후학 예조참의 진주 강난형 삼가 서문을 지음.

발/跋

호계(虎溪)선생 신공(申公)의 창의록은 모두 2편인데, 이는 공의 가장 큰 선행(善行)이니 그 전모[大全]를 살피려면 역시 이 책을 보아야 할 것이다.

예법과 군사에 관한 일은 비록 다르나 그 도(道)야 하나인 것이니, 공자(孔子)가 '군사에 관한 일은 아직까지 배우지 못했다.'고 함은 행위를 두고 말씀하신 것이리라. 그러하거늘 세상에 유학(儒學)으로 이름난 사람 가운데, 군인이 되어 싸움터에 나가는 것을 자기와 상관없는 일로 이따금 여긴다. 평소엔 붓을 찍어 천 마디를 하나 흉중에는 한 가지 계책도 없더니만 변란을 당해선 주군(主君)·옥새(玉璽; 御印)·도성(都城; 皇家)을 잃고도 그가 죽어야 할 곳을 알지 못하니, 이것이 어찌 우리 유자(儒者)들의 올바른 도리이랴.

공은, 두 왕조를 섬기지 않은 절의(節義)로 명성이 나있던 퇴재(退齋) 신우(申祐) 집안에서 태어났는데, 조부 회당(悔堂) 신원록(申元祿)은 도산(陶山)의 퇴계(退溪) 선생으로부터 연원지학(淵源之學)을 터득하였고, 부친 성은(城隱) 신흘(申仡)은 나라일의 급선무를 알았으니, 가학(家學)이 올바르고 심법(心法)을 중시하였다.

바야흐로 산림(山林)에서 도를 강론하였으니 공을 아는 사람은 유학자 가문의 크나큰 덕이야 알았겠지만, 나라 지키는 의병장이 되어 오랑캐를 막는 재목일 줄은 몰랐을 것이다. 우리 헌문왕(憲文王; 인조) 초 생원(生員)에 불과했던 공이 스승 여헌(旅軒) 장현광(張顯光)의 천거를 받아 근왕병(勤王兵)

을 일으켰으나, 끝내 화친(和親)이 맺어지는 바람에 화살 한 대도 쏘아보지 못하고 오랑캐 한 명도 쓰러트리지 못했었다. 또 10년이 지난 뒤에 오랑캐가 다시 쳐들어와 남한산성이 포위당하자, 공은 앞장서서 의병을 일으키기 위해 눈물을 뿌리며 단에 올라서서 지휘하는데 바람과 우레를 내뿜었고 의로운 소리는 천지를 울렸다. 몸집이 큰 오랑캐들이 양호(兩湖: 湖西와 湖南) 북방에까지 날뛰자 마치 머지않은 날에 청(淸)나라를 소멸하려는 듯 임금을 받들고자 했으나, 이미 어가(御駕)가 궁궐에 돌아가기로 하여 불행히도 나라에는 송(宋)나라 때 거란과 전연(澶淵)에서 강화를 맺었던 것과 같은 치욕이 있게 되었으나, 다시 어찌해 볼 수가 없었고 다만 화친(和親)을 배척하는 상소를 올려서 천하의 대의를 밝히고는 다시 뚤뚤 말아 품고 나왔다. 고향 의성 학산(鶴山)의 남쪽에 은거하여 백이숙제(伯夷·叔齊)의 채미가(採薇歌)에다 자신이 바다에 몸을 던지듯 고결한 절개와 지조를 지키겠다는 뜻을 붙였으니, 이는 대개 문무(文武)를 겸비하고 충의(忠義)의 뜻을 떨쳐 빛나는 의리와 절조를 훌륭하게 보여준 것으로 명성(名聲)이라고 하는 말단적인 일에는 급급하지 않았던 것이리라.

가만히 생각해 보건대, 이것은 가정에서만 근본한 것이 아니라 또한 스승에게서도 가르침을 받았기 때문이다. 나의 선조(先祖: 장현광)가 동락(東洛: 성주군 용암면 소재)에서 도학(道學)을 창도하였을 때 공이 찾아뵙고서 배우기를 청하여 여러 번 칭찬을 받았으며, 왕실의 기강이 땅에 떨어지고 세상이 바뀌자 나의 선조가 영양(永陽)의 입암산(立巖山)에 은둔하였는데 공도 학산(鶴山)에서 절개를 지켰다. 공 같은 이는 한결같이 섬기는 도리를 다한 것이라 할 만하다. 그리고 그가 받은 가르침을 사사로운 일에서도 드러냈으니, 바로 이때를 당하여 종묘사직의 제사도 고치지 아니하고 여러 신하들도 아무런 변함없이 그대로 벼슬을 하는데, 공은 미관(微官)이었거늘 홀로 자기 몸만 고결하게 할 뿐 세상일을 전혀 관여하지 않고 궁벽한 곳에서 늙어 죽고자 하였다. 그 뜻은 다듬고 다듬었다가 써야 할 칼날이요, 배우는 선비에게는 정려(鼎呂)와 같은 중요한 것이다. 반면, 그 자취가 아주 없어져서 수백 년 동안이나 존주양이(尊周攘夷)의 의리를 지킨 선비들의 반열에 들지 못하였으니, 이 또한 세도(世道)를 염려할 만하여 긴 탄식을 하노라.

후손 신돈식(申敦植)이 세월이 오래되면 될수록 모른 체 할까 염려한 끝에 창의(倡義)한 발자취와 다른 사람들의 글을 모아서 이를 인쇄하여 세상에다 오래 전하려고, 나에게 돌아가신 스승 장현광(張顯光)의 후예로서 한마디를 써 달라고 부탁하기에 썼노라.

오호라! 지금의 이 세상은 어떤가? 몸이 포로가 되었는지라 나는 영양에 계시는 선조(先祖)를 따르지 못하고 공의 남긴 사적을 읽노라니 어찌 애달프고 슬프지 않을 수 있으랴. 이를 편말(篇末)에다 써서 마음 속 깊이 감탄하고 사모하는 생각을 옮겨 놓았노라.

병진년(1916) 백로절(9월) 인동 장석영 삼가 발(跋)을 지음.

원문과 주석

虎溪先祖遺集 卷3(정묘호란)

虎溪先祖遺集 卷4(병자호란)

원문과 주석

▲ 빙계서원: 경상북도 의성군 춘산면 빙계리 산 73-1

이 서원은 悔堂公 申元祿이 1556년(명종 11)에 창건하여 慕齋 金安國을 봉향하였다. 창건 시에는 의성읍 장천(현 남대천 상류)에 위치하여 1576년(선조 9) '長川書院'으로 사액을 받았다. 鶴洞 李光俊이 1600년(선조 33)에 춘산면 빙계리로 이건 후 晦齋 李彦迪을 합향하여 '氷溪書院'으로 개칭하고 西厓 柳成龍, 鶴峯 金誠一, 旅軒 張顯光을 추향하여 왔다. 1868년(고종 5) 흥선대원군의 서원 철폐령으로 없어졌다가 2002년 유교문화권 관광개발사업의 일환으로 복원된 서원이다. 虎溪公 申適道는 그의 조부와 관련이 깊은 이 서원의 원장직을 1620년 전후로 하여 역임하였는데, 광해조 때 仁穆大妃를 西宮에 유폐시키는 패륜에 가담했던 方伯 鄭造가 이 서원에 왔다가 尋院錄에 이름을 쓰고 갔을 때 호계공은 칼로 그 이름을 깎아낸 일화가 있다.

序

'俎豆之事, 則嘗聞之矣, 軍旅之事, 未之學也.'[1] 此吾夫子訓也。 然則, 軍旅 非儒者務也, 而又有曰'戰陳無勇, 非孝也.'[2] 何哉?

君子, 學以求道, 所程者, 詩書誦讀, 所肄者, 禮樂和序, 至於操弓嗘劍之技‧ 鋪陳設伍之法, 有所不屑而不暇也。 然而, 君子之所謂道者, 本乎君臣父子之 倫, 盡夫孝悌忠信之行, 故常則有安親尊主之事, 變則有殉國死長之節。 是以當 君親之, 難則發乎秉彝之衷[3], 奮乎義理之勇。 砥礪以爲刃, 韜蘊[4]以爲甲, 手足

---

1) 俎豆之事~未之學也(조두지사~미지학야): 孔子가 衛나라에 있을 때 衛靈公이 군대를 양 성하는 방법을 묻자, 그에게 공자가 대답한 말임.(≪論語≫<衛靈公>)
2) 戰陳無勇, 非孝也(전진무용, 비효야): 증자가 말하기를, "몸이란 부모의 물려주신 형체이 다. 부모께서 물려주신 형체를 행함에 어찌 감히 불경하겠는가? 사는 집이 가지런하지 못한 것도 효가 아니요, 임금에게 충성하지 않는 것도 효가 아니요, 상관에게 불경한 것 도 효가 아니요, 친구 사이에 신의가 없음도 효가 아니요, 전쟁에 나가 용맹을 떨치지 못함도 효가 아니니 이 다섯 가지를 마치지 못하여 그 재앙이 어버이에게 떨어져도 감 히 불경할 것인가?"라 하였다.(曾子曰: '身也者, 父母之遺體也. 行父母之遺體, 敢不敬乎? 居 處不莊, 非孝也; 事君不忠, 非孝也; 莅官不敬, 非孝也; 朋友不信, 非孝也; 戰陳無勇, 非孝也, 五 者不遂, 灾及其親. 敢不敬乎?')(≪小學≫<明倫第二>)에서 인용한 말.
3) 秉彝之衷(병이지충): 타고난 丹衷. 李滉의 글 "어버이를 사랑하고 형을 공경하며 임금께 충성하고 어른께 공손함을 곧 타고난 천성[秉彝]이라고 하니, 이는 순리적으로 되는 것 이지 억지로 되는 것이 아니다.(愛親敬兄, 忠君悌長, 是曰秉彝, 有順無彊.)"(≪聖學十圖≫ <第三小學圖‧小學題辭>)가 참고됨.
4) 韜蘊(도온): 韜蘊. 벼슬하지 못하고 묻혀 지내는 사람. "그러나 당신이 벼슬하지 못하고 묻혀 지내는 것과 마찬가지로 세상에 등용되지 못하고 있어 이렇게 모여앉아 벼슬에 나 아갈 길을 모색하고 있다.(而未用於時者, 亦猶君之韜蘊, 而方謀仕進也.)"(≪태평광기≫ 권 415, <賈秘>)에서 그 용례가 보임.

爲之捍衛, 樽俎5)與之折衝6), 其濟則列於勳庸, 不濟亦有以扶樹綱常7)。 是則,
軍旅之義, 已具於俎豆之中, 而戰陳之勇, 宜其爲忠孝之事也。

以余觀之, 若故贈吏議8)虎溪先生申公, 卽其人乎? 公幼而性孝, 奉親以誠,
纔冠經龍蛇之亂9)。 人有勤業弓馬者, 公不屑也。 從寒旅10)兩先生之門, 以私
淑退陶, 與弟晩悟11)·懶齋12)二公, 博約13)征邁, 蔚然有斯文之望。

---

 5) 樽俎(준조): 宴會에 차리는 술병과 고기 담은 도마를 말하는데, 여기서는 술자리에서 외
    적과 담판을 지어 적군을 퇴각시키는 등 뛰어난 외교를 발휘하는 인재를 말함.
 6) 折衝(절충): 적의 창끝을 꺾어 막는다는 뜻에서, 외교나 기타의 교섭에서 담판하는 일.
    '준조절충'은 晉나라의 范昭가 齊나라를 치려고 국정을 살피려온 것을 알아차리고 安嬰
    이 제나라가 만만치 않은 나라임을 과시하여 진나라의 침략의도를 깨어버렸다는 것을
    공자가 듣고서 "술잔과 도마 사이를 벗어나지 않고도 천리 밖에서 절충한다 함은, 그것
    은 안자를 두고 하는 말이다.(仲尼聞之曰: '善哉! 不出尊俎之間, 而折衝于千里之外, 晏子之謂
    也.')"(≪晏子春秋≫＜內篇·雜上第五＞)고 한 말에서 유래한 것이다.
 7) 綱常(강상): 유교 도덕에서 사람이 지켜야 할 도리인 三綱과 五常을 말함.
 8) 吏議(이의): 吏曹參議 벼슬. 判書와 參判 밑의 벼슬로 정3품이다.
 9) 龍蛇之亂(용사지란): 壬辰年(1592)과 癸巳年(1593)의 倭亂을 말함.
10) 寒旅(한려): 寒岡 鄭逑(1543-1620)와 旅軒 張顯光(1554-1637)을 가리킴. 정구는 본관이 淸
    州, 자가 道可, 호가 寒岡, 시호가 文穆이다. 吳健에게 수학하고 曹植·李滉에게 性理學을
    배웠다. 白梅園을 세워 제자를 가르치는 데 힘썼고, 壬辰亂 때에는 義兵을 일으켜 싸우기
    도 했다. 문신 겸 학자로서, 경학을 비롯하여 산수부터 풍수에 이르기까지 정통하였고
    특히 예학에 밝았으며 당대의 명문장가로서 글씨도 뛰어났다. ≪寒岡集≫이 있다. 한편,
    장현광은 본관이 仁同, 자가 德晦, 호가 旅軒이다. 1595년(선조 28) 학행으로 천거되어 報
    恩縣監을 지내고, 여러 차례 관직에 임명되었으나, 벼슬에 뜻이 없어 모두 사퇴하고 학
    문 연구에만 전심하여 李滉의 문인들 사이에 확고한 권위를 인정받았다. 1636년(인조
    14) 병자호란 때에는 각지에 격문을 보내어 근왕의 의병을 일으키고 군량의 조달에 나
    섰으며, 패전 후 동해안의 입암산에서 은거하였다. 영남의 많은 남인 학자들을 길러냈다.
11) 晩悟(만오): 申達道(1576-1631)의 호. 본관은 鵝洲이고, 자는 亨甫이며, 호는 晩悟이다. 月
    川 趙穆과 旅軒 張顯光의 문인이다. 1610년(광해군 2) 사마시에 입격하였으나, 정계가 혼
    란하여 광해군 때는 벼슬에 나아가지 않았다. 1623년(인조 1) 명나라 熹宗의 등극을 기
    념하여 치러진 儒生庭試에 갑과로 장원급제하여, 文翰官을 거쳐 1627년 사간원 정언에
    이어 곧 持平으로 승진하였다. 이해 6월 병조판서 李貴의 전횡을 배척하는 상소를 올려
    이귀의 미움을 사서 부사직으로 전보되었다. 1627년 정묘호란 때 尹煌과 함께 斥和論을
    적극적으로 주장하다가 파직되었다. 또 1629년 사헌부장령이 되었을 때, 內需司가 進上
    을 과다하게 강요하는 폐단을 없애라는 상소를 올렸다. 도승지에 추증되었고, 시문집에
    ≪만오문집≫이 있다.
12) 懶齋(난재): 申悅道(1589-1647)의 호. 본관은 鵝州이고, 자가 晉甫이며, 호가 懶齋이다. 張
    顯光의 문인이다. 어려서부터 총명하여 10여 세에 經史에 통달하고 1624년(인조 2) 증광
    문과에 을과로 급제, 1606년(선조 39)에 사마시에 합격하여 진사가 되고, 1627년 정묘호

丁卯, 金人入境而大駕[14]幸江都[15], 公以一庠生[16], 爲召募使[17]旅軒先生所差定[18], 爲義兵將, 慨然起膺。布韋[19]而從金革之事[20], 衿紳[21]而爲介胄之服, 激厲同志, 糾合徒衆。觀其節制之密・約束之嚴, 蓋將自當一隊, 以遂敵愾之意。而會有講和罷兵之命, 遂停其師上, 陳一疏極論興衰撥亂之策。於是, 君上始知公何狀矣。

及丙子, 虜人再搶, 南城受圍時, 則公嘗經郵丞陵署[22], 而有朝銜矣, 卽奮被首義, 登壇誓衆, 約束節制一如丁卯之爲, 因領衆西赴行到嶺底, 則國家已定和議矣。衆請罷還而公不聽, 馳抵廣陵[23], 復抗一疏, 直斥和議, 與同志諸公, 相向痛哭而歸。自是, 卽公遂與世長辭, 而終于林野矣。

於乎! 公儒者也。軍旅之事非其所聞, 戰陳之勇非其所試, 而特以明於君親之倫, 列於忠孝之節, 値國危急, 直前不辭, 有若業之平日而需之當世者然, 其義誠偉矣。且其兩度義擧, 雖未能得, 當以報, 而前後陳章[24], 有以贊國家經遠之

란 때에 인조를 江華로 호종하였다. 이듬해 書狀官으로 명나라에 다녀온 후 1638년 蔚珍縣監, 1647년 司憲府掌令, 1648년 綾州牧使가 되었다. 저서에 ≪仙槎志≫, ≪聞韶志≫ 등이 있다.

13) 博約(박약): ‘博文約禮’의 준말. 학문은 널리 구하되, 몸가짐은 예법에 따라 조심성 있게 바로함을 말함.

14) 大駕(대가): 임금이 타는 수레.(御駕)

15) 江都(강도): 지금의 江華島.

16) 庠生(상생): 국자감 학생인 生員, 秀才의 별칭.

17) 召募使(소모사): 조선 시대에, 의병을 모집하기 위하여 임시로 파견하던 벼슬.

18) 差定(차정): 사무를 맡긴다는 뜻이나, 여기서는 ‘천거’라는 의미임.

19) 布韋(포위): 베와 熟皮로 만든 옷을 입는 處士를 이름. 포의 위대(布衣韋帶)의 준말이다. 베로 지은 옷과 가죽으로 만든 띠로서, 빈한한 선비의 복식을 말한다. 여기서는 벼슬하지 않고 초야에 묻혀 지내는 선비를 일컫는다.

20) 從金革之事(종금혁지사): 상주가 국가의 난을 당했을 때는 상례를 지키지 못하고 무기를 들고 나온 것을 일컫는데, 여기서는 벼슬하고 하지 않고를 따지지 않고서 국가의 난에 참여했다는 사실을 일컬음.

21) 衿紳(금신): 靑衿과 搢紳을 뜻하므로, 관리와 선비. 여기서는 벼슬아치를 일컫는다

22) 經郵丞陵署(경우승능서): 郵官은 察訪을 가리킴. 호계공이 1627년 소를 올리자 仁祖가 祥雲道 찰방을 제수하여 역임하고, 1632년에 齊陵과 健陵 참봉을 이어서 역임한 것을 일컫는다.

23) 廣陵(광릉): 한성(漢城)의 古號.

24) 陳章(진장): 임금에게 상소문을 올림.

謨, 揭天下倫常之義, 其爲樹立, 爲如何哉? 公有手摹丁丙倡義錄, 叙列當日文牒節目頗詳, 而卷首小誌, 有無功負國等語, 蓋公之素蘊, 異於人矣。而倡焉而委諸虛擲, 顧焉而歸於空言, 此所以寓恨於遺錄, 而又足以釀東韓志士之涕矣。

今上, 丁卯因直指使[25]採聞, 以道學忠節, 遂贈公天官右侍郞, 後孫等感戴恩榮。思所以益闡潛光, 發巾衍[26]舊藏修繕文集若干卷, 外別以丁丙錄爲一册, 將壽其傳, 俾岱鎭爲一言幷于錄。竊惟公之爲一世師, 仰未必。特藉丁丙之事, 而顧俎豆軍旅, 有時相須[27]之義, 則不得不諗諸後世, 於是乎書。

上之五年(戊辰) 良月[28] 下澣 聞韶[29] 金岱鎭 謹叙

---

25) 直指使(직지사): 암행어사의 異稱.
26) 巾衍(건연): 책상자.
27) 相須(상수): 다른 두 가지가 협동작용을 일으켜 원래의 것보다 증가시켜서 서로 보조적인 것을 일컬음.
28) 良月(양월): 음력 10월의 異稱.
29) 聞韶(문소): 義城의 古號

誌略

余於丁卯之亂, 被旅愚[1]兩爺所敦迫[2], 猥忝本縣糾義之長, 軍未到, 而賊已退去矣。及夫丙子再亂, 思所以北首[3]爭死, 而馳赴行在[4], 則國家遽下城[5]矣。與沙西[6]諸公, 相對痛哭而歸。每一念至, 憂憤欲死。兹庸掇拾前後大小, 文字爲一通, 且以當時日記及團結諸條, 附于其下。俾後孫知, 乃祖虛張義聲, 終始負國之罪如此云。

---

1) 旅愚(여우): 旅軒 張顯光과 愚伏 鄭經世(1563-1633)를 가리킴. 장현광은 <서>의 각주 10)을 참조하기 바람. 정경세는 본관이 晉州이고, 자가 景任이며, 호가 愚伏·一默·荷渠이다. 경상도 尙州에서 출생하였으며, 柳成龍의 문인이다. 임진란이 일어나자 의병을 일으켜 공을 세워 修撰이 되고 正言·校理·正郎·司諫에 이어 1598년 경상도관찰사가 되었다. 광해군 때 鄭仁弘과 반목 끝에 削職되었다. 1623년 인조반정으로 부제학에 발탁되고, 전라도관찰사·대사헌을 거쳐 1629년 이조판서 겸 대제학에 이르렀다. 성리학뿐만 아니라 특히 禮論에도 밝아서 金長生 등과 함께 禮學派로 불렸다.

2) 敦迫(돈박): 자주 재촉한다는 뜻이나, 여기서는 '천거'의 의미임.

3) 北首(북수): 머리를 북쪽으로 하고 잔다는 뜻이나, 여기서는 북쪽에 있는 적을 향한다는 의미임.

4) 行在(행재): 行在所. 임금이 궁을 떠나 머물고 있는 곳.

5) 下城(하성): 임금이 적군에게 항복하기 위해서 성에서 내려오는 것. 仁祖가 淸軍에게 항복하기 위해, 남한산성에서 내려온 것을 가리킨 말이다.

6) 沙西(사서): 全湜(1563-1642)의 호. 본관이 沃川이고, 자가 淨遠이며, 시호가 忠簡이다. 임진란 때 의병을 모아 왜병 수십 명을 죽이고 金益南의 추천으로 連源 도찰방이 되었다. 1603년 문과에 급제했으나 광해군의 실정으로 벼슬을 포기하고 鄭經世·李埈 등과 산수를 遊歷하여, '商社의 三老'로 불렸다. 병자호란이 일어나자 의병을 일으켜 적을 방어하였다. 1642년 중추부지사 겸 經筵同知事·춘추관동지사에 이어 대사헌에 보직되었으나 취임하지 않았다.

通諭一鄕士友文(丁卯)

嗚乎! 國家之變, 尙忍言哉? 王宮分遷, 廟社[1]孤托。二百年, 禮義之邦, 一朝爲犬戎[2]之所蹂躪。爲今日臣子者, 孰無一死之心, 而況慷慨有志之士·義理讀書之人乎?

嗚乎! 不佞[3], 素以無似[4], 旣不能匡濟於國家昇平之日, 今乃效忠於患難。已生之後者, 非不知爲一大羞恥。而但秉彝犬馬之誠[5], 得之於天, 死生熊魚[6]之辨, 聞之於師, 早知臣死於君, 忠義所當矣。

今君父之危戕如是, 臣子之職分, 自在此正奮身直前之日, 固非操心退縮之地。兹庸揮涕, 登壇[7]以誓于衆, 惟我同志之人, 各自奮勵, 期有實效, 幸甚[8].

---

1) 廟社(묘사): 宗廟社稷. 왕실과 나라를 통틀어 이르는 말.
2) 犬戎(견융): 중국의 서북부 지방에 거주하던 오랑캐 종족. 곧, 西戎(서쪽 오랑캐)의 別稱인데, 여기서는 '청나라'를 뜻하는 말로 쓰였다.
3) 不佞(불녕): 문서 따위에서 재주가 없는 사람이라는 뜻으로, 말하는 이가 대등한 관계에 있는 사람에게 자기를 문어적으로 낮추어 이르는 일인칭 대명사.
4) 無似(무사): 아버지나 할아버지만 못한 자식. 스스로 낮추어 하찮은 사람이라는 뜻이다.
5) 犬馬之誠(견마지성): 신하가 임금에게 충성을 다하는 정성을 낮추어 일컫는 말.
6) 熊魚(웅어): 熊魚取舍. 두 가지 가운데 하나를 취사선택하기 어려운 경우를 비유하는 말. "고기도 내가 바라는 것이고 곰의 발바닥도 내가 바라는 것이지만 두 가지를 모두 갖지 못할 경우라면 고기를 버리고 곰의 발바닥을 가지겠다. 마찬가지로 나는 생명도 취하고 정의도 취하고 싶지만 두 가지를 모두 갖지 못할 경우라면 생명을 버리고 정의를 취할 것이다.(魚我所欲也, 熊掌亦我所欲也, 二者不可得兼, 舍魚而取熊掌者也. 生亦魚我所欲也, 義亦我所欲也, 二者不可得兼, 舍生而取義者也.)"(≪孟子≫<告子> 上)에서 유래한 것이다.
7) 登壇(등단): 대장이 됨을 말함. 옛날 장수의 권위를 높여주기 위해 단을 쌓고 예식을 행했던 고사에서 유래한 것이다.(≪史記≫<淮陰侯列傳>)
8) 幸甚(행심): 문서 따위에서 '매우 다행함' 또는 '매우 감사함'의 뜻으로 쓰는 말.

再諭文

嗚乎! 我今日國家之變, 凡有忠憤敵愾之心者, 孰不欲奮身一死, 而況平日讀書之人? 講究義理之學, 辦決於死生之分[1], 弊屣捐軀, 徒有向上之誠而已哉. 不佞, 素知此義, 乃欲效忠於國家患生之日, 以遂其萬一之忱[2]. 而方今賊勢熾張, 寡固不可以敵衆[3], 則雖若燎原之可撲, 而正恐杯水[4]之難救, 豈可以孑然特立? 絕無蚍蜉蟻子之援, 幷與用力於蒼黃危難之際, 而尙有國艱之可圖哉.

茲於揮涕, 登壇之日, 已爲發通告諭. 而願與一鄕同志之士, 極力共濟, 以保我二百年宗社之責, 則宜各爲憤勵倡導[5]之不暇矣. 豈敢有逡巡退縮之如是乎? 幸望僉君子, 夐曉諭意, 以爲糾合, 同聲之應, 幸甚幸甚.

---

1) 分(분): 分義. 자기의 분수에 알맞은 정당한 도리.

2) 忱(침): 憂國之忱. 葵藿之忱. '규곽지침'은 해바라기가 해를 향하는 것처럼 신하가 임금을 향해 정성을 다하는 것을 말한다.

3) 寡固不可以敵衆(과고불가이적중): 적은 수가 진실로 가히 큰 무리를 대적하지 못함. 衆寡不敵과 관련된 것으로, 무력으로 천하통일을 하려는 齊宣王과 문답하면서 맹자가 "작은 것이 진실로 가히 큰 것을 대적하지 못하며, 적은 수가 진실로 가히 큰 무리를 대적하지 못한다.(小固不可以敵大, 寡固不可以敵衆.)"(≪孟子≫＜梁惠王章 上＞)고 대답한 것에서 유래한다.

4) 杯水(배수): 杯水車薪. 한 잔 물로 수레에 실린 나무에 붙은 불을 끄겠다는 것으로, 혼자 힘으로는 어림도 없는 일을 해결하거나 감당하겠다고 나설 때를 비유하는 말이다. 맹자가 "仁이 不仁을 이긴다는 것은 마치 물이 불을 이긴다는 것과 같다. 오늘날 인을 하려는 사람은 술잔 하나의 물로서 한 수레의 장작더미의 불을 막는 것과 같다.(孟子曰: '仁之勝不仁也, 猶水勝火. 今之爲仁者, 猶以一杯水, 救一車薪之火也.')"(≪맹자≫＜告子章 上＞)에서 유래한다.

5) 倡導(창도): 앞장서서 주장함.(主唱)

三諭文

嗚乎! 三千之衆, 一心猶難, 故自古誓師[1]之法, 或一再而至三。至於誓師再三, 而不用命者, 則邦有常刑, 況今國家罹憂, 聖上蒙塵[2]?

凡爲臣子之分, 固不可一日心安而神定, 則至如不佞之屢屢告諭。一出於忠憤義勵之心, 而不率糾義之擧者, 寧可曰其罪容已乎?

若此書申諭[3]之後, 惟我同志之人, 一向岸視不應, 則先自馳赴, 不避危難。而後當啓聞[4], 以勘蔑分之罪, 夏加十分[5]調, 畫以爲量, 宜處事之地, 幸甚。

---

1) 誓師(서사): 출정할 때 군사들에게 경계하는 말.
2) 蒙塵(몽진): 먼지를 뒤집어쓴다는 뜻으로, 임금이 난리를 피하여 안전한 곳으로 떠남.
3) 申諭(신유): 여러 번 타일러 깨우쳐 줌.
4) 啓聞(계문): 조선시대에, 신하가 글로 임금에게 아뢰던 일.
5) 十分(십분): 충분히. 더욱

諭各面募粟有司[1]文

右爲盡心擧行事。方今國家不幸西變[2], 此劇臣民[3]之痛, 曷勝言哉? 糾義之擧, 迺臣分之不容已者。

爲先, 本縣各面, 擇定有司, 以爲倡合[4]董率[5]之計。而至於糧餉[6]一款, 猝難調劃[7]。若或賊勢熾張, 軍兵久持, 則後用軍糧, 不可不預爲措置。兹於各面, 抄出募糧都監, 令飭軍務。而又於鄕校・書院・鄕所及大小人員[8]許, 同議開諭, 隨願隨力, 各出斗斛[9], 以備資用之萬一。而各使盡誠, 則第當隨其多寡, 轉聞[10]處置。并以此意, 着實施行事, 故諭[11]。

---

1) 募粟有司(모속유사): 곡식을 모집하는 일을 맡아보는 사람.
2) 西變(서변): 여기서는 정묘호란을 일컬음.
3) 臣民(신민): 관원과 백성을 아울러 이르는 말.
4) 倡合(창합): 先倡合財. 앞장서서 재물을 거둠.
5) 董率(동솔): 감독하여 거느림. 독촉함.
6) 糧餉(양향): 군대의 양식.(軍糧)
7) 調劃(조획): 조달.
8) 大小人員(대소인원): 높고 낮은 모든 벼슬아치를 통틀어 이르는 말.
9) 斗斛(두곡): 말과 휘. 곡식을 되는 기구이다.
10) 轉聞(전문): 다른 사람을 거쳐 간접으로 들음.
11) 故諭(고유): 이러므로 유시함. 諭文의 맨 끝에 쓰는 형식적인 어휘이다.

後錄

一. 各面有司, 當商量[1]抄定[2], 必以勇健有智謀者。其或有疾病難赴[3]者, 則代以無故人[4]差定[5]領率, 卽卽依此知委[6]擧行事。

一.　前銜閒良[7]・納粟店匠人,　及無論公私賤[8]・鄕吏[9]・驛吏[10]・私砲手[11], 摠年少壯健者, 并無遺領來事。

一. 鄕儒生, 或老病殘弱, 而無年少子姪[12]者, 當以壯奴, 代行事。

一. 軍器諸具, 卒難辦備[13], 本邑官軍器, 當與相通, 而若或搪塞, 則爲先啓聞[14], 次急急馳報事。

一.　軍糧,　調轉之節,　不可絶乏[15],　當與校院・任鄕所及一鄕員,　相議辦

---

1) 商量(상량): 헤아려서 잘 생각함.
2) 抄定(초정): 여럿 가운데서 뽑아 정함.(選定)
3) 難赴(난부): 難赴戰場. 싸움터에 나아가기가 어려움.
4) 無故人(무고인): 아무런 연고가 없는 사람.
5) 差定(차정): 사무를 맡김.
6) 知委(지위): 명령을 내려서 알려줌.
7) 前銜閒良(전함한량): 벼슬에서 은퇴한 전직 품관으로서 閒良官. 조선시대에 이 한량관들은 자의적으로 留鄕所를 만들고 우두머리가 되어 지방의 풍기를 단속하고 鄕吏의 악폐를 막는 등 민간자치의 지도자적 역할을 떠맡았다.
8) 公私賤(공사천): 內奴・寺奴・驛奴・校奴의 유를 公賤이라 하고, 士庶의 奴를 私賤이라 함. 사천의 부역은 공천보다 중할 뿐만 아니라 사천은 반드시 軍額에 보충하여 그것을 束伍라 하였다.
9) 鄕吏(향리): 한 고을에 대물림으로 내려오던 구실아치.
10) 驛吏(역리): 역참에 속한 구실아치.
11) 私砲手(사포수): 국가 기관에 적을 두지 아니하고 개인적으로 사냥하던 포수.
12) 子姪(자질): 자손.
13) 辦備(판비): 변통하여 준비함.
14) 啓聞(계문): 글로 아룀.
15) 絶乏(절핍): 공급이 끊어져 아주 없어짐.

出16), 以爲輸送, 而如或老病無奴之人, 不能領代, 願出軍糧者, 諒許事。

　一. 措辦軍糧, 若未及期收捧17), 則當有重罰, 而爲先官穀貸出事。

　一. 軍糧·軍器, 幷爲輸運之時, 一鄕人, 無論儒生·閒丁18), 公私19)幷有馬之人, 抄出載來事。

　一. 軍器措備, 萬分時急, 如有錢財之人, 爲國傾困損金20), 則當各別馳報轉聞, 優施褒奬之典, 右人姓名, 詳細成冊, 知委事。

　一. 能射·能砲者, 雖或得罪於鄕中, 渠能回心向義, 則亦容許應募事。

　一. 我國, 自經壬辰兵燹之後, 人心未定, 今且繼亂, 凡百條束21), 當十倍加意22), 後乃可對陣, 以此各令知委事。

　一. 上項諸件, 各爲條約, 後如或有不遵此令者, 當依律馳報事。

---

16) 辦出(판출): 변통하여 마련함.
17) 收捧(수봉): 세금을 징수함.
18) 閒丁(한정): 국역에 나가지 않는 장정.
19) 公私(공사): 관아와 민간을 아울러 이르는 말.
20) 傾困損金(경균손금): 곳간을 기울여서 있는 재물을 다 턺.(傾困倒廩) 韓愈가 일찍이 山陽에 있을 적에 竇秀才가 편지를 올려 師事하기를 청해오자, "비록 道德을 깊이 쌓고서 그 빛을 감추어 드러내지 않고, 그 입을 틀어막아 전해지지 않던 옛날의 君子라 할지라도, 足下의 이처럼 간절한 請을 받았을 경우에는 장차 자기의 곳집을 기울여서 있는 대로 다 바칠 것이라.(雖使古之君子, 積道藏德, 遁其光而不曜, 膠其口而不傳者, 遇足下之請懇懇, 猶將倒廩傾困, 羅列而進也.)"(≪韓昌黎集≫<答竇秀才書>)에서 유래한다.
21) 條束(조속): 約條와 約束. 여기서는 '약속한 조항'을 의미함.
22) 加意(가의): 특별히 마음을 씀.

呈左道號召使(張顯光)文

謹呈[1]爲仰告事。先生, 道學之純一[2], 忠義之奮激, 朝野[3]之所顒望[4], 已久。不幸夷虜逼境, 大駕[5]播遷[6], 中外諸臣惻於豕突[7], 鄕曲民心急於魚駭。方今, 國勢危髮, 廟筭[8]失措[9], 朝廷恃我本道者, 不啻若手足之捍頭目, 子弟之衛父兄, 而所以屬望[10]於今日矣。

兹於左右號召使, 卽令糾衆, 董促應募, 而屢屢天書[11], 若是懇至, 凡爲臣子之分, 孰敢不效死殫誠[12]於如此危難之日哉? 仰惟先生, 平日以英邁之才德, 拔出[13]群僚, 爲一世之所推服[14], 況今全道之擔任不輕? 所以有憂勤惕慮[15]之心, 而各邑義兵, 所前後關旨[16], 申嚴[17]準截, 使之欣動感激於群心[18]。

---

* 장현광은 정묘호란이 일어난 직후인 1627년 1월 19일 경상좌도 호소사로 임명되었다.
1) 呈(정): 呈文. 하급 관아에서 동일한 계통의 상급 관아로 올리는 공문. 또는 백성이 관청에 陳情하기 위해서 바치는 글이기도 하다.
2) 純一(순일): 다른 것이 섞이지 않고 순수함.
3) 朝野(조야): 조정과 민간을 통틀어 이르는 말.
4) 顒望(옹망): 우러러 쳐다봄. 간절히 바람.
5) 大駕(대가): 임금을 비유적으로 이르는 말.
6) 播遷(파천): 임금이 도성을 떠나 다른 곳으로 피란함.
7) 豕突(시돌): 산돼지처럼 앞뒤를 헤아림 없이 함부로 달려들음.
8) 廟筭(묘산): 조정의 계책.
9) 失措(실조): 처리를 잘못함.
10) 屬望(촉망): 잘 되기를 기대함.
11) 天書(천서): 임금의 詔書.
12) 殫誠(탄성): 정성을 다함.
13) 拔出(발출): 특출하게 뛰어남.
14) 推服(추복): 따라서 높이 받들고 추앙함.
15) 憂勤惕慮(우근척려): 걱정하고 애쓰며 두려워하고 염려함.(勞心焦思)

向上之誠, 如適道者服襲乎? 家庭之傳聞見乎? 師門之訓, 雖粗知, 義理之有君臣父子之分, 而素以學蔑才劣, 固不足以臨大事[19]・決大策, 措國家於磐石之安[20]。然尙有忠憤義勵之心, 奮發於今日, 思所以北首爭死, 報國[21]而已。豈敢少有退縮之心乎? 今方董率義旅, 指期勇赴, 而兩道號召使來到關旨, 當依令擧行, 各令知委後, 次次馳報。辭溢情蹙[22], 無任兢惶之至。

---

16) 關旨(관지): 官府文書의 하나로, 동등한 관부 사이 또는 상급 관부에서 하급 관부에 보내던 문서.(關文)
17) 申嚴(신엄): 더욱 더 엄중하게 함.
18) 群心(군심): 여러 사람의 마음이란 뜻으로, 여기서는 '백성'을 의미함.
19) 大事(대사): 여기서는 전쟁을 의미함.
20) 磐石之安(반석지안): 이리저리 흔들리지 아니하는 큰 바위와 같은 편안함을 비유한 말.
21) 報國(보국): 나라의 은혜를 갚음. 나라에 충성을 다함.
22) 情蹙(정축): 절박한 심정.

呈右道號召使(鄭經世)文

謹呈爲仰陳痛迫[1]事。伏以適道, 不量駑劣, 糾率義旅, 行至中道, 卽見營吏[2]李廷薰[3], 文告[4]內, 「二月初五日, 自江都宣傳官[5]言內, "和使[6], 姜絪[7]入去, 姜弘立[8]以爲, 若送重臣[9], 則和事可成." 又云兩國和好[10], 則共享太平.」見此文告, 讀之未半, 不覺血淚被面也。

夫我國之於天朝, 不但有服事[11]之勤, 而亦不敢有一日忘恩[12]者。昔在壬辰

---

* 정경세는 정묘호란이 일어난 직후인 1627년 1월 19일 경상우도 호소사로 임명되었다.

1) 痛迫(통박): 원통하고 절박함.

2) 營吏(영리): 조선 시대에, 감영·군영·수영에 속하여 있던 서리.

3) 李廷薰(이정훈): 未詳.

4) 文告(문고): 아랫사람에게 禮樂教化를 깨우쳐주는 글이나, 여기서는 '통문'을 의미함.

5) 宣傳官(선전관): 조선 시대에, 선전관청에 속한 무관 벼슬. 또는 그 벼슬아치. 품계는 정삼품부터 종구품까지 있었다.

6) 和使(화사): 쌍방 간의 안 좋은 감정을 풀어 없애기 위한 임시 벼슬아치를 일컫는 듯.

7) 姜絪(강인, 1568~1634): 우의정 士尚의 아들. 姜弘立의 숙부. 임진왜란 때 왕을 호종한 공으로 1604년 扈聖功臣 3등에 녹훈되고, 晉昌君에 봉해졌다. 정묘호란 때는 回答使로 적진에 내왕하여 적정을 비밀리에 탐색하며 협상을 벌였다. 그 후 한성부좌윤, 한성부우윤을 역임하였다. 일찍이 선천군수로 있을 때 30여리의 관개수로를 팠는데, 백성들이 이것을 '姜公堤'라 불렀다.

8) 姜弘立(강홍립, 1560-1627): 본관은 晉州. 자는 君信. 호는 耐村. 참판 紳의 아들. 1618년 명나라가 後金을 토벌할 때, 명의 요청으로 조선에서 구원병을 보내게 되었다. 이에 조선은 강홍립을 五道都元帥로 삼아 13,000명의 군사를 거느리고 출정하도록 했다. 그러나 조선과 명나라 연합군이 富車에서 대패하자, 강홍립은 조선군의 출병이 부득이하게 이루어진 사실을 통고한 후 군사를 이끌고 후금에 항복하였다. 이는 현지에서의 형세를 보아 향배를 정하라는 광해군의 밀명에 따른 것이었다. 투항한 이듬해 후금에 억류된 조선 포로들은 석방되어 귀국하였으나, 강홍립은 부원수 金景瑞 등 10여 명과 함께 계속 억류되었다. 1627년 정묘호란 때 귀국, 江華에서의 和議를 주선한 후 국내에 머물게 되었으나, 逆臣으로 몰려 관직을 빼앗겼다가 죽은 후 복관되었다.

9) 重臣(중신): 정2품 이상의 벼슬아치.

10) 和好(화호): 나라와 나라 사이에 다툼 없이 가까이 지냄.(和親)

之始訌也, 肆言假道[13], 通使我國, 我先祖昭敬王[14], 斥絶其使, 因具奏聞于天朝, 以爲懲荊之擧[15]。遂致外國之攔入, 陷我八路[16], 覆我三都[17]而末, 乃夷先君二墓[18], 執國王二子[19], 見此罔測之變也。昭敬王, 因乞師天朝, 遂發十萬衆十萬斛, 以救我生靈陷溺之命, 而保有我宗社, 式至于今日, 休此莫非天朝之盛恩也。顧惟蜂蟻之微, 亦有天性, 則豈敢少忽於向上哉? 今又我國家, 不幸酷被兵燹, 見此播遷之辱, 環東一域, 擧入魚涸[20]之中。嗚乎! 國勢之際此危險, 痛哭無地。

今以本道號召使之差出, 已自朝廷, 簡擇其賢良才俊之人。而各所義兵, 同糾合勢, 一時向赴, 得遂其忠君事上之願, 而平日素講義理, 只是君父一體, 忠愛二字而已[21]。

---

11) 服事(복사): 복종하여 섬김.

12) 恩(은): 명나라가 임진란 때 구원해준 은혜를 지칭하는 '再造之恩'을 일컬음.

13) 假道(가도): 임진왜란 이전에 倭의 도요토미 히데요시[豐信秀吉]가 우리나라도 침범하고 명나라도 침범할 계략으로 玄蘇 등 使臣을 보내서 우리나라에 글을 전하여 길을 빌려 달라[假道]고 꾕계하여 우리에게 요청했던 사실. 그 말씨가 너무도 오만하므로 우리나라는 대의를 들어 그 사신을 물리쳐 끊었다.

14) 昭敬王(소경왕): 조선 제14대 왕 宣祖(재위 1567~1608). 처음에는 많은 인재를 등용하여 국정 쇄신에 노력했고 여러 전적을 간행해 유학을 장려했다. 그러나 치열한 당쟁 속에 정치기강이 무너져 치정의 방향을 잡지 못했고 두 차례의 野人의 침입과 임진왜란을 당했던 왕이다.

15) 懲荊之擧(징형지거): 周나라 武王 때 周公이 군사를 이끌고 남쪽의 荊舒와 북쪽의 戎狄을 쳐서 천하를 편안케 했던 역사적 사실을 일컬음.

16) 八路(팔로): 八道.

17) 三都(삼도): 한양, 개성, 평양을 말함.

18) 先君二墓(선군이묘): 조선 9대 임금 成宗을 모신 宣陵과 11대 임금 中宗을 모신 靖陵. 일본군에 의해 도굴 당했는데, 기대했던 보물이 나오지 않자 시신을 담은 관들을 그대로 팽개쳤다고 한다.

19) 國王二子(국왕이자): 임진란 당시 함경도와 강원도에 피신 중이던 선조의 두 왕자 첫째 臨海君과 여섯째 順和君. 왜군이 함경도에 침입하자 회령에 유배되어 향리로 있던 鞠景仁에 의해 적장 가토 기요마사[加藤淸正]에게 넘겨져 포로가 되었다.

20) 魚涸(어학): 涸轍鮒魚. 수레바퀴 자국에 괸 물에 있는 붕어란 뜻으로, 궁지에 빠져 구원이 시급한 상황 또는 위급한 처지에 있으면서도 당장 눈앞의 이익을 챙기는 사람 등을 일컫는 말.(≪莊子≫ <外物篇>)

21) 君父一體, 忠愛二字而已(군부일체, 충애이자이이): ≪童蒙先習≫에 있는, "비록 그러하나 천하에 부모에게 바탕을 두지 않은 사람은 없는 것이라. 부모가 비록 사랑하지 않더라도

今奈朝廷和使之論，乃發於罔措22)之日，而使彼犬羊23)蠢悖之性，敢肆螽蠆蛇蝎之毒，忍心逞意24)，遂欲結和乎? 況今絲綸25)屢下，求望於本道多士者，甚切至? 此所以兩道號召使關旨及管餉使26)文告內，「兵馬糧餉27)，急急董運，指期勿滯.」各令盡忠於國家，遭亂之日，而爲邱恩報毫28)之計。

伏惟閣下29)，平日義理明白，才氣英卓，不待國家之勤托，而已有忠奮敵愾之勇矣。曷不犯冒，於艱危之極，思所以向前直赴，不避死生哉? 今此事勢，萬分緊急，此所以仰陳情由，極力同仇30)，以保我宗社，幸甚。

자식이 불효를 할 수는 없느니라.(雖然, 天下無不是底父母, 父雖不慈, 子不可以不孝.)"는 구절과 공자가 말한 "신하는 충성으로써 임금을 섬기는 것이라.(孔子曰: '臣事君以忠.')"는 구절을 참고하면, 임금이 그 도리를 다하지 못하더라도 신하는 다만 충성으로써 섬길 뿐이라는 의미임.
22) 罔措(망조): 罔知所措. 너무 당황하거나 급하여 어찌할 줄을 모르고 갈팡질팡함.
23) 犬羊(견양): 하찮은 것을 뜻하는 것으로서, 여기서는 '강홍립'을 천시하는 말로 쓰임.
24) 逞意(영의): 제 마음대로 함.
25) 絲綸(사륜): 임금의 詔勅. "임금의 말은 처음엔 실처럼 가늘다가도 밖에 행해질 때는 밧줄처럼 굵어진다.(王言如絲, 其出如綸.)"(≪禮記≫＜緇衣＞)에서 유래한다.
26) 管餉使(관향사): 지방의 軍糧을 관리하던 벼슬. 인조 1년(1623)에 설치하여 초기에는 전국적으로 파견하였으나, 이후 평안도 지역에 치중하여 파견하였고 평안 감사가 겸임하였다.
27) 糧餉(정향): 군대의 양식.(軍糧)
28) 邱恩報毫(구은보호): 크나큰 은혜에 아주 조금이라도 보답함을 일컫는 말.
29) 閣下(합하): 정1품 벼슬아치를 높여 부르던 말.
30) 同仇(동구): 與子同仇. 서로 원수 토멸하기를 기약함. "어찌 옷이 없다 해서 자네와 포를 같이 입으리오? 왕이 군사를 일으키면 우리들 창과 모를 손질하여 자네와 같이 원수를 치리라.(豈曰無衣, 與子同袍? 王于興師, 修我戈矛, 與子同仇.)"(≪詩經≫＜秦風·無衣＞)라 한 데서 유래한다.

義所傳令

今見號召使關到, 辭意懇惻, 開諭明切, 有足以感動人心, 激勵士氣。 其在奉行之道, 寧或逡巡退蹙, 自抵於不忠之科哉? 惟我韶州[1], 卽古文獻之地[2], 平日, 家庭之所訓誨, 鄕黨[3]之所勉飭, 不出乎忠孝, 則當君父危急之秋, 可不激勵奮發, 思所以捍衛之道乎? 蠢蟻之微, 尙有君臣之分[4], 矧伊人矣? 苟不能見義思勇[5]·同聲效力, 而坐視鑾輿[6]之播遷·廟社之蒙塵, 但向草間求活, 則秉彝同得之天·鄒魯[7]素養之風, 顧安在哉?

---

1) 韶州(소주): 경북 의성의 異稱. ≪韶州三綱錄≫ 등이 있다. 그런데 호계공이 잘 사용하지 않던 이칭을 구태여 쓴 것은 다음의 사실이 영향을 끼친 것으로 보인다. "南宋의 寧宗 원년(1195) 2월에 간신 韓侂胄가 丞相 趙汝愚를 모함하여 축출하고 朱子 등의 도학파를 僞學이라고 배척하였다. 위학이란 곧 탐욕을 부리고 멋대로 행동하는 것이 사람의 진정이지 청렴결백하고 올바른 행동을 하는 것은 모두 거짓이라는 것이었다. 이때 呂祖儉이 조여우를 변호하다가 韶州로 유배 가자, 주자는 자신이 여러 조정의 은혜를 받았으며 또 아직도 신하의 반열에 있으므로 침묵할 수 없다 하여, 수만 자에 이르는 長文의 상소문을 草하여 간신들이 군주의 총명을 가리는 병폐를 극언하였다. 이에 자제와 문생들이 '화를 부르게 될 것'이라 하여 번갈아 만류하였으나 듣지 않았다. 마침 蔡元定이 들어와 ≪주역≫으로 점을 쳐서 상소여부를 정하기로 했는데, 상소하지 않는 것으로 결정되었다. 이에 주자는 상소문을 불태우고 스스로 遯翁이라 호하여 세상에 깊이 은둔할 뜻을 나타내었다."(≪朱子大全 附錄≫권4<年譜>)는 사실이 있다. 어쩌면 호계공이 재야사림으로서의 자부심을 드러낸 것으로 보이기도 한다.
2) 文獻之地(문헌지지): 문헌의 고장.
3) 鄕黨(향당): 자기가 태어났거나 사는 시골 마을. 또는 그 마을 사람들.
4) 分(분): 分數. 자기 신분에 맞는 한도.
5) 不能見義思勇(불능견의사용): "옳은 일을 보고도 행하지 않는 것은 용기가 없는 것이다. (見義不爲無勇也.)"(≪論語≫<雍也篇>)는 구절을 활용함.
6) 鑾輿(난여): 임금이 거둥할 때 타고 다니던 가마인데, 여기서는 '임금'을 의미함. 屋蓋에 붉은 칠을 하고 황금으로 장식하였으며, 둥근기둥 네 개로 작은 집을 지어 올려놓고 사방에 붉은 난간을 달았다.
7) 鄒魯(추로): 孔子·孟子의 遺風이 있는 문명한 곳을 일컬음. 鄒는 맹자의 출생지이고, 魯

適道之無似[8]自知, 儒素[9]之不能效武, 而上司之敦迫旣切, 弸中之忠憤自激, 義有所不敢辭者。 茲庸奮身, 爲糾旅死長之計, 幸我同志諸君子, 各張義膽[10], 以邃敵愾[11]之忱。

若其成敗利鈍, 非適道之所逆覩[12], 顧當盡吾義而已。兵以義名, 義不以力[13], 雖張空拳冒白刃[14], 寧有頓挫之慮? 況今器仗糧餉已令措處, 兵進有可恃之勢? 正吾輩效力之秋, 望諸君, 各須勉勵, 故茲知委。

는 공자의 출생지이다.

8) 無似(무사): 아버지나 할아버지만 못한 자식. 스스로 낮추어 하찮은 사람이라는 뜻이다.

9) 儒素(유소): 儒家의 사상에 부합되는 고상한 품격과 덕행을 갖춘 것을 말함.

10) 義膽(의담): 의로운 마음.

11) 敵愾(적개): 敵愾同仇. 적개심을 불태워 함께 원수를 갚음.

12) 若其成敗利鈍, 非適道之所逆覩(약기성패이둔, 비적도지소역도): 諸葛亮이 쓴 <出師表>의 "성공과 실패, 이익과 손해는 신의 지혜로 미리 예측할 수 있는 바가 아니다.(至於成敗利鈍,非臣之明所能逆覩也.)"는 구절을 인용한 것임. '逆覩'는 '앞일을 미리 내다본다.'(豫測)는 뜻이다.

13) 義不以力(의불이력): 項羽의 포위에서 간신히 벗어나 황하를 건너 洛陽의 新城에 다다른 漢王 劉邦에게 董公이 한 "어짊은 용맹을 부를 일이 없고, 의로움은 힘을 쓸 일이 없다.(仁不以勇 義不以力)"(≪前漢書≫ <高帝紀>)는 말에서 인용함.

14) 張空拳冒白刃(장공권모백인): 司馬遷의 <報任少卿書>에 있는 "온 얼굴에 피눈물을 뒤집어쓰고 소리 죽여 울면서 빈주먹을 불끈 쥐고 적의 시퍼런 칼도 무릅쓰고 북쪽을 향해 목숨을 걸고 싸웠다.(沫血飲泣, 更張空拳, 冒白刃, 北嚮爭死敵者.)"는 구절에서 활용함.

義所榜諭

今此募糧之擧, 實軍國之急務, 自古軍餉缺而能濟事者, 未之有也。前無可仰之積, 後無可繼之輸[1], 則雖有敢死之勇・能戰之心, 而其如困餒不振何? 此睢陽烈士之所以城陷身死[2], 而竟不滅羯奴[3]者也。方今賊變猝發, 公儲[4]罄竭[5], 國事之艱危, 言之痛哭。自行朝[6]特思權宜濟事之策[7], 發遣[8]管餉官, 爲募糧餉[9]・補軍需之擧。爲今日任司諸員, 合宜惕念[10]施行。

---

1) 前無可仰之積, 後無可繼之輸(전무가앙지적, 후무가계지수): ≪自治通鑑≫<漢紀三十二・建武元年>에 의하면, 여러 장수와 호걸들이 禹에게 長安을 빨리 공격하라고 권유하자, 禹가 "그렇지 않다. 지금 나의 군사가 비록 많다고 하지만 전투에 능한 자가 적고 앞에도 믿고 의지할 수 있는 군량이 없고 뒤에도 보내오는 군수물자가 없기 때문이다.(諸將豪桀皆勸禹徑攻長安, 禹曰: '不然. 今吾衆雖多, 能戰者少, 前無可仰之積, 後無轉饋之資.')"고 말한 것을 활용한 것임.

2) 睢陽烈士之所以城陷身死(수양열사지소이성함신사): 睢陽烈士는 張巡을 가리킴. 張巡은 唐나라 玄宗 때 安祿山의 난이 일어나자 睢陽太守 許遠과 함께 睢陽城을 몇 달 동안 사수하면서 賊將 尹子琦와 전투를 벌였는데, 중과부적에 식량마저 떨어진 상태에서 그의 명성을 시기한 臨准節度使 賀蘭進明이 고의로 구원병을 보내지 않는 바람에 악전고투하다가 결국 성은 함락되고 적에게 죽임을 당하였다.(≪舊唐書≫ 권187)

3) 羯奴(갈노): 五胡 가운데 하나로 흉노의 별종인데, 여기서는 安祿山을 가리키는 말임. 그는 아버지가 소그드인, 어머니가 돌궐족이다.

4) 公儲(공저): 정부에서 하는 저축. 곡식을 비축하는 것 따위를 이른다.

5) 罄竭(경갈): 財政이 다 없어짐.(枯渴)

6) 行朝(행조): 피난 중의 임시 조정.(行在所)

7) 權宜濟事之策(권의제사지책): "임기응변의 처리하는 방책을 품은 자도 오늘날 애석해 할 만한 것이라.(自壞其權宜濟事之策者, 亦今日之所可惜也.)"(≪朱書≫<上宰相>)에서 인용함.

8) 發遣(발견): 일정한 임무를 주어 사람을 보냄.(派遣)

9) 糧餉(양향): 군대의 양식.(軍糧)

10) 惕念(척념): 警戒하여 두려워하는 마음.

教書(附)

王若曰:

不弔旻天[1], 降禍于我國, 金虜[2]小醜[3], 越兹蠢動[4], 西土人士[5], 咸罷兵刃。

龍灣[6]·凌漢·淸川三城, 不能一朝守, 以至[7]平壤潰·黃州散, 封豕長蛇[8]之勢, 有不可遏。

惟予否德[9], 延[10]遭大艱, 不得不踵太王之踰梁[11], 少避凶鋒, 兹奉廟社·慈

---

* 이 教書는 인조 5년(1627) 2월 4일 반포한 것이다. ≪仁祖實錄≫(이하 <실록>이라 함) 해당일의 14번째 기사에 해당한다. 번역은 실록의 번역을 참고하였음을 밝힌다.

1) 旻天(민천): <실록>에는 '天'으로 되어 있음. '不弔'에서 '弔'의 뜻은 ≪詩經≫<小雅·節彼南山>의 "하늘이 돌보지 않음이여! 우리 백성들을 궁하게 만들지 않았어야 되는 것을.(不弔昊天, 不宜空我師.)" 구절과, ≪書痙≫<周書·大誥>의 "하늘이 돌보지 않아 우리 집안에 재난을 내리심에 있어 조금도 지체하지 않았다.(弗弔天, 降割于我家, 不少延.)"는 구절을 참고하면, '불쌍히 여기다'의 뜻이다.

2) 金虜(금로): 금나라 오랑캐. <실록>에는 '女眞'으로 되어 있음.

3) 小醜(소추): 미천한 놈.

4) 蠢動(준동): <실록>에는 '蠢'으로 되어 있음.

5) 越兹蠢動, 西土人士(월자준동, 서토인사): ≪書痙≫<周書·大誥>의 "서쪽 사람들은 편치 못할 것인데, 지금 이미 움직이고 있다.(西土人亦不靜, 越兹蠢.)"는 구절을 활용함. '人士'는 <실록>에 '人'으로 되어 있다.

6) 龍灣(용만): 지금의 평안북도 義州.

7) 至(지): <실록>에는 '至于'로 되어 있음.

8) 封豕長蛇(봉시장사): 큰 멧돼지와 뱀이란 뜻으로, 탐욕을 부리며 난폭하게 덤벼든다는 의미임. "吳나라는 봉시장사라서 끊임없이 상국을 침범하고 있다.(吳爲封豕長蛇, 以荐食上國.)"(≪春秋左氏傳≫ 定公 4년조)에서 그 용례가 나온다.

9) 否德(비덕): <실록>에는 '不德'으로 되어 있음. 否는 64괘의 하나로, 음양이 고르지 못하여 일이 잘 되지 않는 象이다.

10) 延(연): <실록>에는 '誕'으로 되어 있음.

11) 太王之踰梁(태왕지유양): 滕文公의 질문에 孟子가 "옛날에 태왕이 빈에 있을 때 오랑캐들이 침입해 들어오자, 가죽과 비단으로써 그들을 섬겼으나 그들의 침입을 면할 수 없었고, 개와 말로써 그들을 섬겼으나 그들의 침입을 면할 수 없었으며, 주옥으로써 그들을

殿[12], 出次江都。 都下[13]士女[14], 顛仆道途[15], 萬品失序, 八路震湯[16], 痛心靦

貌[17], 罪實在予, 尙何言哉? 虜賊[18]自過安州以後, 累次[19]致書[20], 以要通

好[21]。 犬羊之言, 雖不可信, 在我權宜應變, 以爲一時緩兵之計, 則有不得已。

而虜心叵測[22], 至以拒絶天朝爲辭, 此則君臣天地, 大義截然, 寧[23]以國斃, 不

敢從也。

　朝廷方遣晋昌君姜絪[24], 回答于虜中, 此一款, 必當[25]嚴辭拒之[26]。 賊欲[27]

捨此一款, 仍求和好, 則雖有下城[28]之恥, 或[29]紓目前之急。 第無厭之欲[30], 無

섬겼으나 역시 그들의 침입을 면할 수 없었나이다. 이리하여 태왕은 그곳 노인들을 모아

놓고 '오랑캐들이 원하는 것은 바로 우리의 토지인 것이오. 내 듣건대 군자는 사람을 기

르는 땅 때문에 사람을 해치는 않는다 하오. 그대들은 어찌 임금 없는 것을 걱정할 것이

있으리오. 내가 이곳을 떠나려 하오.' 하고, 빈을 떠나 양산을 넘어 기산 아래에 도읍을

정하고 살았다.(昔者大王居邠, 狄人侵之. 事之以皮幣, 不得免焉, 事之以犬馬, 不得免焉, 事之

以珠玉, 不得免焉. 屬其耆老而告之曰, '狄人之所欲者, 吾土地也. 吾聞之也, 君子不以其所以養人

者害人. 二三子何患乎無君? 我將去之.' 踰梁山, 邑于岐山之下居焉.)"(≪孟子≫＜梁惠王章句下)

고 한 말을 일컬음.

12) 慈殿(자전): 임금의 어머니를 이르던 말.(慈聖)

13) 都下(도하): 서울 안.(都城) ＜실록＞에는 '都人'으로 되어 있음.

14) 士女(사녀): 남자와 여자를 아울러 이르던 말.

15) 道途(도도): 길바닥. ＜실록＞에는 '道路'로 되어 있음.

16) 震湯(진탕): ＜실록＞.에는 '震蕩'으로 되어 있는데, 이것이 옳음.

17) 靦貌(전모): ＜실록＞에는 '靦顔'으로 되어 있음.

18) 虜賊(노적): ＜실록＞에는 '伊賊'으로 되어 있음.

19) 累次(누차): ＜실록＞에는 '累差人'으로 되어 있는데, 이것이 의미가 분명함. 差人은 관아

　　에서 임무를 주어 파견하던 사람을 이르나, 여기서는 '사신'을 의미함.

20) 致書(치서): ＜실록＞에는 '致胡書'로 되어 있음.

21) 通好(통호): 우호를 맺음.

22) 叵測(파측): 헤아리기 어려움.

23) 寧(영): ＜실록＞에는 '有'로 되어 있음.

24) 姜絪(강인, 1568~1634): 우의정 士尙의 아들. 姜弘立의 숙부. 임진왜란 때 왕을 호종한

　　공으로 1604년 扈聖功臣 3등에 녹훈되고, 晋昌君에 봉해졌다. 정묘호란 때는 回答使로 적

　　진에 내왕하여 적정을 비밀리에 탐색하며 협상을 벌였다. 그 후 한성부좌윤, 한성부우윤

　　을 역임하였다. 일찍이 선천군수로 있을 때 30여리의 관개수로를 팠는데, 백성들이 이것

　　을 '姜公堤'라 불렀다.

25) 必當(필당): ＜실록＞에는 '當'으로 되어 있음.

26) 拒之(거지): ＜실록＞에는 '以拒之'로 되어 있음.

27) 欲(욕): ＜실록＞에는 '若'으로 되어 있는데, 이것이 옳음.

28) 下城(하성): ＜실록＞에는 '城下'로 되어 있는데, 이것이 옳은지는 의문임.

已之求31), 一有不從, 其禍尤酷, 前鑑不遠, 在宋之世32)。危急存亡, 此維其時33), 乃今日定算, 則甸服34)之卒, 屯據南漢, 三南之兵, 遮絶35) 漢江; 西北之軍, 議賊之後, 庶齊鋒淬刃, 相機剿36)滅。但江都37)根本, 形勢孤危, 三軍暴露, 百官倚壁, 糧餉38)方匱, 舟師未集, 沿江諸屯, 兵食俱缺, 西師新敗39), 北軍未到, 而隳突之患, 政40)在朝夕。此41)乃忠臣·烈士, 流涕讀詔, 血誠42)起義43)之秋也。

咨爾藩鎭守宰·大小士民 , 咸奮忠義, 敵王所愾44), 或催趨兵馬, 或督運糧餉, 同心同仇, 以赴45)國難。於乎46)! 王事47)孔棘, 爾莫愛身, 須時有功, 予不吝賞。故玆敎示, 想宜知悉。

---

29) 或(혹): <실록>에는 '姑'로 되어 있음.
30) 欲(욕): <실록>에는 '慾'으로 되어 있음.
31) 無已之求(무이지구): <실록>에는 '難從之請'으로 되어 있음.
32) 在宋之世(재송지세): '采石大捷.'을 염두에 둔 표현임. 1161년 金의 海陵王이 백만 대군을 이끌고 淮河와 長江을 건너려고 했지만, 對岸의 采石磯를 지키고 있던 南宋의 명장 虞允文이 이끄는 약 2만의 군대에게 대패했다.
33) 危急存凶, 此維其時(위급존흉, 차유기시): <실록>에는 생략되어 있음.
34) 甸服(전복): <실록>에는 '畿服'로 되어 있음. 甸服은 周王의 직접 통치 지역으로 왕성으로부터 사방 500리를 일컫는 것인데, 여기서는 '경기지방'을 이름.
35) 遮絶(차절): <실록>에는 '遮截'로 되어 있음.
36) 剿(초): <실록>에는 '勦'로 되어 있음.
37) 江都(강도): <실록>에는 '江左'로 되어 있음.
38) 糧餉(양향): <실록>에는 '而糧餉'으로 되어 있음.
39) 敗(패): <실록>에는 '破'로 되어 있음.
40) 政(정): <실록>에는 '正'으로 되어 있음.
41) 차(此): <실록>에는 '斯'로 되어 있음.
42) 血誠(혈성): 진심에서 우러나오는 정성.
43) 起義(기의): <실록>에는 '報義'로 되어 있음.
44) 敵王所愾(적왕소개): 신하가 임금의 적을 공격함. "제후는 천왕이 분개하는 상대를 토벌해서 그 공을 바쳐야 하는 법이다.(諸侯敵王所愾, 而獻其功.)"(≪春秋左氏傳≫ 文公 4년조)는 구절에서 인용한 것이다.
45) 赴(부): <실록>에는 '報'로 되어 있음.
46) 於乎(어호): <실록>에는 '於戲'로 되어 있음.
47) 王事(왕사): 나랏일.

諭中外大小臣僚耆老軍民開良

王若曰:

嗚乎[1]! 治亂·興衰, 有國之所必不免[2]。然究其所以致[3], 未嘗不由於一人[4]之得失[5]。方其事變之未作也, 恬嬉[6]偸安, 敗度失德, 上怒下叛, 惜不省念, 馴致[7]禍敗, 啜泣無及。循覽前牒[8], 每用傷惕, 不圖今日, 乃蹈斯愆?

予以涼德[9], 遭罹否運[10], 宗國將覆, 不容坐視, 祇畏明命, 臨苻崇高, 夙夜憂懼, 思所以保國安民。顧[11]予明不足以燭理, 仁不足以澤物, 信不足以感人, 武不足以制亂。發政[12]圖事, 動乖道理, 賦煩[13]役重, 民困兵疲。甲子之變[14], 逆

---

* 이 글은 인조 5년(1627) 1월 19일 하교한 것이다. ≪仁祖實錄≫(이하 <실록>이라 함) 해당일의 7번째 기사인데, '상이 장유에게 애통한 교서를 지어서 올리도록 했다.(上命張維, 製哀痛教以進.)"는 주기가 있다. 번역은 역시 실록의 번역을 참고하였음을 밝힌다.

1) 嗚乎(오호): <실록>에는 '嗚呼'로 되어 있음.
2) 必不免(필부면): <실록>에는 '不免'으로 되어 있음.
3) 致(치): <실록>에는 '致之'로 되어 있음.
4) 一人(일인): 임금을 지칭함.
5) 得失(득실): 통치의 잘잘못을 의미함.
6) 恬嬉(염희): 맡은 직무를 게을리 함.
7) 馴致(순치): 점차 어떤 상태에 이르게 하는 것.
8) 前牒(전첩): 지난 역사를 일컬음.
9) 涼德(양덕): 덕이 적음.(薄德)
10) 否運(비운): 비색한 운수.
11) 方其事變之未作也~保國安民, 顧(방기사변지미작야~보국안민, 고): <실록>에는 없음.
12) 發政(발정): 정사를 펼침. "이제 왕이 정사를 펼치되 어짊을 베풀어 온 천하의 벼슬하는 사람들로 하여금 왕의 조정에 서기를 바라라.(今王發政施仁, 使天下仕者皆欲立於王之朝.)"(≪孟子≫<梁惠王篇 上>)에서 보임.
13) 煩(번): <실록>에는 '繁'으로 되어 있음.
14) 甲子之變(갑자지변): 1624년에 일어난 李适의 난을 일컬음. 인조반정 공신의 한 사람이었던 이괄이 반정후 논공행상에서 그 자신이 2등 공신으로밖에 들지 못한 것에 대해 불만

竪[15]反噬, 廟貌[16]顚倒, 神器[17]阽危。深思召亂[18], 咎實在予。

迺予不能懲創[19]違謬, 愼毖擧措, 德日益泯, 政日益汚[20], 天災‧物怪, 式月斯生, 衆謗‧群讟, 靡所不足[21]。將卒失機而予不知, 隣敵伺釁而予不覺, 以致逆虜[22]大擧, 猝犯西陲。龍灣雄鎭, 一朝陷敗[23], 武庫[24]‧軍實, 盡爲賊有, 凶燹[25]內侵, 已過定州, 豕突之勢, 莫可遏制。

深惟宗社大計, 兼採廟堂[26]群議, 玆奉廟社[27]‧慈殿及中宮, 入避江都。倘賊勢漸逼, 則予亦將遷幸。事至於此, 更何言哉? 嗚乎! 播遷之辱 雖使百年一値, 猶爲大變, 予於四載之間, 已再遭焉, 旻天仁覆[28], 夫豈酷予?

靜言思之, 莫非自取。蓋予當鼎革[29]之會, 繼大亂之後, 不能布德行惠, 大庇[30]庶民, 失措[31], 非[32]一二。卽祚[33]之始, 有意民隱[34], 蠲除之令, 蓋[35]屢布, 而奉行不稱, 實惠未究, 嗷嗷塗炭者, 其不謂予罔民乎? 此予所以[36]失民之一

<hr>

을 품고 奇益獻, 韓明璉 등과 함께 인조 즉위의 부당성을 운운하며 일으킨 반란이다.

15) 逆竪(역수): 도덕에 어그러진 일을 하는 악인이나 반역자.
16) 廟貌(묘모): 사당이란 뜻이나, 여기서는 '종묘'를 의미함.
17) 神器(신기): 왕위를 일컬음.
18) 召亂(소란): <실록>에는 '亂階'로 되어 있음.
19) 懲創(징창): 懲戒.
20) 迺予不能懲創違謬~政日益汚(내여불능징창위류~정일익오): <실록>에는 없음.
21) 足(족): <실록>에는 '至'로 되어 있음.
22) 逆虜(역로): <실록>에는 '逆奴'로 되어 있는데, 의미가 분명하지 않은 것으로 보임.
23) 龍灣雄鎭, 一朝陷敗(용만웅진, 일조함패): <실록>에는 없음.
24) 武庫(무고): <실록>에는 '武鋒'으로 되어 있는데, 이것이 옳음.
25) 凶燹(흉선): 흉악한 금나라 군병을 일컬음.
26) 廟堂(묘당): 의정부를 달리 이르는 말.
27) 社(사): <실록>에는 '社主'로 되어 있음.
28) 旻天仁覆(민천인복): "사랑으로 덮어주고 아랫사람들을 가엾게 여기는 것을 일러 민천이라 한다.(仁覆閔下, 謂之旻天.)"(≪孟子≫<萬章章句上>)에서 인용함.
29) 鼎革(정혁): 혁명.
30) 嗚乎~大庇(오호~대비): <실록>에는 없음.
31) 庶民失措(서미실조): <실록>에는 '蓋予失民之擧'로 되어 있음.
32) 非(비): <실록>에는 '非止'로 되어 있음.
33) 卽祚(즉조): 卽位.
34) 民隱(민은): 예전에, 백성이 악정에 시달려 생활하는 데 겪던 고통.
35) 蓋(개): <실록>에는 '蓋嘗'으로 되어 있음.

也。逆節[37]屢起, 大獄相仍, 元惡[38]渠魁, 固宜伏辜[39], 株連[40]累及, 豈無[41]橫枉? 一夫含冤[42], 足傷天和[43], 況不特一夫乎[44]? 此予所以[45]失民之二也。西鄙[46]宿師, 屯鎭[47]督納糧餉[48], 行齎而居送, 頭會而箕斂[49], 民窮·財盡, 內外[50]繹騷[51]。雖事非得已, 而民[52]何堪命? 此予所以[53]失民之三也。至[54]號牌之法[55], 本欲補逃故[56]之缺[57], 除[58]隣族之弊, 初非[59]所以病民[60]也。然猝擧百年廢典, 强束許多游民, 急於就緒, 未免無漸。拑[61]勒過嚴, 程督太密, 人

---

36) 所以(소이): <실록>에는 없음.
37) 逆節(역절): 역적에 관련된 범죄.(叛逆)
38) 元惡(원악): 악한 일을 꾸미는 우두머리.
39) 伏辜(복고): 죄를 인정하고 형벌을 받음.(服罪)
40) 株連(주연): 죄인과 어떤 관련이 있다고 보는 것.
41) 橫枉(횡왕): 뜻밖에 닥쳐오는 불행.
42) 含冤(함원): <실록>에는 '抱冤'으로 되어 있음.
43) 天和(천화): 하늘의 和氣, 즉 調和를 얻은 자연의 道. "만일 너의 형체를 바르게 하고 눈길을 하나로 모으면 하늘의 화기가 곧 이르리라.(若正汝形, 一汝視, 天和將至.)"(≪莊子≫ <知北遊>)에서 보인다.
44) 乎(호): <실록>에는 '者乎'로 되어 있음.
45) 所以(소이): <실록>에는 없음.
46) 西鄙(서비): 서쪽 변방. 鄙는 작은 고을이다.
47) 屯鎭(둔진): 명나라 장수 毛文龍의 진영을 일컬음.
48) 納糧餉(납양향): <실록>에는 '餉'으로 되어 있음.
49) 頭會而箕斂(두회이기렴): 사람 머리 수에 따라 곡식을 내게 하여 키로 쓸어 모으듯 거두어들인다는 말. 곧, 가혹하게 세금을 징수하는 것을 일컫는다.
50) 內外(내외): <실록>에는 '外內'로 되어 있음.
51) 繹騷(역소): 계속해서 분위기가 술렁술렁하여 매우 어수선함.(洶洶)
52) 而民(이민): <실록>에는 '民'으로 되어 있음.
53) 所以(소이): <실록>에는 없음.
54) 至(지): <실록>에는 '至於'로 되어 있음.
55) 號牌之法(호패지법): 호패는 조선시대 16세 이상 된 남자가 차고 다니던 패이고, 이 호패법은 원래 도망자 사고자의 빠진 인원을 보충하고 隣徵과 族徵의 폐단을 없애고자 시행한 신분증명을 위한 제도.
56) 逃故(도고): 도망자와 物故者. 물고자는 죄를 지은 자로서 죽은 자를 일컫는다.
57) 缺(결): <실록>에는 '闕'로 되어 있음.
58) 隣族(인족): 隣徵과 族徵. 인징은 軍丁이 죽거나 도망하여 軍布를 받지 못하게 되었을 경우에 이를 그 이웃에게 물리던 일이고, 족징은 그 일가붙이에게 대신 물리던 일이다.
59) 初非(초비): <실록>에는 '非'로 되어 있음.
60) 病民(병민): <실록>에는 '厲民'으로 되어 있음.
61) 拑(겸): <실록>에는 '鉗'으로 되어 있음.

或⁶²⁾言其不便, 予獨難於中輟。積犯衆怒, 誰諒本心? 儒生攷講⁶³⁾, 實非創始, 事倣舊⁶⁴⁾典, 亦乖時宜。志雖存於勸課, 人反疑其苛刻。此予之所以失民之四也。

　　≪書≫⁶⁵⁾不云乎? '一人三失, 怨豈在明?' 况予有此四失, 危亡之至, 非不幸也。亂如此膴, 匈奴荐食⁶⁶⁾, 五廟⁶⁷⁾蒙塵, 慈聖⁶⁸⁾芳舍, 無兵可以戰守, 無食可以給支, 智者不能爲謀, 勇者不能出力⁶⁹⁾, 瞻四方而靡騁, 涉大水而無涯⁷⁰⁾, 言⁷¹⁾念時事, 維其棘矣。雖然, 天地有至仁之德⁷²⁾, 未嘗絶物, 君臣有素定之義, 豈忍棄予? 今予將回心易圖, 舍舊從新, 召還諸道御史, 悉罷號牌, 焚其成籍, 凡前後坐號牌事, 自繫徒配者, 悉皆宥除⁷³⁾, 以與斯民, 更始惟新。括⁷⁴⁾良丁, 定⁷⁵⁾克⁷⁶⁾軍役者, 仍存不改, 各道籍軍成案, 不在燒火⁷⁷⁾中。

　　咨爾中外士民, 雖以予爲不君, 獨不感列聖覆幬⁷⁸⁾之遺澤乎? 卽予喪國, 雖⁷⁹⁾不足恤, 獨不念宗祊之殄祀, 八路⁸⁰⁾之魚爛乎? 兹⁸¹⁾以一紙悃愊, 敷誥⁸²⁾多方,

---

62) 或(혹): <실록>에는 '多'로 되어 있음.

63) 攷講(고강): <실록>에는 '考講'으로 되어 있음. 講經 과목을 채점하여 등수를 매기던 일이다.

64) 舊(구): <실록>에는 '古'로 되어 있음.

65) ≪書經≫<夏書·五子之歌>를 일컬음.

66) 亂如此膴, 匈奴荐食(난여차무, 흉노천식): <실록>에는 없음. '천식'은 침범하다는 의미로서 "吳나라는 봉시장사라서 끊임없이 상국을 침범하고 있다.(吳爲封豕長蛇, 以荐食上國.)" (≪春秋左氏傳≫ 定公 4년조)에서 그 용례가 나오며, '흉노천식'은 정묘호란을 일컫는다.

67) 五廟(오묘): 제후국의 사당을 의미하는데, 조선의 종묘사직을 일컬음.

68) 慈聖(자성): 임금의 어머니를 이르던 말.(慈殿)

69) 力(역): <실록>에는 '手'로 되어 있음.

70) 涯(애): <실록>에는 '津'으로 되어 있음.

71) 言(언): <실록>에는 '永'으로 되어 있음.

72) 德(덕): <실록>에는 '心'으로 되어 있음.

73) 舍舊從新～悉皆宥除(사구종신～실개유제): <실록>에는 없음.

74) 括(괄): <실록>에는 '括得'으로 되어 있음.

75) 定(정): <실록>에는 '已定'으로 되어 있음.

76) 克(극): <실록>에는 '諸色'으로 되어 있음.

77) 燒火(소화): <실록>에는 '焚燒'로 되어 있음.

78) 幬(주): <실록>에는 '燾'로 되어 있음.

79) 雖(수): <실록>에는 '猶'로 되어 있음.

80) 八路(팔로): <실록>에는 '八道'로 되어 있음.

其各諒予此心, 激昂忠義, 奮勵股肱[83], 或召集義旅, 來赴行在, 或鳩聚糧儲, 轉運[84]軍前, 各隨事力之所及, 以盡分義之當然。言非騰口, 實出情愊。故玆敎示, 想宜知悉[85]。

---

81) <실록>에는 '舍舊從新, 召還諸道御史, 悉罷號牌, 焚其成籍, 凡前後坐號牌事, 囚係徒配者, 亦皆宥除.'가 있음.
82) 誥(고): <실록>에는 '告'로 되어 있음.
83) 股肱(고굉): 다리와 팔이라는 뜻으로, 온몸을 이르는 말.
84) 運(운): <실록>에는 '輪'로 되어 있음.
85) 言非騰口~想宜知悉.(언비등구~상의지실): <실록>에는 없음.

宣諭三道士民

王世子若曰:

國運迍邅[1], 虜勢猖獗, 連陷大鎭[2], 猝犯內地。顧我主上, 深惟宗社大計, 且念慈殿震驚, 遷幸[3]江都, 以爲據險遏賊之圖, 且命予小子, 受分朝[4]之寄, 視師于南。

藐玆幼沖, 當此巨艱, 聖上非無顧復[5]之念, 予小子豈忘晨夕之奉哉? 所以割慈忍愛, 冒險就, 遠, 以至于此者, 庶幾維繫民心, 鼓動義旅, 拯君父於艱危, 回國勢於顚擠。此誠區區[6]之至願, 而未知所以爲計也。

惟爾三南[7]士民, 自乃祖乃父, 涵泳[8]二百年文明之化, 忠信之美, 比屋可封[9], 變亂之際, 常賴其力。雖國家負爾士民, 爾士民未嘗負國家。遠而壬辰之難, 近而适賊[10]之變, 爾士民乃祖乃父及爾之身, 或率旅勤王, 或聚糧濟餉。厥有義

---

1) 迍邅(둔전): 길이 순탄하지 못하고 가탈이 많음.(崎嶇)
2) 大鎭(대진): 변방에 있는 큰 鎭堡.
3) 遷幸(천행): 임금이 궁궐을 떠나 다른 곳에 거처를 정함.
4) 分朝(분조): 本朝廷과 별도로 임시로 설치한 조정. 임금이 있던 행재소와 구분하여 세자가 있던 곳을 이르던 말이다.
5) 顧復(고복): 부모가 자나깨나 자식을 걱정하는 일. "아버님 날 낳으시고, 어머님 날 기르시었으니, 나를 어루만져주시고 나를 먹여주시고, 나를 키우시고 나를 길러주셨도다. 나를 돌보시고 또 돌보시며 오며가며 나를 품어주셨도다.(父兮生我, 母兮鞠我, 我畜我, 長我育我, 顧我復我, 出入腹我.)"(≪詩經≫<小雅・蓼莪>)에서 나온 말이다.
6) 區區(구구): 잘고 많아서 일일이 언급하기가 구차스러움.
7) 三南(삼남): 전라도와 충청도 그리고 경상도를 아울러 일컫는 말.
8) 涵泳(함영): 깊숙하게 읽고 깊이 생각함. "涵泳者熟讀深思之謂."(≪擊蒙要訣≫<讀書章>)에서 나온다.
9) 比屋可封(비옥가봉): 중국 堯舜시대에 사람들이 모두 착하여 집집마다 표창할 만하였다는 뜻으로, 나라에 어진 사람이 많음을 비유적으로 이르는 말.

烈。昭載紀籍[11]。酬報之典。有不暇言也。況今胡羯之變, 古今所罕? 腥羶汚
於壇域, 禽獸逼於人類, 此正忠臣義士, 忘身殉國之秋, 立事圖功之會也。

　誠願士民等, 咸勵厥志, 各殫乃力。父詔子兄告弟, 或倡起義旅, 或募聚義粟,
或捍衛江都, 或遮截漢津, 或出奇[12]勦賊, 或遣諜探賊。大小[13]齊奮, 遠近相應,
庶可以直爲壯, 因衆成功。中興之績, 微爾士民, 將誰望哉?

　曩因廢朝[14]橫政[15], 瘡痍未蘇, 聖上臨御[16], 國家多故。雖心切如傷, 實惠
未敷, 爾士民, 亦必諒之。至於號牌之法, 本欲均賦繕兵[17], 以防寇賊之釁。而
有法無人, 操切[18]太甚, 以致邑里怨咨, 咸懷不便。主上深懲其故, 除實[19]軍案
外, 已將原牌案, 燒除不用。中外罪囚, 惡逆[20]大故外, 皆加蕩滌[21]。爾士民,
亦宜各陳弊瘼[22], 各效計策, 則凡係民生利病・庶政[23]得失, 可行可罷者, 予當
便宜從事[24]。

　其有奇才深識, 可備帷幄[25], 武勇才力, 可合領衆者, 或限於科目, 或拘於常

---

10) 适賊(괄적): 李适(1587-1624)을 지칭함. 인조반정 공신의 한 사람. 반정 후 논공행상에서
　　그 자신이 2등 공신으로밖에 들지 못한 것에 대해 불만을 품고 奇益獻, 韓明璉 등과 함
　　께 인조 즉위의 부당성을 운운하며 반란을 일으킨 인물이다.
11) 紀籍(기적): 서적이란 뜻이나, 여기서는 史冊을 의미함.
12) 出奇(출기): 기묘한 전략. 특출한 전략. "모든 전쟁은 정공법으로 대치하고, 奇計로써 승
　　리한다. 그러므로 기공법에 능한 장수는 천지와 같이 무궁하며, 강물과 같이 다함이 없
　　다.(夫戰者, 以正合, 以奇勝. 故善出奇者, 無窮如天地, 不竭如江河.)"(≪孫子≫<兵勢>)에 나
　　온다.
13) 大小(대소): 大小人員. 높고 낮은 모든 벼슬아치를 통틀어 이르는 말.
14) 廢朝(폐조): 광해군을 지칭.
15) 橫政(횡정): 아주 못된 정치.
16) 臨御(임어): 임금이 그 자리에 왕림하다는 뜻이나, 여기서는 즉위하다는 의미임.
17) 繕兵(선병): 무기를 수선하다는 뜻이나, 여기서는 군대를 정비하다는 의미임.
18) 操切(조절): 단단히 잡아서 단속함.
19) 軍案(군안): 군인의 소속과 신원을 적어 놓은 명부.
20) 惡逆(악역): 도리에 어긋나는 극악한 행위.
21) 蕩滌(탕척): 죄명을 씻어줌.
22) 弊瘼(폐막): 고치기 어려운 폐단.
23) 庶政(서정): 여러 방면에 걸친 政事.
24) 便宜從事(편의종사): 임금이 사절을 보낼 때, 일정한 일을 지시하지 않고 가서 형편에 따
　　라 일을 보게 하던 일. 그러나 여기서는 왕과 떨어져 있어서 왕세자가 왕을 대신하여 일
　　을 처리하겠다는 의미이다.

調26), 沈淪草萊, 不獲展布者, 必多有之, 宜各奮風雲之志, 毋失經綸27)之期。
或杖劒來赴, 或勸駕28)起送29), 予當聞于天朝30), 承命除拜。雖至一才一能微
勞細功, 亦將甄錄31)收叙32), 毋或失信。

嗚乎! 非忠無君, 非孝無親33)。中國所以異於醜類34), 生民所以異於鱗介35),
靡不在此。予小子, 雖未敢多告, 爾士民, 其尙念我祖宗, 念我君上, 毋遐棄36)
予, 以佑邦家。故玆諭示, 想宜知悉。

---

25) 帷幄(유악): 작전 계획을 짜는 곳.
26) 常調(상조): 平常의 관리로 선발되었다는 말로 곧 평범한 관리라는 뜻.
27) 經綸(경륜): 일정한 포부를 가지고 일을 조직적으로 계획함.
28) 勸駕(권가): 車駕를 보내어 덕행 있는 사람을 수도로 불러올리는 일을 이르는 말. 한나라
    의 고조가 군수에게 명하여 어진 사람을 수도로 불러올리도록 하였다는 데서 유래한다.
29) 起送(기송): 사람을 내세워서 보냄.
30) 天朝(천조): 문맥상 '大朝'의 오기. 대조는 왕세자가 섭정하고 있을 때의 임금을 이르던
    말이다.
31) 甄錄(견록): 작게 나타난 기록.
32) 收叙(수서): 거두어 서용함.
33) 非忠無君, 非孝無親(비충무군, 비효무친): 충신이 없으면 임금도 없을 것이고, 효자가 없
    으면 어버이도 없을 것이다. 이는 蘇子瞻의 <表忠觀碑>에서 나온 구절이다.
34) 醜類(추류): 북쪽 오랑캐를 이름.
35) 鱗介(인개): 물고기와 벌레. 여기서는 하찮은 동물을 비유하는 말로 씌었다.
36) 遐棄(하기): 멀리 물리치거나 먼 곳에다 내다 버리고 돌보지 아니함.

義所招諭文

伏讀聖敎, 細細十札[1], 辭旨懇惻, 此正忠臣義士, 灑泣[2]登途之時也。嗚乎! 國事之艱危旣棘[3], 玉音之宣諭[4]屢下, 而爲臣子者, 苟懷遲回[5]觀望之意, 則是無君也。烏得免後君之誅耶? 將及期, 整旅以赴君長[6]之急, 其各厲氣張膽, 無使腥羶汚我壇域也。違者斷依軍律。

---

1) 細細十札(세세십찰): 10행의 전교..
2) 登途(등도): 장한 뜻을 품고 길을 떠남.
3) 棘(극): 어려움을 비유. "語其艱棘, 未有如斯之甚者也."(≪史通≫＜疑古＞)에 나오는 말이다.
4) 宣諭(선유): 임금의 訓諭를 백성에게 널리 알리던 일.
5) 遲回(지회): 빙빙돌며 맴돈다는 뜻으로, 머뭇거리다는 의미.
6) 君長(군장): 임금.

號召使關(附)

爲盡心擧行事。國家不幸西變[1], 此極臣民之痛, 何可勝言? 不意今者, 遽承號召之命, 責以董率[2]之任。此非老病所能堪當, 而國事至此, 寧不痛心?

玆於列邑, 各定義將, 糾合義旅, 至於糧餉[3]一款, 辦出[4]無路, 各邑兵糧, 則已有自官辦措[5]。而若或賊勢鴟張, 軍兵久持, 則此後繼用, 不可不預爲措置。玆送募糧官, 令飭軍務, 各邑守令, 同議開諭鄕校・書院・鄕所及一鄕大小人員[6], 幷心合力。各出斗斛, 以助萬一, 而其中私貰, 優於用餘者, 則亦爲十分曉諭[7], 示以能散周急[8]之義, 使之盡誠, 則隨其多寡, 將爲啓聞處置。幷以此意, 着實施行事。

---

1) 西變(서변): 여기서는 정묘호란을 일컬음.
2) 董率(동솔): 감독하여 거느림.
3) 糧餉(양향): 군대의 양식.(軍糧)
4) 辦出(판출): 변통하여 마련함.
5) 辦措(판조): 변통하여 조치함.
6) 大小人員(대소인원): 높고 낮은 벼슬아치.
7) 曉諭(효유): 깨달아 알아듣도록 타이름.
8) 周急(주급): 아주 다급한 처지에 있는 사람을 구하여 줌. 冉子가 공자의 말을 듣지 않고 子華의 어머니에게 곡식을 더 많이 주자, 공자가 "자화가 제나라에 갈 때 보니 살찐 말을 타고 가벼운 갖옷을 입고 있었다. 내가 들으니, '군자는 궁핍한 사람을 도와주고 부유한 이에게 보태주지 않는다.'고 했다.(子曰: '赤之適齊也, 乘肥馬, 衣輕裘, 吾聞之也, 君子周急, 不繼富.')"고 한 말에서 나온다.

館餉使關(丁卯二月初六日到付)

管餉官, 前行[1][2]弘文館典翰[3]李埈[4], 爲應募糧餉, 以補軍需[5]事。

嗚乎! 國家之變, 古昔所稀, 邊城蕩然[6], 大駕[7]播遷[8], 在我臣民之分, 曷勝心膽之裂? 矧茲嶺南素稱多士, 冀北[9]風俗之美? 禮爲敎而義爲習, 艱危之際, 子死孝而臣死忠[10]。 惟我虎召使張參判[11]・鄭副學[12], 兩相公承朝廷命, 令倡一道

---

1) 前行(전항): 前은 전임이란 뜻, 行은 품계가 높은데 직임이 낮을 때 관직 앞에 붙는 글자.
2) 弘文館(홍문관): 조선 시대에, 三司 가운데 궁중의 경서, 문서 따위를 관리하고 임금의 자문에 응하는 일을 맡아보던 관아.
3) 典翰(전한): 조선 시대에, 홍문관에 속한 종3품 벼슬. 유학의 경전을 관리하고 글을 다루며 임금의 물음에 응하는 일을 맡아보았다.
4) 李埈(이준; 1560~1635): 본관이 興陽이고, 자가 叔平이며, 호가 蒼石・酉溪이다. 柳成龍의 문인이다. 임진란이 일어나자 鄭經世와 의병을 모집, 姑母潭에서 적군과 싸워 패했다. 1594년 다시 의병을 일으켜 이긴 공으로 형조좌랑에 임명되었으나 사양하고 이듬해 慶尙道都事로 나가 ≪中興龜鑑≫을 편술하여 왕에게 바쳤다. 정묘호란에도 의병을 모집하고 왕명을 받들어 전주에 가서 수만 섬의 군량미를 모은 공으로 中樞府僉知事가 되었다.
5) 軍需(군수): 軍需物品.
6) 蕩然(탕연): 텅 빈 모양.
7) 大駕(대가): 임금이 타는 수레.(御駕) 임금을 비유적으로 이르는 말이다.
8) 播遷(파천): 임금이 도성을 떠나 다른 곳으로 피란함.
9) 冀北(기북): 중국 冀州의 북쪽으로 지금의 河北省. 韓愈의 <送溫處士赴河陽軍序>에 "伯樂이 한번 冀北의 들을 지나가면, 무리진 말들이 마침내 덤비게 된다.(伯樂一過冀北之野, 而馬群遂空.)"라는 내용이 있는데, 인하여 冀野 또는 冀北은 '인재가 모여 있는 곳'을 가리키는 말이 되었다. 이에 훌륭한 선비가 이곳에서 많이 배출됨을 비유한다.
10) 子死孝而臣死忠(자사효이신사충): 李覯가 쓴 <袁州學記>의 "천하가 잘 다스려질 때니, 예악을 전수하여 백성을 교육해야 한다. 만일 불행해진다 하더라도 대절을 지켜야 한다. 신하가 된 사람은 충성하여 죽을 수 있고, 자식 된 사람은 효를 위하여 죽을 수 있어야 한다. 그래서 사람들에게 모범이 되고 믿는 바가 되어야 한다. 이것이 나라가 교육을 중시하는 본래의 취지이다.(天下治, 則禪禮樂以陶吾民. 一有不幸, 猶當伏大節, 爲臣死忠, 爲子死孝, 使人有所法, 且有所賴, 是惟國家敎學之意.)"는 구절에서 인용함.
11) 張參判(장참판): 張顯光을 지칭.

義旅, 風威雷動, 忠義天知。

顧念列郡應募, 厥數雖多, 而軍興13)乏食, 自潰14)有虞。思惟糧餉之繼, 實在私儲15)之募, 務欲銖錙16)之盡, 急救庚癸17)之呼。茲以諸君, 差爲募粟有司, 切望開諭, 同志應募闔境18)。

克奮沫血之志, 共濟燃眉之急19), 賊禍有滔天之慘, 闤闠20)無結艸21)之防, 今日之憂此事爲急。嗚乎! 國運無往而不復22), 恢復之道, 須藉於盡忠。人心有感則必通23), 遠近相應則傳檄, 此賊未滅, 雖有粟而食諸24)? 諭文所過, 必投袂而

---

12) 鄭副學(정부학): 鄭經世를 지칭. 副學은 副提學으로 조선 시대에 둔 홍문관의 정3품 당상관 벼슬이다.

13) 軍興(군흥): 군사용으로 재물을 징발함.

14) 自潰(자궤): 스스로 무너짐.

15) 私儲(사저): 민간의 곡식. 사사로이 쌓아둔 곡식을 일컫는다.

16) 銖錙(수치): 錙銖. 전날 중국의 저울 눈에서 백 개의 기장의 낟알을 1銖, 24수를 1兩, 8냥을 1錙라고 일컫은 데서 생긴 말. 썩 가벼운 무게.

17) 庚癸(경계): 양식이 떨어졌다는 암호. "좋은 양식은 없고, 좋지 못한 것은 있다. 네가 수산으로 올라가 '경규'라 외친다면 내 여기 있소 응답하고 가져가리다.(粱則無矣, 麤則有之. 若登首山以呼曰庚癸乎, 則諾.)"(≪春秋左氏傳≫ 哀公 13년조)에 나온다. 곡식은 서방[庚方]에 속하고 물은 북방[癸方]에 속하므로 곡식을 청하는 말이다.

18) 闔境(합경): 온 마을.

19) 燃眉之急(연미지급): 눈썹에 불이 붙은 듯한 위급함이란 뜻으로, 매우 위급한 상황을 일컬음.(風前燈火)

20) 闤闠(환궤): 환은 市垣이고 궤는 市 밖의 문이란 뜻으로, 저자거리란 의미. ≪左思≫<魏都賦>에 "設闤闠以襟帶."라 하였다.

21) 結艸(결초): 結草報恩. 풀을 묶어 갚은 은혜라는 뜻으로, '죽어서까지도 잊지 않고 남의 은혜를 갚음'을 일컫는 말. 중국 춘추시대에 晉나라의 魏顆가 아버지가 세상을 떠난 후에 서모를 개가시켜 殉死하지 않게 하였더니, 그 뒤 싸움터에서 그 서모 아버지의 혼이 적군의 앞길에 풀을 묶어 적을 넘어뜨려 위과가 공을 세울 수 있도록 하였다는 고사에서 유래한다.

22) 無往而不復(무왕이불복): 필연적인 변천을 일컬음. ≪周易≫<泰卦・九三爻>의 "평탄한 것은 반드시 기울어질 때가 있고, 가는 것은 반드시 돌아올 때가 있다.(無平不陂, 無往不復.)"는 구절에서 나온 말이다.

23) 有感則必通(유감즉필통): "하늘의 일은 감응함이 있으면 반드시 통하고, 성인은 할 일을 얻고 나서야 행해진다.(上天之載, 有感必通, 聖人之爲, 得爲而爲之應.)"(≪正蒙≫<天道篇>)에 나오는 말.

24) 雖有粟而食諸(수유속이식저): 齊나라 景公이 공자와 정치에 대해 문답한 "공자가 말하기를, '임금은 임금다워야 하고, 신하는 신하다워야 하며, 아비는 아비다워야 하고, 아들은 아들다워야 한다.'고 하니, 경공이 '임금이 임금답지 않고, 신하가 신하답지 않으며. 아

起25)矣。願傾資而應募, 須重義而輕財26)。

비가 아비답지 않고, 아들이 아들답지 않는다면, 비록 식량이 넉넉한들 내 어찌 먹을 수 있으리오.(孔子對曰: '君君臣臣父父子子.' 公曰: '君不君, 臣不臣, 父不父, 子不子, 雖有粟吾得而食諸.')"(≪論語≫<顏淵篇>)에서 나온 말.

25) 投袂而起(투몌이기): 옷소매를 떨치며 분연히 일어선다는 말. ≪春秋左氏傳≫<宣公 14년 조>에, "楚子는 이 소식을 듣자마자 옷소매를 떨치고 일어나서 신발도 신지 않고 칼도 차지 않은 채 달려 나갔기 때문에, 종자가 그 뒤를 쫓아가서 신발은 궁전 밖의 흙을 높이 쌓아 올린 곳에서 신기고, 칼은 寢門 밖에서 차게 하였으며, 수레는 市街의 蒲胥라는 곳에서 탈 수 있게 하였다.(楚子聞之, 投袂而起, 屨及於窒皇, 劍及於寢門之外, 車及於蒲胥之市.)"는 기록이 있다.

26) 重義而輕財(중의이경재): "군대가 있을지라도 어진 선비를 가까이 하니, 재물을 경시하고 의리를 중시하는 군자의 풍모가 있다.(雖在軍旅, 親賢接士, 輕財重義, 有國士之風.)"(≪三國志≫<吳書·淩統傳>)에서 나온 말. 또한 ≪論語≫<里人>의 "군자는 천하의 일에 대해 오로지 옳다 하지도 않고 절대로 아니라고 부정하지도 않는다. 의를 쫓을 따름이다.(君子之於天下也, 無適也, 無莫也, 義之與此.)"는 구절이 참고가 된다.

諭一鄕大小人員文(丙子)

嗚乎! 自古讀書講義之士, 皆認以君父爲一體[1], 忠孝無二致。孝於家者, 必忠於君, 而每當國家有變之日, 則仰如父母之在水火中, 汲汲[2]焉。若赴難圖存之不暇, 而損身殉國者, 亦有之。

嗚乎! 今日之變, 古昔之所稀, 邊城摧陷, 大駕[3]播遷, 其在神人之共憤, 豈敢少竢邯鄲之朝暮[4]? 而便若秦瘠[5]之越視也? 此不侫所以告諭於諸君子。已至矣[6], 矧乎丁卯之伺釁, 未久而荐遭危險, 惟我臣民, 尙有忠憤之餘激者乎? 嗚

---

1) 君父爲一體(군부위일체): "난공자(欒共子)가 말하기를, '백성은 세 곳에서 생명을 받으니, 그 셋을 하나같이 섬겨야 한다. 부모는 나를 낳으시고, 스승은 나를 가르쳐 주시고, 임금은 나를 길러 주시었다. 부모가 아니면 태어나지 못했고, 길러주지 않으면 자라지 못하고, 가르쳐 주지 않으면 도리를 알지 못했을 것이다. 이 셋은 자신을 살게 해준 공덕이 비슷하다. 그러므로 이들을 하나같이 모시고 그가 섬기고 있는 이를 죽을 때까지 섬겨야 한다.'고 했다.(欒共子曰: '民生於三, 事之如一. 父生之, 師敎之, 君食之. 非父不生, 非食不長, 非敎不知, 生之族也. 故一事之, 唯其所在, 則致死焉.)"는 구절이 참고가 됨.
2) 汲汲(급급): 한 가지 일에만 정신을 쏟아 다른 일을 할 마음의 여유가 없음.
3) 大駕(대가): 임금이 타는 수레.(御駕) 임금을 비유적으로 이르는 말이다.
4) 邯鄲之朝暮(한단지조모): 金尙憲의 <次詠史三絶>에 있는 "趙나라 한단 조만간에 秦에 항복하게 됐네.(邯鄲朝暮且降秦.)"(≪淸陰先生集≫ 권12, 雪窖後集)는 구절을 보면 이해할 수 있음. 이는, "秦나라가 趙나라를 포위하고 있을 때 마침 魯仲連이 조나라에 머물러 있었다. 당시 魏나라에서 新垣衍을 시켜 조나라 平原君에게 가서 진나라를 황제로 받들어 위기를 모면하라고 권했다. 이에 노중련은 진나라가 무도한 나라임을 역설하면서, 진나라가 稱帝한다면 자신은 東海에 빠져 죽을 것이라며 신원연을 설득하여 진나라 군대를 50리 뒤로 퇴각시켰다.(≪史記≫<魯仲連列傳>)"는 사실을 염두에 두고 읊은 詠史詩이다.
5) 秦瘠(진척): 춘추시대 때 동남방에 있는 越나라 사람이 서북방에 있는 秦나라 사람의 살찌고 야윈 것에 아무런 관심이 없다는 뜻으로, 사태에 대해 전혀 무관심함을 이름.
6) 已至矣(이지의): 충이 이미 지극함. ≪孟子≫<離婁章句 下>의 "문왕은 백성 보기를 다친 사람 돌보듯 하고 道 바라보기를 못 보던 것을 보는 것처럼 했다.(文王視民如傷, 望道而未

乎! 我嶺南素稱多士府庫, 禮義之風俗相傳, 忠孝之聞見慣習, 每於艱危之際, 惟知子死孝・臣死忠[7]。

切望諸君, 各奮沫血之志, 共濟燃眉之急[8], 如何? 方今賊禍有滔天之慘, 國勢有[9]累卵之危, 諭文所過之地, 若不投袂趍起, 則諸君之平日所講義理, 果安在哉? 嗚乎! 盪掃之期, 須藉於盡忠, 人心有感天, 意必通, 此賊未滅之前, 斷當矢死[10]勇赴, 不愆[11]于伐。 此意一一知委, 以爲着實擧行事。

之見.)"는 小注에, "도가 이미 지극하나 그것 보기를 아직 보지 못한 것같이 한 것이라.(道已至矣, 而望之猶若未見. 聖人之愛民深, 而求道切如此.)"는 구절이 참고가 됨.

7) 子死孝臣死忠(자사효신사충): 李覯가 쓴 <袁州學記>의 "천하가 잘 다스려질 때니, 예악을 전수하여 백성을 교육해야 한다. 만일 불행해진다 하더라도 대절을 지켜야 한다. 신하가 된 사람은 충성하여 죽을 수 있고, 자식 된 사람은 효를 위하여 죽을 수 있어야 한다. 그래서 사람들에게 모범이 되고 믿는 바가 되어야 한다. 이것이 나라가 교육을 중시하는 본래의 취지이다.(天下治, 則禪禮樂以陶吾民. 一有不幸, 猶當伏大節, 爲臣死忠, 爲子死孝, 使人有所法, 且有所賴, 是惟國家敎學之意.)"는 구절에서 인용함.

8) 燃眉之急(연미지급): 눈썹에 불이 붙은 듯한 위급함이란 뜻으로, 매우 위급한 상황을 일컬음.(風前燈火)

9) 累卵之危(누란지위): 높이 쌓아올린 알이란 뜻으로, 조금만 건드려도 쓰러질 위험한 상태를 비유하는 말.

10) 矢死(시사): 죽음을 맹세함.

11) 不愆(불건): 허물이 없다는 뜻이나, 여기서는 忠에 어긋나지 않는다는 의미임.

後錄

一. 擇勤幹有計慮[1]者, 爲各面有司, 開陳[2]利害, 至誠告諭[3], 聽其所納, 勿爲勒推。

一. 富實有儲峙[4]之人, 不可汎隨貧戶出資, 但止塞責[5]而已。須念損困之義, 以濟軍需。

一. 所募皮穀[6], 孤給[7]老弱之不堪從事者, 預爲作米[8], 以待搬運。

一. 此文未到前, 必自各面, 已有募糧之擧, 而却恐閭巷, 不知國事之急, 汎當應募, 故更爲知會[9], 前後所募成冊, 火速上送, 則一一啓聞, 以爲他日賞功之地。

一. 今日之事, 與曩時不同, 決不至救急於有亂之日, 而闕[10]賞於無事之時, 并以此意開諭。

---

1) 計慮(계려): 슬기로운 꾀.(智謀)
2) 開陳(개진): 주장이나 사실 따위를 밝히기 위하여 의견이나 내용을 드러내어 말하거나 글로 씀.
3) 告諭(고유): 일정한 직위를 가진 행정관이 일반 백성에게 어떤 사실을 널리 알리던 일.
4) 儲峙(저치): 비축하는 것을 말함.
5) 塞責(색책): 겉만 그럴 듯하게 꾸며 책임을 면함.
6) 皮穀(피곡): 겉껍질을 벗겨 내지 않은 곡식.(겉곡식)
7) 孤給(고급): 배정.
8) 作米(작미): 벼를 찧어서 쌀로 만듦. 조선 시대에, 공물을 쌀로 환산하여 받던 일.
9) 知會(지회): 통지하여 알림.
10) 闕(궐): 대궐이란 뜻이나, 여기서는 임금을 일컬음.

通諭道內文

義兵將爲通諭列邑父老[1]儒品[2]民庶[3]事。

嗚乎! 十年伺釁之賊, 豕突於今日, 龍灣[4]·安市高壘峨矣; 府尹[5]巡邊, 烈士殤矣。關外諸藩, 已成望風[6]之勢, 箕封[7]以西, 方作豺虎[8]之場, 旄倪[9]何罪, 血濺凶刃? 子女爲俘, 盡入陰山[10], 寇勢日濈而人心日搖, 遷國圖存, 誠出於廟筭[11]之不得已也。

嗚乎! 蒼黃[12]海門, 三宮[13]播遷[14], 二百年廟社, 托在孤島之中, 京城波蕩[15], 士女魚駭, 誰無父母, 扶携道路, 誰無夫婦, 逃竄山谷。不但傳變之身, 世無處求生, 言念[16]周室[17]之艱危, 稅駕[18]何地? 今日國事, 蓋不待志士而痛哭矣。

---

1) 父老(부로): 한 동네에서 나이가 많은 남자 어른을 높여 이르는 말.
2) 儒品(유품): 유가로서 직품과 직위가 없는 자.
3) 民庶(민서): 피지배계급으로서의 일반 대중.(백성)
4) 龍灣(용만): 평안북도 의주군의 옛이름.
5) 府尹(부윤): 조선 시대의 지방 관아인 府의 우두머리. 종2품 문관의 외관직으로 영흥부와 평양부, 의주부, 전주부, 경주부의 다섯 곳에 두었다. 병자호란 때 의주부윤은 林慶業이었다.
6) 望風(망풍): 望風奔潰. 멀리 바라보고 놀라서 싸우지도 않고 흩어져 달아남.
7) 箕封(기봉): 周武王이 箕子를 조선에 封建했다는 말에서 나온 것으로, 조선을 일컬음.
8) 豺虎(시호): 승냥이와 호랑이. 여기서는 오랑캐란 의미이다.
9) 旄倪(모예): 늙은이와 어린아이.
10) 陰山(음산): 오늘날의 河套 이북과 大漠 이남에 있는 여러 산의 통칭으로, 중국 북쪽 邊塞 밖에 있는 산들을 가리킴.
11) 廟筭(묘산): 조정의 당면 문제. 조정에서 의결한 계책.
12) 蒼黃(창황): 미처 어찌할 사이 없이 매우 급작스러움.
13) 三宮(삼궁): 황제·태후·황후의 궁을 일컬으나, 여기서는 왕과 대비와 왕비를 지칭함.
14) 播遷(파천): 임금이 도성을 떠나 다른 곳으로 피란함.
15) 波蕩(파탕): 물결이 넘실거리다는 뜻이나, 여기서는 결딴난 모양을 의미함.
16) 言念(언념): 생각함.(想念) “임을 생각하면, 온화함이 옥 같도다.(言念君子, 溫其如玉.)”(≪詩

嗚乎! 惟我東方地, 雖褊小[19], 而衣冠文物之盛・禮樂敎化之懿, 稱爲小中華[20]於天下者, 千五百年于玆矣。豈有一爲狂寇所乘, 而便作腥羶韋毳[21]之域哉? 氣數[22]所關, 雖不能免, 而天之助順, 理必伸矣。況嶺南人材之府庫・國家之根柢? 列聖[23]之所培養, 先賢之所敎訓, 戶有節義之風, 家傳忠孝之俗, 義聲旣著於壬辰, 忠憤豈慊於今日? 朝廷之所期待本道者, 不淺鮮矣。

嗚乎! 適道素以草野踪跡, 爲聖代之棄物[24], 旣不能格君[25]匡時以救危亡之禍, 又不能投筆[26]請纓[27]以效敵愾之忱, 獲罪於鄒魯[28]諸君子, 固已多矣。自知不足以激人心首倡義旅, 而受重責於危難之際, 義不敢辭。飮血而誓, 日夕焦

經≫<秦風・小戎>)라고 한 데서 나온다.

17) 周室(주실): 임금의 집.(公室)

18) 稅駕(탈가): 수레에 멍에 하였던 말을 풀어놓아 준다는 뜻으로, 나그네의 휴식을 일컫는 말. 높은 자리에 있을 때 처신을 조심하라는 것으로, 현재는 부귀하지만 앞으로는 어떻게 될지 모른다는 의미가 내포되어 있다. "내 부귀가 극에 달했다고 할 만한 데, 사물은 극도에 다다르면 쇠퇴하는 것이니, 내가 탈가할 곳을 알지 못하겠노라.(可謂富貴極矣, 物極則衰, 吾未知所稅駕也.)"(≪史記≫<李斯列傳>)라고 말한 데서 유래한다.

19) 褊小(편소): 땅이나 장소 따위가 작고 좁음.

20) 小中華(소중화): 중화문명의 틀 안에서 유교의 가치와 근본원리를 바탕으로 운영되는 나라라는 조선만의 자부심 표현임.

21) 韋毳(위취): 가죽과 털이 무성한 모습으로, 청나라 사람을 비속하게 말한 것.

22) 氣數(기수): 저절로 오고 가고 한다는 길흉화복의 운수.

23) 列聖(열성): 列聖朝. 여러 代의 임금의 시대.

24) 棄物(기물): 쓸데없는 사람.

25) 格君(격군): 임금을 바르게 함. "오직 대인만이 임금의 그른 마음을 바로잡을 수 있다.(惟大人, 爲能格君心之非.)"(≪孟子≫<離婁章句 上>)에서 나온다.

26) 投筆(투필): 後漢의 班超 고사에서 나오는데, 붓을 던져 버린다는 뜻으로, 文筆에 종사하던 것을 그만두고 武藝에 종사함을 의미함. 즉 從軍하는 것을 이른다. 班超가 글씨를 써 주는 관리 노릇을 하며 가난한 살림을 꾸려 나가다가 붓을 던지며 탄식하기를 "대장부가 별다른 智略이 없으면, 그래도 傅介子나 張騫처럼 異域에서 공을 세워 封侯가 된 일이라도 본받을 것이지 어찌 오래토록 筆硯에만 일삼으랴." 하고는 마침내 西域의 사신으로 가 큰 공을 세워 安西都護가 되고 定遠侯에 봉해졌던 고사이다.(≪後漢書≫<班超傳>)

27) 請纓(청영): 漢武帝 때 終軍의 고사에서 나온데, 스스로 전쟁터에 나가 적을 격파하고 나라의 은혜에 보답하겠다는 뜻. 終軍이 18세의 나이로 博士弟子에 선발되고 이어 諫大夫에 발탁되었는데, 그가 20세 때에 무제가 南越을 굴복시키기 위해 그를 사신으로 보내려 하자, 그는 '긴 밧줄을 내려주면 南越王과 匈奴 單于(선우)의 머리를 매고 와서 대궐에 바치겠다.'고 무제에게 자청했던 고사이다.

28) 鄒魯(추로): 고향이 각각 魯와 鄒인 孔子와 孟子를 가리키는데, 儒學을 의미함.

煎, 惟不克[29]效力, 是懼。 所恃者, 秉彝同得之天, 自我發之, 而諸公, 所學之得
力[30], 正在此日耳。

嗚乎! 諸君子平日, 讀聖賢書, 所學何事[31]? 當國勢綴旒之日, 若不能慷慨奮
發, 忘身衛國, 但向草間求活, 則其於名義, 何居? 如使鐵騎[32]克斥, 八路靡
爛[33], 則諸君之身之家, 若妻若子, 果能獨保於乾淨地乎? 義理如此, 利害如此,
忘身殉國, 猶愈於束手就屠? 況義不以力[34], 終未必死者乎?

嗚乎! 越若[35], 士大夫曁父老民庶, 至尊泥露[36], 其忍聞乎? 廟社蒙塵,其忍視
乎? 屢朝恩澤, 其忍忘乎? 冠裳左袵[37], 其忍恝乎? 況今教書又下, 玉音琅然, 屬
望於本道多士者? 不啻丁寧, 譬如父母在水火之中而望救於子, 耳於此而不灑泣

---

29) 不克(불극): 무슨 일을 해내지 못한 것을 일컬음.
30) 得力(득력): 숙달하거나 깊이 깨달아서 확고한 힘을 얻음.
31) 讀聖賢書, 所學何事(독성현서, 소학하사): 문천상이 사형당하기 직전에 "공자는 '仁을 이
    룬다.' 하고, 맹자는 '義를 취한다.' 하였으니, 그 의를 다하면 인을 이루는 것이다. 성현
    의 글을 읽었으니, 배운 것은 과연 무슨 일인가. 이제야 거의 부끄러움이 없을 것이다.
    (孔曰: '成仁.' 孟曰: '取義.' 惟其義盡, 所以仁至. 讀聖賢書, 所學何事? 而今而後, 庶幾無愧.)"
    라고 지은 <自贊詩>에서 나오는 구절.
32) 鐵騎(철기): 오랑캐의 기병을 일컬음.
33) 靡爛(미란): 무너져 짓밟힘.(蹂躪)
34) 義不以力(의불이력): 項羽의 포위에서 간신히 벗어나 황하를 건너 洛陽의 新城에 다다른
    漢王 劉邦에게 董公이 한 "어짊은 용맹을 부를 일이 없고, 의로움은 힘을 쓸 일이 없다.
    (仁不以勇 義不以力)"(≪前漢書≫ ≪高帝紀≫)는 말에서 인용함.
35) 越若(월약): 발어사로서, 시대를 거슬러 같은 경우를 본다는 뜻. "태보는 주공보다 먼저
    거처를 살펴보러 갔다. 3월 초승달이 떠오르는 병오일부터 사흘이 지난 무신일 아침에
    태보는 낙땅에 이르러 성터를 점쳐 길한 점괘를 얻자 측량하고 표지를 세웠다.(惟太保先
    周公相宅, 越若來三月惟丙午胐越三日戊申, 太保朝至于洛, 卜宅厥旣得卜, 則經營.)"(≪書經≫
    <周書・召誥>)에서 나온다.
36) 泥露(이로): 빠져나오기 힘든 진흙 속에서 이슬을 맞는다는 뜻으로, 구원 없는 어려운 환
    경을 가리킴. "쇠미하고 쇠미해졌거늘 어째서 돌아가시지 않나이까? 임금님 때문이 아니
    라면 어째서 이슬 맞으며 지내옵니까? 쇠미하고 쇠미해졌거늘 어째서 돌아가시지 않나
    이까? 임금님 자신을 위해서가 아니라면 어째 진흙 속에서 지내옵니까?(式微式微, 胡不歸,
    微君之故, 胡爲乎中露. 式微式微, 胡不歸, 微君之窮, 胡爲乎泥中.)"에서 나온다.
37) 左袵(좌임): 오른쪽 옷섶을 왼쪽 옷섶 위로 여민다는 뜻으로, 미개한 오랑캐의 풍속을 가
    리키는 말. "공자가 말하기를 '管仲이 桓公을 도와 패왕 노릇하여 천하를 한 번 바로잡으
    니 백성이 지금까지 그 덕택을 받았다. 관중이 없었다면 우리가 머리를 땋아 뒤로 내려
    뜨리고 옷섶을 왼편으로 여미게 되었을 것이다.' 하였다.(子曰: '管仲相桓公, 霸諸侯, 一匡
    天下, 民到于今受其賜. 微管仲, 吾其被髮左袵矣.')"(≪論語≫ <憲問>)에서 나온다.

投袂而起38)者, 則亦無復人理爲矣。元冲甲39)一書生耳, 能以鄕兵, 大挫紅巾之賊, 師直爲壯40), 寧有古今之殊耶? 凡有血氣者, 各奮見義之勇, 且效同聲之應, 招集鄕里, 糾合徒衆, 協同官軍, 以竢規劃41), 或遮絶嶺路, 捍衛分朝42)。倘有委靡退縮不肯應募者, 務加曉諭, 至再至三, 猶不聽信, 則是甘心被髮, 而自入於後君之罪也。大義所在, 自有常刑43), 然本道, 寧有如此之人乎?

嗚乎! 凡我同志之人, 咸聽用亶之誥44), 戀行在而揮涕, 有死之心45), 籲爾衆

---

38) 投袂而起(투메이기): 옷소매를 떨치며 분연히 일어선다는 말. ≪春秋左氏傳≫＜宣公 14년조＞에, "楚子는 이 소식을 듣자마자 옷소매를 떨치고 일어나서 신발도 신지 않고 칼도 차지 않은 채 달려 나갔기 때문에, 종자가 그 뒤를 쫓아가서 신발은 궁전 밖의 흙을 높이 쌓아 올린 곳에서 신기고, 칼은 寢門 밖에서 차게 하였으며, 수레는 市街의 蒲胥라는 곳에서 탈 수 있게 하였다.(楚子聞之, 投袂而起, 屨及於窒皇, 劍及於寢門之外, 車及於蒲胥之市.)"는 기록이 있다.

39) 元冲甲(원충갑): 고려시대 忠烈王 때의 무신. 사람됨이 체구는 왜소했으나, 힘차고 용감하며, 눈에는 電光이 있었다고 한다. 국난을 당하여서는 몸을 돌보지 아니하였으니, 鄕貢進士로 原州의 別抄에 소속되어 있다가 1291년에 哈丹이 쳐들어 와서 성을 포위하자, 전후 10차례에 걸쳐서 적을 크게 무찔러 성을 지켜 후세에까지 武名을 남겼다.(≪高麗史≫ 권 104, 列傳17) 경주부윤 禹承範(?-1438)이 원충갑에 대해 시를 지었으니, "말 들으니 元公이 칼을 짚고 떠날 때, 장한 마음 棄襦生보다도 뛰어났네. 한 번 휘둘러서 천년 外寇를 소탕하니, 우뚝이 선 것이 百雉의 성처럼 든든하다. 예부터 高遠한 지세는 유적을 수호하고, 이제까지 물고기와 새들도 威名을 두려워하네. 男兒의 사업은 이미 이같이 성대한데, 나는 항상 몸소 밭가는 寒士임을 웃네.(聞說元公杖劍行, 壯心超邁棄襦生. 一揮掃盡千年寇, 獨立還同百雉城. 從古風雲護遺迹, 至今魚鳥畏威名. 男兒事業已如此, 自笑冷儒常自耕.)"(≪新增東國輿地勝覽≫＜江原道・原州牧・樓亭＞)이다.

40) 師直爲壯(사직위장): "군대의 명분이 바르면 사기가 왕성해지는 반면에, 명분이 바르지 못하면 군대가 쉽게 피로해진다.(師直爲壯 曲爲老)"(≪春秋左氏傳≫ 宣公 12년조)에 나오는 말.

41) 規劃(규획): 꾸민 계략이란 뜻이나, 여기서는 사전에 세운 전략을 의미함.

42) 分朝(분조): 本朝廷과 별도로 임시로 설치한 조정. 임금이 있던 행재소와 구분하여 세자가 있던 곳을 이르던 말이다.

43) 常刑(상형): 일정한 형벌. "태만히 하는 자가 있으면 나라에서 일정한 형벌을 내리게 되리라.(其或不恭, 邦有常刑.)"(≪書經≫＜夏書・胤征＞)에서 나온다.

44) 用亶之誥(용단지고): "백성들을 옮기려 할 때, 이에 따르지 않는 사람들을 설복하여, 정성으로 크게 고하였다.(以民遷. 乃話民之弗率, 誕告用亶.)"(≪書經≫＜尙書・盤庚 中＞)에서 나온 말.

45) 有死之心(유사지심): 노중련이 "장수가 죽을 각오를 하면 병졸들도 기꺼이 살고자 하는 집착을 버린다.(魯仲連曰: '將軍有死之心, 士卒無生之氣.')"(≪十八史略≫)고 한 데서 나오는 말.

而同仇。所重者義, 宜審熊魚之取舍46), 以破犬羊47)之心膽。言所不盡開, 列
于後, 各宜照詳。

---

46) 熊魚之取舍(웅어지취사): 熊魚取舍. 두 가지 가운데 하나를 취사선택하기 어려운 경우를
    비유하는 말. "고기도 내가 바라는 것이고 곰의 발바닥도 내가 바라는 것이지만 두 가지
    를 모두 갖지 못할 경우라면 고기를 버리고 곰의 발바닥을 가지겠다. 마찬가지로 나는
    생명도 취하고 정의도 취하고 싶지만 두 가지를 모두 갖지 못할 경우라면 생명을 버리
    고 정의를 취할 것이다.(魚我所欲也, 熊掌亦我所欲也, 二者不可得兼, 舍魚而取熊掌者也. 生亦
    魚我所欲也, 義亦我所欲也, 二者不可得兼, 舍生而取義者也.)"(≪孟子≫＜告子＞ 上)에서 유래
    한 것이다.
47) 犬羊(견양): 개와 양이란 뜻이나, 여기서는 하찮은 오랑캐를 의미함.

節目

一. 今日丁壯, 盡入於官軍, 無一名遺漏, 召募之難倍於丁卯, 然官家調發[1], 不無餘遺, 就其中募, 得驍健可用者, 切勿以成冊按名, 推求只令各里士子, 一一詢訪, 詳加開諭, 使之應募。

一. 務精不務多[2], 本是兵家勝筭[3]。況今糧運極難, 尤不可多聚? 無用之軍, 以致有損無益, 必須募得有膽氣・有膂力, 精悍[4]勇猛者, 以爲着實效力之用。

一. 義兵, 須與官兵, 協勢然後, 可以有濟[5], 而官義兵, 常患於不協, 此壬辰以來, 已然之事也。今日, 本道事勢, 又與壬辰不同, 不可有一毫侵占之事, 如有謀避官軍者, 勿許應募。

一. 今日募糧之難, 甚於募兵, 而軍兵旣聚之後, 不可使之自食, 又不可聚用官穀。多定募糧有司, 廣行開諭, 使之隨力應募, 庶幾積小成多, 以爲接濟[6]之計。

一. 積粟富家, 當此急難之日, 寧有惜財之心? 設或不幸而虜兵深入, 則雖有粟, 其不爲大盜積耶[7]? 須以此意, 至誠開諭, 使之傾囷倒廩[8], 以效殉國之義。

---

1) 調發(조발): 국가에서 특별한 일에 필요한 사람이나 물자를 강제로 모으거나 거둠.

2) 務精不務多(무정불무다): "무릇 군사는 정예하기를 힘쓰고, 숫자 많기를 힘쓰지 않는다. (凡兵務精不務多.)"(≪資治通鑑≫ 권292 ＜後周紀3＞)에서 나오는 말.

3) 勝筭(승산): 승리의 요체. 승리의 계책.

4) 精悍(정한): 날쌔고 사아움.

5) 有濟(유제): 성공."반드시 참음이 있다면 능히 이룸이 있으리고, 관용하면 덕이 커지리라.(必有忍, 其乃有濟, 有容, 德乃大.)"(≪書經≫＜周書・君陳＞)에서 나오는 말.

6) 接濟(접제): 살림살이에 필요한 물건을 차려서 살아나갈 방도를 세움.

7) 其不爲大盜積耶(기불위대도적야): "세상에서 소위 지혜 있는 사람이란 결국 큰 도둑을 위해서 재물을 쌓아 두지 않은 사람이 있었던가?(世俗之所謂知者, 有不爲大盜積者乎?)"(≪莊

其間或有有志之士, 本無惜財之心, 而但以納粟[9]之名爲恥, 不肯應募者, 則此乃避嫌之小節, 非殉國之忠心。但能重義輕財, 效力於急難之際, 則他日國家, 酬報之典, 乃是倘來之事, 非所當避。此意, 亦可勉諭。

一. 應募之兵, 皆是白徒[10], 必無器仗, 極爲可慮, 今方移文[11]兵水營及各鎭浦, 收合弓矢・鳥銃・火藥等物矣。然吾輩所仗者, 只是忠義, 而果能堅此心, 則雖特三稜杖[12], 可以奮勇也。

一. 各邑召募官[13], 各擇同志之士, 稱爲召募有司, 使之遍走閭閻, 開諭小民[14], 或兵或糧, 隨所募得, 一一開錄成冊, 以待從事官之行, 或先爲報知, 則尤好。

一. 今去通文[15], 所在召募官, 到卽謄書, 各其邑下, 塡書時刻後, 卽令校奴[16]或院奴[17], 次次飛傳[18], 毋得一刻淹滯[19], 終到處, 則元通文, 還送于所屬從事官, 以憑後考。

一. 本道幅員[20]甚廣, 同志士子及應募軍人等, 難於一處聚會, 故左右道, 分

子≫<外篇・胠篋>)에서 활용한 구절.

8) 傾囷倒廩(경균경름): 곳간을 기울여서 있는 재물을 다 덞. 韓愈가 일찍이 山陽에 있을 적에 竇秀才가 편지를 올려 師事하기를 청해오자, "비록 道德을 깊이 쌓고서 그 빛을 감추어 드러내지 않고, 그 입을 틀어막아 전해지지 않던 옛날의 君子라 할지라도, 足下의 이처럼 간절한 請을 받았을 경우에는 장차 자기의 곳집을 기울여서 있는 대로 다 바칠 것이라.(雖使古之君子, 積道藏德, 遁其光而不曜, 膠其口而不傳者, 遇足下之請懇懇, 猶將倒廩傾囷, 羅列而進也。)"(≪韓昌黎集≫<答竇秀才書>)에서 유래한다.

9) 納粟(납속): 조선 시대에, 나라의 재정난 타개와 구호 사업 등을 위하여 곡물을 나라에 바치게 하고, 그 대가로 벼슬을 주거나 免役 또는 免賤해 주던 일.

10) 白徒(백도): 훈련을 전혀 받지 않은 군사.

11) 移文(이문): 같은 등급의 관아 사이에 주고받던 공문서.

12) 三稜杖(삼릉장): 죄인을 때리는 데 쓰던 세모진 방망이.

13) 召募官(소모관): 조선 시대에, 의병을 모집하기 위하여 임시로 파견하던 벼슬아치.

14) 小民(소민): 平民을 이르던 말.(상사람)

15) 通文(통문): 여러 사람의 성명을 적어 차례로 돌려 보는, 통지하는 문서.

16) 校奴(교노): 우리나라 풍속에 內奴・寺奴・驛奴와 함께 公賤의 하나. 士庶의 奴를 私賤이라 한다.

17) 院奴(원노): 書院에 속한 노비.

18) 飛傳(비전): 파발마를 달림. 파발마는 공무로 급히 가는 사람이 타던 말이다.

19) 淹滯(엄체): 오래 지체함.

爲六都會, 令三從事官, 各管兩都會, 使之巡行檢飭, 以省往來聚會, 紛擾之弊, 各宜知悉。

一. 當職[21], 行未踰嶺, 聞本道諸君子, 倡義之檄, 已交馳於道路, 同心之喜, 曷有極哉? 當以此意, 馳報轉聞矣。凡事, 更須十分着實, 以副朝廷屬望之意。

一. 今見[22]遠近, 官各分日, 期齊會咸昌[23], 此是當初急於勤王, 而不暇念及事勢耳。今當面論停寢[24]此事, 諸君姑勿爲赴會之計。須先急急召募, 擇可堪將領[25]者, 使之率領操鍊[26], 明其部伍[27], 以待改傳令, 朝令夕發。

一. 各邑必有私砲手[28], 不屬官軍者, 各須詢問[29], 有應募者, 各給羽林衛[30]帖, 不願者, 則當給賞布, 以此意開諭。

一. 庶孽許通, 帖三百張, 啓請[31]賚來, 三從事官, 各持一百張, 每一張, 定價白米十石, 以此開諭。應募者一一置簿, 報從事官, 出給次。

一. 召募之事, 雖以忠義爲主, 軍中亦不可全無法令, 如或有違拒・不從者, 杖二十以下, 義將自斷, 重者報于都, 義所施行。

---

20) 幅員(폭원): 땅이나 지역의 넓이.

21) 當職(당직): 本官. '나'를 일컫는 말이다.

22) 今見(금현): 지금 또는 오늘날.(現今) 岑參의 <輪台歌奉送封大夫出師西征> "옛날부터의 역사서를 누가 못 보았으랴만, 오늘날의 공명이 옛사람을 능가한다.(古來靑史誰不見, 今見功名勝古人.)"는 시구에서 보인다.

23) 咸昌(함창): 경북 尙州郡의 옛 읍. 군의 北東境에 연한 분지의 읍이다.

24) 停寢(정침): 일을 하다가 중도에서 그만둠.

25) 將領(장령): 將帥.

26) 操鍊(조련): 전투에 적응하도록 필요한 지식이나 기술 따위를 가르치는 훈련.(敎鍊)

27) 部伍(부오): 軍陣의 대오.

28) 私砲手(사포수): 국가 기관에 적을 두지 아니하고 개인적으로 사냥하던 포수.

29) 詢問(순문): 임금이 신하나 백성에게 묻는다는 뜻이나, 여기서는 사포수에게 의사를 묻는다는 의미임.

30) 羽林衛(우림위): 조선시대 禁軍에 소속된 군대를 이른 말. 임금의 宿衛를 맡아보는 군사이다.

31) 啓請(계청): 임금에게 아뢰어 청하던 일.(奏請)

倡義日錄

丙子 十二月 二十日

以倡義[1]之意, 發文諭于一鄕大小人。 ○ 營關內[2], 「本月十四日, 原任大臣[3] 尹昉[4]・金尙容[5], 陪宗廟社稷, 赴江都, 妃嬪・王子, 皆隨行。東君[6]親執鞭策, 大駕[7]前後, 隨行射隊失度[8], 城中士女四散, 哭聲震動云」。

---

1) 倡義(창의): 국난을 당하였을 때 나라를 위하여 의병을 일으킴.
2) 營關內(영관내): 감영의 관문에 의하면.
3) 原任大臣(원임대신): 과거에(原) 임명되었던(任) 大臣. 반면에 時任大臣은 현재(時) 임명된 大臣이다.
4) 尹昉(윤방, 1563-1640): 본관이 海平이고, 자가 可晦이며, 호가 稚川이다. 李珥의 문인이다. 1591년 아버지 尹斗壽가 당쟁으로 유배되자 사직했다가 正言으로 복직하였고, 1601년 병조참판으로 춘추관동지사를 겸직하여 임진란 때 불탄 實錄 재간에 참여하였고, 1618년 仁穆大妃를 폐위하자는 正廳에 불참하고 사직했다가 인조반정으로 예조판서에 등용되었다. 정묘호란이 일어나자 왕을 江華에 호종했으며, 병자호란 때는 廟社提調로서 神主를 강화에 모셔 화를 면했으나 仁順王后의 신주를 분실하여 소홀히 다룬 죄로 파직 유배되기도 했다.
5) 金尙容(김상용, 1561-1637): 본관이 안동이고, 자가 景擇이며, 호가 仙源・楓溪이다. 鄭徹과 金瓚의 從事官으로 왜군 토벌의 공이 있었고, 權慄의 종사관으로 호남지방을 왕래하였다. 정묘호란 때는 留都大將으로서 한양을 지켰고, 병자호란 때 왕족을 시종하고 강화로 피란하였다가 이듬해 강화성이 함락되자 南門樓에 있던 화약에 불을 지르고 자결하였다.
6) 東君(동군): 東宮을 의미하는 것으로, 昭顯世子를 지칭함. 동궁의 말고삐를 잡은 놈이 이미 도주하고 없어서 급히 다른 사람을 불렀으나 역시 나오지 않자, 소현세자가 친히 채찍을 잡고 떠나서 구리재[銅峴]를 넘어 水口門으로 나가는데 군색하고 급박하게 달려가는 형상은 차마 말로 형용할 수가 없었다고 한다.
7) 大駕(대가): 임금이 타는 수레.(御駕)
8) 失度(실도): 규율을 잃어버림.

二十一日

營吏文告[9]內, 「本月十五日, 崔鳴吉[10]啓云, “胡言: ‘今我之行, 專爲和事, 而爾邦人民潰散, 至於主上播遷, 心甚不安。若堅定和好, 遣一王子·一大臣及斥和人數三, 則當還去.’云.”」。○ 又云, 「賊兵, 進陣于楮子山[11].」。

二十二日

一鄕齊會, 推余爲義將, 余以病廢[12], 固辭不獲, 乃爲倡率義旅之計。○ 有人來言, ‘王弟綾峯君[13], 諭和好之意’.云, 而未知虛實。○ 夕後, 營關來到內, 「洪瑞鳳[14]·韓汝稷[15], 往胡陣, 誘曰: “王世子, 時在江都, 還則以送.” 虜曰: “世子然後, 可也.” 世子[16]聞之, 陳于上前, 曰: “若事迫, 則臣當往.” 上以大君[17]代之, 胡不應, 大君還報, 朝臣相顧無語。新豐君張維[18]曰: “世子, 卽可往

---

9) 文告(문고): 아랫사람에게 禮樂敎化를 깨우쳐주는 글이나, 여기서는 ‘통문’을 의미함.

10) 崔鳴吉(최명길, 1586-1647): 본관이 全州이고, 자가 子謙이고, 호가 遲川이다. 李恒福과 申欽에게 배웠다. 인조반정에 참여한 반정공신이다. 병자호란 때 이조판서로서 강화를 주관하였는데, 난중의 일처리로 인조의 깊은 신임을 받음으로써 병자호란 이후에 영의정까지 오르는 등 대명, 대청 외교를 맡고 개혁을 추진하면서 국정을 주도했다. 명과의 비공식적 외교관계가 발각되어 1643년 청나라에 끌려가 수감되기도 했다.

11) 楮子山(저자산): 충북 淸原郡 文義面의 북쪽에 있는 산.

12) 病廢(병폐): 병으로 인하여 몸을 제대로 쓰지 못함.

13) 綾峯君(능봉군): 임시직함인 ‘王弟’로 변장하여 청나라와 화의하기 위해 청군 진영에 갔던 종친.

14) 洪瑞鳳(홍서봉, 1572-1645): 본관이 南陽이고, 자가 輝世이며, 호가 鶴谷이다. 인조반정에 가담하여 병조참의가 되었으며, 병자호란이 일어나자 崔鳴吉과 함께 和議를 주장하였고 영의정, 좌의정을 지냈다. 昭顯世子가 급사하자 鳳林大君(孝宗)의 세자책봉을 반대하고 세손으로 嫡統을 이어야 한다고 주장하였으나 용납되지 않았다.

15) 韓汝稷(한여직, 1575-1638): 본관이 淸州이고, 자가 仲安이며, 호가 十洲이다. 인조반정이 일어나자 동부승지가 되고, 이괄의 난을 평정하기도 했다.

16) 世子(세자): 昭顯世子.

17) 大君(대군): 鳳林大君을 지칭함.

18) 張維(장유, 1587-1638): 본관이 德水이고, 자가 持國이며, 호가 谿谷이다. 우의정 金尙容의 사위이며, 효종비 仁宣王后의 아버지이다. 金長生의 문인이다. 인조반정에 참여하여 2등 공신에 녹훈되었고, 병자호란 때는 공조판서로 남한산성에 임금을 호종하였고, 최명길과 함께 화의를 주도하였다. 성격이 곧아 인조반정에 참여하고서도 모시던 국왕을 쫓아낸 일을 부끄러워하였으며, 공신 金瑬의 전횡을 비판하고 소장 관인들을 보호하다 나주목사로 좌천되기도 하였다.

矣." 諸臣相應曰: "計已定矣." 禮判金尙憲[19], 正色大責曰: "公等, 何以爲此言
也? 吾與公等, 不復共立體府[20], 還入待罪." 上曰: "此非相持之日, 卿等各還
安[21]職." 世子曰: "吾何有不可往之理?"云云。

二十三日

鄕員齊心奮勵, 峻議義旅, 約束嚴整, 紀律甚密。然其募軍一款, 全境之丁壯
者, 盡入官軍, 所餘者, 止是老弱, 甚悶。

二十四日

諭募粟有司, 自丁卯兵革之餘, 歲不登[22], 而公私儲蓄竭盡[23], 今日募糧, 有
甚於丁卯, 雖一斗一斛之穀, 出義[24]無隱, 以助軍需, 則當一一稟報事。○ 是
日, 安東義陣, 關文來到。

二十五日

本道兵使許完[25], 督列邑發兵, 關文來到, 辭意截嚴云。昨見京關, 則君父方

---

19) 金尙憲(김상헌, 1570-1652): 본관이 安東이고, 자가 叔度이며, 호가 淸陰·石室山人이다.
   어려서 尹根壽 등에게 수학하였다. 정묘호란이 일어났을 때 진주사로 명나라에 갔다가
   구원병을 청하였고, 돌아와서는 後金과의 화의를 끊을 것과 姜弘立의 관직을 복구하지
   말 것을 강력히 주장하였다. 禮曹判書로 있을 때 병자호란이 일어나자 남한산성으로 인
   조를 호종하여 先戰後和論을 강력히 주장하였다. 대세가 기울어 항복하는 쪽으로 굳어지
   자 崔鳴吉이 작성한 항복문서를 찢고 통곡하였다. 항복 이후 식음을 전폐하고 자결을 기
   도하다가 실패한 뒤 안동의 鶴駕山에 들어가, 와신상담해서 치욕을 씻고 명나라와의 의
   리를 유지해야 한다는 내용의 상소를 올린 뒤 두문불출하였다. 그는 청나라로부터 위험
   인물로 지목되어 1641년 瀋陽에 끌려가 이후 4년여 동안을 청에 묶여 있었다.
20) 體府(체부): 도제찰사가 집무하는 군영. 여기서는 남한산성의 임시조정을 일컫는다.
21) 還安(환안): 다른 곳으로 옮겼던 神主를 다시 제자리로 모심.
22) 不登(불등): ≪맹자≫<滕文公章句上>의 "오곡이 여물지 않는다.(五穀不登.)"에서 보임.
23) 竭盡(갈진): 바닥이 드러날 정도로 다하여 없어짐.
24) 義(의): 義糧. 의병들이 먹을 군량.
25) 許完(허완, 1569-1637): 본관이 陽川이고, 자가 子固이다. 수군통제사 이순신 휘하에 들어
   가 이순신에게 능력을 인정받았고, 선전관을 거쳐 柳成龍의 천거로 南平縣監이 되었다.
   1635년 경상좌도병마절도사가 되고, 병자호란 때 1만여 군사를 이끌고 북상하여, 1637
   년 廣州 雙嶺에서 적과 대전하다 패하여 많은 군사가 죽자 자결하였다.

在水火中, 而諸道勤王兵26), 訖無形影, 當此危迫, 凡爲臣子者, 豈忍如是? 且上御樓上, 頒哀痛敎, 有曰: '一隅孤城, 和事27)已絕, 內無可恃之勢, 外乏蟻子之援.' 百官28)聽敎, 莫不號痛云。本道各邑, 火速發兵, 以今晦日, 會于咸昌29), 以勤王事云云。

二十六日

本邑軍容稍成, 而雪路氷程, 兵馬失足, 勢難發程。然咸昌期日急迫, 領軍發行, 執弓者百五十餘, 執砲者二百三十餘, 凡陣中指揮諸員五十餘, 合四百餘名, 是日宿桃院30)。○ 西來消息, 互相傳播, 不可的知31), 然賊至南門外, 請曰: '有通議事, 送信人, 可也.'云。故遣戶判金藎國32), 則賊曰: '十年和約, 何可一朝倍之? 爾國奸邪, 旣已稔知33)矣。雖欲更和, 難矣.'云。

二十七日

早朝餉軍, 到比安34), 聞各邑義兵, 皆未發程, 當此君父危急之日, 尤不勝紆

---

26) 勤王兵(근왕병): 임금이나 왕실을 위하여 충성을 다하는 군인. 곧, 의병을 일컫는다. 狐偃이 晉侯에게 "諸侯를 구하려면 근왕하는 것밖에 없다.(狐偃言於晉侯曰: "求諸侯, 莫如勤王.")"(≪춘추좌씨전≫ 僖公 28년조)고 말하였으므로, 후세에 의병을 일으켜 왕실을 구원하는 것을 근왕이라 하였다.
27) 和事(화사): 和親. 나라와 나라 사이에 다툼 없이 가까이 지냄.
28) 百官(백관): 모든 벼슬아치.
29) 咸昌(함창): 경북 尙州郡의 옛 읍. 군의 北東境에 연한 분지의 읍이다.
30) 桃院(도원): 경북 의성군 봉양면에 있는, 지금의 도리원.
31) 的知(적지): 제대로 확실하게 앎.
32) 金藎國(김신국, 1572-1657): 본관이 淸風이고, 자가 景進이며, 호가 後猜이다. 임진란이 일어났을 때 영남에서 의병 1천여 명을 모아 활동하자 조정에서 그를 참봉으로 봉하였고, 도원수 權慄의 종사관으로 활약하였다. 인조반정으로 광해군 때의 훈작을 삭제당했다가 다시 평안도 관찰사에 임명되어 後金의 침략에 대비하기 위해 城池의 수축, 군량의 비축 등에 힘썼고, 李适의 난 때 국문당했으나 혐의가 없음이 밝혀졌다. 정묘호란 때에 호조판서로 李廷龜와 함께 금나라 사신과 和約을 협상했고, 병자호란 때는 남한산성에 들어가서 끝까지 싸울 것을 극력 주장했다. 이듬해 볼모로 가는 소현세자의 貳師로 瀋陽에 배종했다가, 1640년 귀국하여 耆老所에 들어갔다.
33) 稔知(임지): 자세히 잘 앎.
34) 比安(비안): 경북 의성군 비안면에 있는 지명.

鬱。比安倅, 持督兵關文出接, 而關文內,「軍兵擇其勇健者, 軍糧使之精鑿繼
續, 箭矢・火藥等物亦優備, 無至臨急窘跲.」云。

二十八日

西報, 日益罔措[35], 故不得留待, 列邑義兵, 領軍發行。而砲軍二名, 發病不
得進, 使之少差後, 急急來到, 無至抵律。○ 是日, 到安溪[36], 聞列邑義兵, 多
發程云。吾嶺士君子, 爲國同聲之應, 甚喜甚喜。且聞胡賊乘勢, 國兵皆有退縮
之意云. 自不覺憤裂, 遂令軍中曰: "仁不以勇, 義不以力[37], 各自奮勵, 則可以
一夫當百, 吾何畏彼哉?" 是日, 聞都元帥金自點[38], 領軍陣于薇園[39], 逗遛[40]不
進[41], 而原州營將權正吉[42], 屯于黔丹山[43]下云。

---

35) 罔措(망조): 罔知所措. 너무 당황하거나 급하여 어찌할 줄을 모르고 갈팡질팡함.
36) 安溪(안계): 경북 의성군 안계면에 있는 지명.
37) 仁不以勇, 義不以力(인불이용, 의불이력): 項羽의 포위에서 간신히 벗어나 황하를 건너 洛
    陽의 新城에 다다른 漢王 劉邦에게 董公이 한 "어짊은 용맹을 부를 일이 없고, 의로움은
    힘을 쓸 일이 없다.(仁不以勇 義不以力)"(≪前漢書≫<高帝紀>)는 말에서 인용함.
38) 金自點(김자점, 1588-1651): 본관이 安東이고, 자가 成之이며, 호가 洛西이다. 李貴, 金瑬,
    申景祺, 崔鳴吉, 李适 등과 함께 광해군과 집권세력인 대북파를 축출하고 綾陽君(후의 인
    조)을 추대하여 반정에 성공하였다. 당시 西人이 功西와 淸西로 갈라지자 공서의 편에서
    金尙憲 등 유림을 탄압하였다. 이괄의 난을 평정하고, 정묘호란이 일어나자 巡檢事臨津守
    禦使에 임명되었다. 1633년 都元帥가 되었으나 병자호란이 일어나자 兎山 싸움에서 참패
    한 죄로 전쟁이 끝나자 絶島定配당했다. 1643년 판의금부사로 登極使가 되어 淸에 다녀
    온 뒤 우의정에 승진되고, 1644년 좌의정에 봉해지고 영의정에 올라 謝恩使로 다시 淸에
    다녀왔다. 1646년 仁祖가 昭顯世子嬪 姜氏를 죽이려는 내심을 간파하고 인조의 수라상에
    독약을 투입한 뒤 그 혐의를 강빈에게 미루어 죽였으며, 소현세자의 세 아들을 모두 濟
    州에 유배보내게 하였다. 1649년 효종이 즉위하자 김상헌 등을 등용하여 北伐을 꾀하고,
    그를 파직시켰다. 다음해 그는 유배지인 洪川에서 심복인 역관 李馨長을 시켜 조선이 북
    벌을 계획하고 있음과 宋時烈이 지은 長陵의 誌文에 淸의 年號를 쓰지 않고 明의 연호를
    쓴 사실을 淸에 알렸다. 이에 청나라는 크게 의심하고 大軍을 보내 眞否를 물었으나 孝宗
    의 기민한 수습으로 무마되었다. 결국 그의 반역행위가 드러나 光陽에 유배되었다가
    1651년 아들의 역모가 들어나 역모죄로 아들과 함께 사형당하였다.
39) 薇園(미원): 경기도 양평군 양평읍의 옛 이름인 楊根縣에 있던 곳.
40) 逗遛(두류): 객지에 가서 머물러 있음.
41) 逗遛不進(두류부진): 병자호란이 일어나던 초기에 都元帥 金自點은 黃州의 正方山城에 주
    둔하고 있었으나, 서북 지역의 병력 대부분이 청군의 후미를 쫓아야만 했다. 마부타가
    이끄는 청군 선봉대에 뚫린 그는 12월14일, 鳳山 북쪽의 洞仙驛에서 청나라 좌익군을 공

二十九日

大雪獰風[44]，軍卒手足俱凍，余亦寒氣[45]剝膚[46]，又以風眩[47]發作，强扶登程。○ 本道兵使，來陣尙州云。○ 城中急迫之狀，日聞益甚，忠憤所激，不覺淚下。寒程軍行，飢寒若兼，尤難馳行。是日，發關本邑，募糧所到，三灘[48]留宿。

丁丑 正月 初一日

日氣稍和。早起鄕軍，發行。聞湖嶺各邑義兵，次第發程，爲國之誠，誠無異同矣。○ 本邑倅，家僮[49]來云，'二十九日體府使[50]，率軍百餘人，自北門緣山

격하여 자그마한 전과를 올렸다. 그러나 홍타이지가 이끄는 대군이 남하하자 공격할 엄두를 내지 못하고 兎山으로 이동했다. 이곳에서도 그는 척후병을 두지 않은 채 안이하게 행군하다가 12월25일 도르곤이 이끄는 청군의 기습에 휘말렸다. 약 5000명에 이르던 김자점 군은 졸지에 병력의 대부분을 잃고 말았다. 김자점은 결국 남은 어영군 병력을 수습하여 楊根의 薇園으로 이동했다. 이때 미원에는 김자점 부대 말고도 강원감사 조정호의 부대, 북한산 전투에서 패한 뒤 이동해온 留都大將 沈器遠 부대 등이 합류했다. 남한산성에 있는 인조와 조정은 이들이 청군의 포위를 뚫고 산성으로 들어와 주기를 바랐다. 적지 않은 병력이었지만, 김자점 부대는 결코 움직이지 않았다.

42) 權正吉(권정길): 군사를 거느리고 黔丹에 진을 쳤으나 며칠 후 적에게 패배하여 전군이 무너지고 말았다. 적은 군사인지라 끝내 패하여 물러나기는 하였으나, 많은 군사를 가지고도 앉아서 보기만 한 채 진병하지 않은 자와는 현저한 차이가 있었다.(≪練藜室記述≫)

43) 黔丹山(검단산): 경기도 하남시 동쪽 한강변에 솟아 있으며, 한강을 사이에 두고 雲吉山, 禮峰山과 이웃해 있는 산. 백제 때 黔丹禪師가 이곳에 은거하였다 하여 검단산으로 불리게 되었다.

44) 獰風(영풍): 몹시 사나운 바람.

45) 寒氣(한기): 병적으로 느끼는 추운 기운.

46) 剝膚(박부): 살가죽을 벗기는 것 같은 심한 고통을 일컬음.

47) 風眩(풍현): 風邪로 인하여 생기는 현기증. 목덜미가 뻣뻣하여지고 구역질을 하기도 한다.

48) 三灘(삼탄): 尙州牧에서 동쪽으로 세 강이 만나는 三灘津을 일컬음. 이곳에는 自天臺가 있는데, 蔡得沂(1605-1646)가 병자호란 이후 이 대의 아래 舞雩亭을 세웠고 石面에 "大明天地崇禎日月"이라는 8자를 새겼다고 한다. 채득기는 1636년 천문을 관측하여 병자호란을 예측, 독서에만 전념하였다. 병자호란 뒤 瀋陽에 볼모로 가는 왕자들을 호종하라는 왕명을 받들지 않아 3년간 유배생활을 한 뒤 다시 불려 선양에 갔다. 이때 호란의 치욕을 씻으려는 鳳林大君[孝宗]에게 太公의 병법을 전하고 그와 함께 돌아왔다.

49) 家僮(가동): 집안 심부름을 하는 사내아이 종을 이르던 말.

50) 體府使(체부사): 都體察使 金鎏를 가리킴.

而下, 賊亦出百餘騎, 相拒[51]我國, 又出砲手二百餘人。體府[52]麾旗令進, 軍兵惶怵不進, 斬其不進者, 我軍遂下山。聚于松[53]・城外賊, 策馬突入我陳, 我軍不得放一砲・一矢, 大亂潰散[54], 爲賊蹈死者, 不知幾許.'云。聞來膽裂心寒。
○ 是日, 到咸昌。

初二日
余氣不平, 食飮專減, 不能領軍發程, 然强扶行軍, 暮到新院[55]留宿。

初三日
小雪氣漸不平, 强起發行, 至鳥嶺[56]東院, 軍兵凍寒, 面無人色矣。 ○ 聞大殿[57]寢具, 皆爲賊所掠, 義昌君[58]進羊皮裘, 上自此不得就寢。至於供具, 不能繼魚肉, 陪臣剖氷, 捉柳目魚煮進, 上嘉其味, 問曰: "是何魚也?" 侍者對曰: "柳目魚." 上曰: "此魚味甚嘉, 賜名金增魚[59]."云。伏想, 御供之甚薄。 ○ 又聞忠淸兵使[60]及都元帥[61], 與賊戰于黔丹山下, 皆敗走, 而諸道義兵, 聞賊勢熾張,

---

51) 相拒(상거): 서로 떨어져 있음.
52) 體府(체부): 도체찰사가 집무하는 군영을 일컫는데, 여기서는 그 하급장교였던 柳瑚를 가리킴.
53) 聚于松(취우송): 소나무 뒤에 모여 있었다는 뜻으로, 매복했다는 의미임.
54) 潰散(궤산): 군대가 싸움에 져서 흩어져 도망함.
55) 新院(신원): 경상북도 聞慶郡 身東面에 있는 마을 이름.
56) 鳥嶺(조령): 경상북도 문경군과 충청북도 괴산군 사이에 있는 재.
57) 大殿(대전): 임금이 거처하는 궁전이나, 여기서는 남한산성을 지칭함.
58) 義昌君(의창군, 1589-1645): 宣祖의 여덟째 庶子 李珖. 광해군의 패륜을 한탄하던 중 1618년 모반죄로 주살된 처족 許筠의 사건에 연좌되어 훈작을 삭탈당하고 유배되었다. 인조반정으로 풀려나와 종친으로서 인조의 총애를 받았다.
59) 金增魚(금증어): 유목어를 仁祖가 '금증어'란 이름으로 부르게 했다는 일화는 尹行恁의 <大丘府使朴公 翰男 墓表>(≪碩齋稿≫ 권19, 金石隨錄)에도 전함. 그런데 아마도 '도루묵'에 관한 일화로 보이는 바, 澤堂 李植의 詩 <還目魚>(≪澤堂先生集≫ 권5)를 참고하기 바란다.
60) 忠淸兵使(충청병사): 李義培(1576-1636). 본관이 韓山이고, 자가 宜伯인데, 인조반정에 참여한 공으로 靖社功臣에 책록되었고, 충청・전라・황해・함경 병마절도사 등을 지냈다. 병자호란 때 竹山에서 적군에 포위되어 혈전 끝에 전사했다.
61) 都元帥(도원수): 金自點을 지칭함.

逗遛不進, 或前進[62]多陣, 距漢山[63]二十里之地, 卽雙嶺[64]也。胡兵橫截道路,
不得通於朝廷, 日夜積柴放火, 烟焰漲天, 使城中知援兵在邇。一夜自城中, 送,
開元寺[65]二衲, 戒以勿輕進兵云。

初四日

雪稍晴, 領軍到水乭。○ 聞列邑義兵, 多敗于雙嶺云, 不勝憤裂。且本邑官
軍都總金燁, 於丁卯之亂, 與余倡義者, 今以領軍, 前進尤深。係慮本陣糧餉, 每
患不給, 是日發關本縣募糧所, 及寄書伯兒[66], 使之督運軍餉, 而戒其曉諭以理,
切勿勒推之意。○ 聞上詔崔鳴吉製賊書[67]答, 有曰:「朝鮮國王某, 謹百拜上書

---

62) 전진(前進): 전진한 군대는 慶尙 左兵使 許完과 慶尙 右兵使 閔栐이 1637년 1월 2일에 雙
   嶺에 도착한 것을 이름. 민영은 오른편 산등성이에 진을 치고 허완은 왼편 낮은 곳에 진
   을 쳤는데, 精砲手를 뽑아서 모두 가운데에 두어 굳게 스스로를 호위하고 중등과 하등
   포수는 밖에 몰아놓고 다만 화약을 사람마다 각각 2냥씩 나눠주었다고 한다.
63) 漢山(한산): 경기도 廣州郡의 옛이름.
64) 雙嶺(쌍령): 경기도 廣州에 있는 고개 이름.
65) 開元寺(개원사): 인조 2년 남한산성 수축과 함께 세워졌으며, 병자호란 때 남한산성의 승
   군 본영을 두었던 절.
66) 伯兒(백아): 申塄(1597-1661).
67) 賊書(적서): 1637년 1월 2일 홍서봉, 김신국, 이경직이 적의 진중에 가서 받아온 청 태종
   의 조서. 그 내용은 다음과 같다.「大淸國의 寬溫仁聖皇帝는 조선의 관리와 백성들에게
   誥諭한다. 朕이 이번에 정벌하러 온 것은 원래 죽이기를 좋아하고 얻기를 탐해서가 아니
   다. 본래는 늘 서로 화친하려고 했는데, 그대 나라의 君臣이 먼저 불화의 단서를 야기시
   켰기 때문이다. 짐은 그대 나라와 그동안 털끝만큼도 원한 관계를 맺은 적이 없었다. 그
   대 나라가 기미년에 명나라와 서로 협력해서 군사를 일으켜 우리나라를 해쳤다. 짐은 그
   래도 이웃 나라와 지내는 도리를 온전히 하려고 경솔하게 전쟁을 일으키려 하지 않았다.
   그러다가 遼東을 얻고 난 뒤로 그대 나라가 다시 명나라를 도와 우리의 도망병들을 불
   러들여 명나라에 바치는가 하면 다시 저 사람들을 그대의 지역에 수용하여 양식을 주며
   우리를 치려고 협력하여 모의하였다. 그래서 짐이 한 번 크게 노여워하였으니, 정묘년에
   의로운 군사를 일으킨 것은 바로 이 때문이었다. 이때 그대 나라는 병력이 강하거나 장
   수가 용맹스러워 우리 군사를 물리칠 수 있는 형편이 못 되었다. 그러나 짐은 생민이 도
   탄에 빠진 것을 보고 끝내 交隣의 도를 생각하여 애석하게 여긴 나머지 우호를 돈독히
   하고 돌아갔을 뿐이다. 그런데 그 뒤 10년 동안 그대 나라 군신은 우리를 배반하고 도망
   한 이들을 받아들여 명나라에 바치고, 명나라 장수가 투항해 오면 군사를 일으켜 길을
   막고 끊었으며, 우리의 구원병이 저들에게 갈 때에도 그대 나라의 군사가 대적하였으니,
   이는 군사를 동원하게 된 단서가 또 그대 나라에서 일어난 것이다. 그리고 명나라가 우
   리를 침략하기 위해 배[船]를 요구했을 때는 그대 나라가 즉시 넘겨주면서도 짐이 배를

于大淸國寬溫仁聖皇帝。小邦[68]獲戾大國, 自速兵禍, 捷身孤城, 危迫朝暮。已
知罪矣。有罪而恕之, 所以體天心, 容萬物者也。如蒙念丁卯誓天之約, 恤小邦
生民之命, 令小邦改圖自新, 則小邦洗心, 從事自今日矣。伏願皇帝, 垂察焉。 」
遣書之時, 朝廷互爲持難, 鳴吉曰: "吾等, 雖爲萬古罪人, 今日之和, 不可一小
爲也." 以李景稷[69]遣胡, 胡曰: "使王子入來相議." 云。

初五日

早朝餉軍發行, 到大秋院, 聞各道官軍與義兵, 多敗于黔丹山云。 ○ 又聞杞
昌君兪曾[70], 上疏極陳海昌君尹昉及金瑬[71]誤國之罪, 朝廷肅然。

요구하며 명나라를 정벌하려 할 때는 번번이 인색하게 굴면서 기꺼이 내어주지 않았으
니, 이는 특별히 명나라를 도와 우리를 해치려고 도모한 것이다. 그리고 우리 사신이 왕
을 만나지 못하게 하여 國書를 마침내 못 보게 하였다. 그런데 짐의 사신이 우연히 그대
국왕이 평안도 관찰사에게 준 密書를 얻었는데, 거기에 '정묘년 변란 때에는 임시로 속
박됨을 허락하였다. 그러나 이제는 정의에 입각해 결단을 내렸으니 關門을 닫고 방비책
을 가다듬을 것이며 여러 고을에 효유하여 충의로운 인사들이 각기 策略을 다하게 하
라.'고 하였으며, 기타 내용은 모두 세기가 어렵다. 짐이 이 때문에 특별히 의병을 일으
켰는데, 그대들이 도탄에 빠지는 것은 실로 내가 원하는 바가 아니었다. 단지 그대 나라
의 군신이 스스로 너희 무리에게 재앙을 만나게 했을 뿐이다. 그러나 그대들은 집에서
편히 생업을 즐길 것이요, 망령되게 스스로 도망하다가 우리 군사에게 해를 당하는 일이
일체 없도록 하라. 항거하는 자는 반드시 죽이고 순종하는 자는 반드시 받아들일 것이며
도망하는 자는 반드시 사로잡고 성 안이나 초야에서 마음을 기울여 귀순하는 자는 조금
도 침해하지 않고 반드시 정중하게 대우할 것이다. 이를 그대 무리에게 유시하여 모두
알도록 하는 바이다.」(≪仁祖實錄≫ 15년 1월 2일조)

68) 獲戾(획려): 잘못을 저지름. 신경을 거스름.

69) 李景稷(이경직, 1577-1640): 본관이 全州이고, 자가 尙古이며, 호가 石門이다. 영의정을 지
    낸 李景奭의 형이다. 李恒福과 金長生에게 배웠다. 1622년에는 가도에 주둔한 명나라 장
    수 모문룡을 상대하는 임무를 수행하였으며, 병자호란 때에도 초기에 최명길을 따라 청
    나라 군의 부대로 찾아가 진격을 늦춤으로써 국왕을 피신시키는 등 주로 청나라 장수를
    상대하는 일을 맡았다.

70) 兪曾(유증): 兪伯曾(1587-1646)의 오기. 본관이 杞溪이고, 자가 子先이며, 호가 翠軒이다.
    仁穆大妃 폐모론이 일어나자 사직하였으며, 인조반정에 공을 세워 靖社功臣 3등에 책록,
    杞平君에 봉해졌다. 정묘호란 때 司藝寺正이 되어 화의의 잘못을 상소하였다. 병자호란이
    일어나자 副摠管으로 인조를 호종하였으며, 1637년 1월 4일 協守使였던 그는 화의를 주
    장한 尹昉·金瑬 등의 처형을 상소하다가 파직되었다.

71) 金瑬(김류, 1571-1648): 본관이 順天이고, 자가 冠玉이며, 호가 北渚이다. 임진란 때 復讐
    召募使 金時獻의 종사관으로 호서와 영남 지방에서 활약하였고, 인조반정의 공로로 병조

初六日

大風雪, 不得行軍人, 留于秋院。星州亡卒來言, "賊捕朝鮮人, 男壯者, 削髮
爲軍, 老者使之樵薪, 婦女之年少者置軍中, 老醜者備其炊汲, 且我國軍士, 凍餒
死者甚多." 云。○ 午, 本邑都總金燁, 馬卒逃下, 聞義城義兵留此地, 來言, "今
初三日, 金燁三昆季[72], 戰死雙嶺." 云。

初七日

稍和, 領軍發程, 到困酒店。○ 聞朝廷欲敦和事, 使左相洪瑞鳳往賊陣, 賊
責以負約, 且曰: "觀爾國文簿, 則皆稱奴賊, 爾國之罪, 實所難赦, 我之行事, 光
明正大, 何敢以我爲賊?" 因以書授之, 有曰: 「大淸國, 寬溫仁聖皇帝, 詔諭朝鮮
國王, 僅以一身, 逃入山城, 縱延千年, 有何益哉?」云云。

初八日

早起, 餉軍發行, 日暮到杯酬, 軍卒多有凍餒者。○ 聞湖嶺義兵, 多敗雙嶺,
京畿義兵, 戰于廣州, 皆敗走而死者殆多, 胡兵死者, 不過數人, 而胡將將兵入
城? 云。

初九日

早餉軍卒, 是日馳到龍仁[73]。夜已初鼓[74], 遇大邱軍卒逃下者, 問之, 則兵使
主, 不知賊屯雙嶺, 無疑踰嶺, 爲賊所敗, 全羅兵使[75], 領兵入據光皎山[76], 然未

참판에 제수되었으며 곧 병조판서로 승진되더니 昇平府院君에 봉해졌다. 정묘호란 때는
副體察使로서 인조를 江都로 호종하였고, 환도 후에는 都體察使가 되어 八道軍兵을 통솔
하였다. 병자호란 때는 인조와 함께 남한산성으로 피난하였다가, 이듬해 삼전도의 맹약
을 맺는데 주화론자로서 주도적 역할을 하였다.

72) 昆季(곤계): 형제.
73) 龍仁(용인): 경기도 남부에 위치한 지명.
74) 初鼓(초고): 初更. 저녁 7시에서 9시 사이.
75) 全羅兵使(전라병사): 金俊龍(1586-1641)을 일컬음. 그는 군사를 거느리고 구원하러 들어와
   光敎山에 주둔하며 전투에 이기고 전진하는 상황을 馳啓하였다. 당시 남한산성이 오래도
   록 포위되어 안팎이 막히고 단절되었는데, 이때에 이르러 구원병의 소식이 잇따라 이르

知虛實, 賊兵之猖獗, 不可枚擧77)云。

初十日

馳到廣州漢山。○ 聞江都胡兵, 跳踉侵掠, 罔有餘地, 極爲憤歎。

十一日

日氣寒洌, 因留漢山, 聞城中爻象78), 慘不忍言。○ 大駕, 播遷南漢, 幾至一朔, 寢食諸具, 冷薄極甚, 忠憤所激, 感涕先下。○ 時季弟悅道, 扈駕在南漢, 圍中尙未知死生, 尤極悶鬱, 是夜賊放火, 烟霧漲天。

十二日

朝廷日敦和事, 禁止各道軍兵義旅, 皆使退去, 聞不勝憤鬱, 方入城抗疏。又聞胡催和議, 朝廷使崔鳴吉・洪瑞鳳・許僩79)・尹暉80)等, 持國書遣胡。其書曰:「朝鮮國王某, 謹百拜上書于大淸國寬溫仁聖皇帝。小邦君臣, 延頸企足, 日竢德音81), 而今已浹旬82), 訖無83)曳白84), 勢窮情迫, 未免再號。惟皇帝察焉.」

렀으므로 성 안에서 이를 믿고 안정을 되찾았다고 한다.(≪仁祖實錄≫ 15년 1월 5일조) 청나라 태종의 사위를 비롯한 세 명의 대장을 죽인 대승이었다. 이는 병자호란 최초의 승리이자 마지막 승리이기도 했다.

76) 光皎山(광교산): '光敎山'의 오기. 경기도의 수원과 용인 사이에 있는 산.

77) 枚擧(매거): 하나하나 들어서 말함.

78) 爻象(효상): 六爻를 점쳤을 때 각 효에 나타난 형상. 전하여 길흉화복의 조짐을 의미하는 바, 당시의 남한산성 형편을 일컫는 말이다.

79) 許僩(허한, 1574-1642): 본관이 陽川이고, 자가 毅甫이며, 호가 杏塢이다. 예천군수, 이천부사를 지냈고, 영의정에 追贈되었다.

80) 尹暉(윤휘, 1571-1644): 본관이 海平이고, 자가 靜春이며, 호가 長洲・川上이다. 인조반정때 長興・牙山 등지에 유배되었다가, 정묘호란 때 기용되어 한성부좌윤 등을 지냈다. 병자호란 때 인조를 남한산성까지 호종, 적진을 오가면서 화의교섭을 벌였다. 환도 뒤 도승지가 되어 청나라와의 외교를 전담하였다.

81) 德音(덕음): 임금의 말.

82) 浹旬(협순): 열흘 동안.

83) 訖無(흘무): 중국 宋나라 학자이며 名相인 歐陽脩의 <六一居士傳>에서 온 말. "대저 선비가 젊어서는 벼슬하고 늙어서는 물러나 쉬어서 나이 70을 기다리지 않은 이들이 있었는데 내가 평소 그들을 사모했으니, 이것이 마땅히 떠나야 할 조건의 한 가지요, 내가 일

又曰:「君臣父子兄弟, 久處孤城, 其窘亦甚。 誠於此時, 特蒙大國, 飜然舍過, 許其自新, 俾得保宗社, 長奉大國, 則小邦君臣, 當銘鏤感, 戴至于子子孫孫, 末世不忘。 願隣矜小邦, 恢張85)河海之澤。 今皇帝, 新建大號, 首揭'寬溫仁聖'四字。 蓋將以體天地之道, 恢覇王之業, 則如小邦之願改前愆, 自托洪庇, 宜不在棄絶中.」云云。 胡答曰: "今日已曛矣。 惟難往復, 以明日自西門來, 則與之相議." 云。

十三日

僅入城中, 城中柴糧俱乏, 日勢極寒, 我國人民, 凍餒死者無數。 ○ 訪金尙憲·鄭蘊諸公相議, 力爭講和之非。 問季弟晉甫86)所在, 曰: "吾亦不見, 已數日矣." ○ 是日, 朝廷使崔鳴吉諸人, 持國書, 往見龍馬87)兩將, 彼曰: "向者, 背盟之過, 在我乎? 在彼乎?" 鳴吉叩頭謝曰: "此非聖上之誤, 悉吾等之罪也. 願休咎焉." 又曰: "爾國, 何不一戰?" 答曰: "小邦, 何敢與大國抗戰乎?" 賊遂持國書入陣, 有頃出曰: "獻于皇帝, 則曰, 當商量回報." 云云。 ○ 午康泰陵88)放火, 我國君臣, 莫不失色隕淚。 ○ 賊自南門外放砲, 聚散無常, 莫知其狡猾之計。 ○ 都元帥金自點, 終不進兵, 朝廷心甚怪之。

찍이 세상에 쓰였지만 아직껏 아무런 칭도할 만한 것이 없으니, 이것이 마땅히 떠나야 할 두 가지 조건이요, 내가 장성할 때도 이러했는데 지금은 이미 늙고 병들었음에도 불구하고 강작하기 어려운 노쇠한 몸으로 분수에 넘친 부귀영화를 탐한다면 이는 장차 내 본뜻을 저버리고 스스로 내 말을 실천하지 못하게 될 것이니, 이것이 마땅히 떠나야 할 세 가지 조건이다. 내가 이 세 가지 떠나야 할 조건을 짊어졌으니, 비록 저 다섯 가지 물건이 없더라도 나는 떠나는 것이 마땅하다. 다시 무슨 말을 하겠는가.(夫士少而仕, 老而休, 蓋有不待七十者矣, 吾素慕之, 宜去一也. 吾嘗用於時而訖無稱焉, 宜去二也. 壯猶如此, 今旣老且病矣, 乃以難彊之筋骸, 貪過分之榮祿, 是將違其素志而自食其言, 宜去三也. 吾負三宜去, 雖無五物, 其去宜矣. 復何道哉?)" 하였다.

84) 曳白(예백): 紙筆을 손에 들고서도 시문을 짓지 못함. 중국 당나라의 張奭이 하루 종일 글을 짓지 못하고 임금 앞에 백지를 내놓은 고사에서 유래한다.(≪舊唐書≫<苗晉卿列傳>)
85) 恢張(회장): 널리 퍼지게 함.
86) 晉甫(진보): 申悅道(1589-1647)의 자.
87) 龍馬(용마): 청나라의 장수 龍骨大와 馬夫太.
88) 康泰陵(강태릉): 康陵과 泰陵. 강릉은 明宗과 仁順王后 沈氏의 능으로 서울 노원구 공릉동에 있고, 태릉은 中宗의 계비 文定王后 尹氏의 능으로 역시 서울 노원구 공릉동에 있다.

十四日

極寒大風, 我國壯士, 晝夜露處, 凍寒之狀, 慘不忍見矣。 ○ 是日, 烟焰蔽天, 問之則曰: ‘胡放火獻陵[89].’ 云。本國人士, 莫不憤惋。

十五日

賊勢熾張, 各道各邑狀啓, 不得入已有日。官軍二人, 始入來獻啓文, 卽沈器遠[90]狀啓云, 「臣與北伯・南兵使[91], 共陣于陽根, 金元帥到兎山[92], 遇賊大戰, 三別將[93]將八百餘騎, 到安峽[94], 慶尙左右道官軍與義兵, 到雙嶺敗歿, 忠淸監司亦敗走, 不知去處, 全羅兵到半屹山[95], 監司則到安城.」云。 ○ 是日, 與金尙憲・鄭蘊, 同議國事, 不覺血淚沾衿, 共陳罷和議疏, 上曰: “汝言甚嘉, 然到此地頭, 莫可奈何.”

十六日

風雪極甚。午後, 賊以木牌書‘招降[96]’二字, 立于南別臺下[97], 其跳踉之勢[98], 莫能禦之。

---

89) 獻陵(헌릉): 太宗과 그의 비 元敬王后의 능. 서울 서초구 內谷洞에 있다.

90) 沈器遠(심기원, ?-1644): 본관이 靑松이고, 자가 遂之이며, 權韠의 문인이다. 인조반정에 공을 세우고 同副承旨, 兵曹參判 등을 거쳐 右議政, 左議政에 이르렀다. 정묘호란 때는 경기・충청・전라・경상도의 都檢察使가 되어 세자를 모시고 피란하였고, 병자호란이 일어나자 留都大將으로 서울의 방어책임을 맡았다. 1644년(인조 22) 左議政으로서 守禦使를 겸임하면서 李一元과 權澹 등과 모의하여 叛亂을 일으켜 懷恩君 德仁을 추대하려다 사전에 체포되어 피살되었다.

91) 南兵使(남병사): 徐佑申. 구체적인 정보는 알 수 없다.

92) 兎山(토산): 황해도 금천군에 있는 지명.

93) 三別將(삼별장): 平安道 別將 張曛을 가리킴.

94) 安峽(안협): 강원도 伊川郡 안협면.

95) 半屹山(반흘산): 미상.

96) 招降(초항): 적에게 항복함.

97) 南別臺下(남별대하): 구체적으로 말하면, 남별대 밖 望月臺 아래임. 남한산성 동쪽에 있다.

98) 跳踉之勢(도량지세): 바람의 세기를 형용하는 말.

十七日

稍晴, 賊書來到, 而書末曰: 「天道福善禍淫, 至公無私。 朕體天地之道, 傾心歸命[99]者優待之, 望風請降者全安之, 逆命者奉天討之, 黨惡攘鋒者誅之, 頑民不順者俘之。 今爾與朕, 爲賊國, 故我今興兵至此。 若爾國盡入版圖, 朕豈不有生養全安之若赤子[100]哉? 今爾欲生也? 宜速出城歸命。 欲戰也? 亦宜一戰相接, 上天[101]自有處分.」云。 送崔鳴吉往賊陣, 告曰: "如此難從之請, 不可猝然決定, 姑爲緩稽[102]." 賊曰: "從速[103]劃策." 云云。

十八日

稍和, 賊至南門, 招曰: "欲和好則可也. 若不然則當決戰, 深量處之." 朝廷使崔鳴吉製國書, 其辭曰: 「伏承明旨, 勤賜申諭。 其所以責之切者, 乃所以敎之至, 秋霜烈日[104]之中, 帶得春生之意, 伏讀惶感, 措躬無地。 今之所願, 只在改心易慮, 洗滌舊習, 擧國承命, 備此藩臣[105]而已。 至於出城, 實出仁覆之意, 顧念重圍未解, 帝怒方盛, 在此亦死, 出城亦死, 是以瞻望龍旗[106], 自分必死, 情亦慽矣。 古人[107]有'城上拜天子[108]'者, 禮不可廢, 而兵威亦可怕也。 皇帝, 方

---

99) 歸命(귀명): 본시 佛經에서 나온 말로 부처의 가르치는 명령에 歸順한다는 뜻인데 여기서는 황제의 명령에 귀순한다는 말이 됨.

100) 赤子(적자): 왕이 갓난아이처럼 여겨 사랑한다는 뜻으로, 그 나라의 '백성'을 이르던 말.

101) 上天(상천): 上帝.

102) 緩稽(계완): 더디고 느즈러지다는 뜻이나, 여기서는 말미를 달라는 의미임.

103) 從速(종속): 매우 빠름.(火速)

104) 秋霜烈日(추상열일): 가을의 찬 서리와 여름의 뜨거운 태양이라는 뜻으로 志操나 권위, 위력 따위가 무척 엄함을 일컫는 말.

105) 번신(藩臣): 왕실을 지키는 重臣.

106) 龍旗(용기): 두 마리 용이 날아오르는 형용을 그린 기로, 임금의 행차에 쓰이는 儀仗의 한 가지. 여기서는 청나라의 태종이 있는 곳을 의미한다.

107) 古人(고인): 楊萬春을 가리킴. 沈光世(1577-1624)가 지은 ≪海東樂府≫의 <城上拜(성 위에서 절을 올리다)>를 보면, 그 주에 "영웅호걸이 밝은 세상에 하나 있었으나 이름이 전하지 않으니 안타깝도다! 고구려 사초에 성장이 양만춘이라 하나 참인지 거짓인지 알 수 없다.(英雄豪傑曠世一有; 而姓名不傳, 可惜也哉! 麗史抄城將梁萬春云, 未知是否.)"로 되어 있는데, 이는 양만춘으로 확인된다.

108) 城上拜天子(성상배천자): <城上拜>의 "외로운 성 달무리 쉰 날, 대당 천자가 몸소 전장

以生物爲心, 則小邦, 豈不在全活優養之中乎? 伏惟, 帝德如天, 必垂矜恕, 敢吐情, 實恭竢恩旨.」 金尙憲見其書, 卽裂涕泣曰: "公等, 胡爲如此事也?" 鳴吉曰: "吾等固知受台鑒[109]之責, 蓋出於不得已." 卽拾其裂紙, 補綴, 金判出言曰: "國事之使之日, 非者. 某也, 與之相泣."

十九日

甚獰。 使崔鳴吉·尹暉等, 傳國書, 胡受書見曰: "爾國王, 何不出城?" 二人力言不可出城之意, 胡不答書曰: "當從, 後修答." 諸人皆空還。 ○ 余見, 金尙憲自裂書後, 食飮專却, 臥念國事, 涕泣沾衿。

二十日

大風, 雪深尺餘。 送李相[110]·崔·尹[111]等, 受答書還, 辭旨凶悖[112]。 其書曰:「大淸國寬溫仁聖皇帝詔諭朝鮮國王。 爾違天背盟, 故朕赫肆怒, 統兵來征, 志在不赦。 今爾困守孤城, 見朕手詔切責, 方知悔罪, 屢屢上書求免, 朕開宏度, 許以自新[113]者, 非力不能取[114]也.」 十分含忍[115]。 又曰:「首謀背盟之臣, 朕

에 나왔네. 풀 하나 없는 요동은 오래 머물기 힘든데, 검은 눈동자는 흰 깃 화살을 맞았네. 7척의 갑옷 입은 장군은, 성 위에서 수레 먼지 속에 절하네. 오랫동안 저항한 죄는 마땅히 죽어야 하나, 비단 내려 특별히 그 신하됨을 격려하네. 이름이 역사에 전하지 않아 한스럽네. 우리나라 잘 싸우고 잘 지키는 것이 중국에 알려진 까닭은, 이 전투와 살수의 을지문덕·귀주의 박서에 힘입은 것이네.(孤城月暈五十日, 大唐天子親臨戰. 草枯遼左難久留, 玄花新逢白羽箭. 將軍介冑七尺身, 城上拜辭屬車塵. 久抗天威罪當誅, 賜絹特勵爲人臣. 姓名恨不傳千春. 所以吾東善戰善守名中國, 賴有此及薩水文德龜州朴.)"(≪해동악부≫)라는 구절에 대한 함축적 표현임.

109) 台鑒(태감): 귀한 분이라는 뜻.

110) 李相(이상): 洪瑞鳳이 병이 나서 1607년 1월19일자로 右議政이 된 李弘冑(1562-1638). 본관이 全州이고, 자가 伯胤이며, 호가 梨川이다. 光海君 때 同副承旨 호남관찰사를 지내고, 仁祖反正 후 예조참판을 거쳐 右參贊으로 李适의 난 때 八道 都元帥로 활약했다. 丙子胡亂 때는 수차 敵陣에 왕래하면서 교섭하였으나, 南漢山城 出城에는 끝내 불응했다.

111) 崔尹(최윤): 최명길과 윤휘.

112) 凶悖(흉패): 험상궂고 패악스러움.

113) 自新(자신): 스스로 지난 잘못을 뉘우치고 바로잡아 새로운 길에 들어섬.

114) 力不能取(역불능취): 한고조가 된 유방이 천하를 얻게 된 내력을 高起와 王陵과 문답하는 가운데 韓信의 공을 지칭한 말, '連百萬之衆, 戰必勝攻必取.(백만의 무리를 이어 싸우

初意盡戮之, 今爾果能出城歸命, 可先縛送二三人。朕當梟示, 以警後之。誤朕
西征之計, 陷爾生靈於水火者, 非此人而誰也?」上見之曰: "寧與斥和人俱死,
不可縛送." 因淚下, 諸臣皆痛哭, 聲聞于外。

二十一日

崔判·李相等, 持國書往胡陣, 而辭意以出城縛送斥和人爲難。胡曰: "如此
則和事, 決不可成." 李相曰: "以兄弟之國稱則事, 當容量, 更何詔難從之事乎?
胡曰: "爾歸告爾王." 李相卽還。

二十二日

氣和早朝, 傳曰: "軍兵免賤者, 亦給復戶116), 各以其技, 將取萬科之意, 使諭
于城堞." 且世子下敎曰: "吾有子, 又有羣弟, 吾豈愛自身, 不爲保宗社之計乎?
明日吾將出城." 朝廷, 皆曰: "寧送斥和人, 世子不可." 往參判鄭蘊曰: "臣雖非
請斬胡使, 至於斥和臣, 皆主之縛臣送胡." 云云。李命雄117)亦陳斥和之罪, 世
子曰: "姑退安心." 是日, 胡大供餉軍118), 故更無催言。

면 반드시 이기고 치면 반드시 취한다)'에서 활용함.
115) 含忍(함인): 마음속에 넣어 두고 참음.
116) 復戶(복호): 조선 시대에, 충신·효자·군인 등 특정한 대상자에게 부역이나 조세를 면
    제하여 주던 일.
117) 李命雄(이명웅, 1590-1642): 본관이 全州이고, 자가 斑而이며, 호가 松沙이다. 1631년에
    는 평안도순찰사로 나가 城堞을 수축하고, 군량을 저장하여 방비를 튼튼히 하고 돌아와
    서 국경지대의 정형을 자세히 보고하여 국방대책을 세우는데 도움을 주었다. 1636년
    지평으로 對淸强硬策을 진언하고, 그해 겨울에 호란이 일어나자 사간으로 남한산성에
    扈從, 성하의 양곡을 실어 날라 戰守策을 확립하고 主和人들을 베어 군심을 격려할 것을
    啓請하였다. 전쟁이 끝나고 세자를 따라 청나라로 가서 보좌한 공이 컸다. 洪州牧使로
    재직하던 중 임지에서 사망하였다.
118) 胡大供餉軍(호대공향군): 趙慶男이 편찬한 ≪續雜錄≫ 권4의 '丁丑年 上'을 보면, "성 안
    의 사람들이 겁에 질려 달아나니 적이 소리쳐 말하기를, '내가 싸우려고 하는 것이 아
    니라 실로 화친하는 일을 위하여 온 것이니 놀라지 말라. 또 군졸들이 얼고 굶주릴 것
    이니 마땅히 주식을 먹어야겠다.' 하고, 곧 소고기와 술을 주어 먹게 하였다.(城中人物,
    洶懼奔走, 賊聲言: '我非欲戰, 實爲和事而來, 勿爲驚動. 且軍卒凍餒, 宜餉酒食.' 卽以牛酒餉
    之.)"는 기록이 참고가 됨. 그리고 이날 강화도는 청나라에 의해 함락되었다.

二十三日

朝雪而午晴。撤開元寺一廊, 以爲城堞炊爨之具。○ 胡陣壯士百餘人, 仗劒
詣闕下, 曰: "何不從速出給斥和人? 堅定和議也." 朝廷, 使鳴吉製國書, 奉遣胡
陣, 曰: 「臣旣委躬陛下, 則陛下之命, 固當奔走, 奉承之不暇, 而至於不敢出城
之由, 則臣之情勢, 實有如前日所陳, 只此一款, 臣有死而已。至於斥和諸臣, 實
小邦君臣之所共憤也。首倡臺諫洪翼漢119), 上年斥拜平壤庶尹, 班師120)可得
縛送, 其他被斥在外者, 道路不通, 難尋其去處, 請於師還之日, 查得以待處分.」
胡見書曰: "如不縛送斥和人, 則和事不成." 金判聞之以斥和待命於闕下, 臺諫
尹煌121)亦待命於闕下, 校理尹集122) · 修撰吳達濟123)亦以斥和首罪, 上疏待
命, 上曰: "予無斥和臣縛送之意, 卿等安心退去."

二十四日

雪晴。賊一邊有敦和之意, 一邊有掩襲之計, 以此以彼, 廟筹無策。夜砲聲
忽起於西暗門124)外, 人聲與砲聲, 相雜撓亂, 有頃聞之。虜賊欲乘夜踰城, 襲之

---

119) 洪翼漢(홍익한, 1586-1637): 본관이 南陽이고, 자가 伯升이며, 호가 花浦이다. 三學士의
　　한 사람. 1636년 청나라가 속국시하는 모욕적 조건을 내세워 사신을 보내왔을 때 사신
　　을 죽임으로써 설욕하자고 주장하였다. 병자호란이 일어나자 斥和論을 폈으나, 남한산
　　성에서 왕이 화의하니 吳達濟 · 尹集과 함께 瀋陽에 잡혀가 끝내 굽히지 않고 죽음을 당
　　해 적들이 감탄하여 '三韓三斗'의 碑를 세웠다.
120) 班師(반사): '班師'의 오기. 군사를 이끌고 돌아감.
121) 尹煌(윤황, 1572-1639): 본관이 坡平이고, 자가 德耀이며, 호가 八松 · 魯谷이다. 정묘호
　　란과 병자호란 때 사간으로서 극력 척화를 주장하였다. 환도 후 부제학 全湜의 탄핵을
　　받아 영동군에 유배되었다가 병으로 풀려나와 죽었다.
122) 尹集(윤집, 1606-1637): 본관이 南原이고, 자가 成伯이며, 호가 林溪 · 高山이다. 三學士의
　　한 사람. 병자호란 때 화의를 적극 반대, 척화론자로 吳達濟 · 洪翼漢과 함께 청나라에
　　잡혀가서 갖은 고문을 받았으나 끝내 굴하지 않고 瀋陽 西門 밖에서 사형되었다.
123) 吳達濟(오달제, 1609-1637): 본관이 海州이고, 자가 季輝이고, 호가 秋潭이다. 三學士의
　　한 사람. 後金의 위협으로 사신을 교환하게 되자 이에 반대하고, 主和派의 崔鳴吉을 탄
　　핵하고 병자호란이 일어나자 남한산성에 들어가 청나라와의 和議를 극력 반대하였다.
　　인조가 청군에 항복한 뒤 敵陣에 송치되었으나 적장 龍骨大의 심문에 굴하지 않아 다시
　　瀋陽으로 이송, 그곳에서도 모진 협박과 유혹에 굴하지 않아 尹集 · 洪翼漢과 함께 죽임
　　을 당하였다.
124) 西暗門(서암문): 성안에서 질병이나 사고로 사망자가 발생하였을 경우 그 시신이 나가

城內, 守卒覺之, 相與接戰, 云。與金尙憲, 徹夜不寐, 共憂國事。

二十五日

稍和。虜賊十四人, 來西暗門外, 呼曰: "我皇帝, 以朝鮮國王, 不爲受命, 怒欲擊之, 應之可也。且急於還國, 爾國事專委於龍馬兩將, 明日將欲發行, 若皇帝還國, 爾國雖欲結和事, 不可成. 云。朝廷聞之相議, '明日早朝, 世子率斥和人, 送胡陣.' 可也。聞不勝憤惋。

二十六日

洪相・崔判, 往胡陣通, '世子與斥和人, 出城來見意.' 胡答曰: "爾國王不共來耶?" 以江都內官羅儝[125]及珍原君大君[126]手書及尹昉懷恩狀啓, 文牒[127]一一出示曰: "吾盡取江都, 且淑儀嬪宮及大君夫人, 以本國人陪行, 明日當來到, 而府庫則使之堅守, 待爾國王出城, 然後當輸入于闕。爾國王不出, 有何疑慮而然也?" 時城中, 未知江都事, 自聞此言, 偵探虛實, 則事皆然矣。朝廷莫不驚惶失色。

二十七日

大霧。是日, 會羣臣, 及決出城之議, 使崔判持書遣胡, 曰:「早欲朝謁, 畏兵威, 未果幸蒙赦宥, 明欲出城, 儻蒙聖明之德, 得免異域之鬼, 何幸何幸?」答曰: "第待更諭出來." 是日, 金尙憲引繩自決, 傍人適知而解, 幸得不死, 鄭蘊吟四言詩曰:「主辱已極, 臣死何遲. 舍魚取熊[128], 此正其時. 陪輦投降, 余實恥之. 一

　는 문.

125) 羅儝(나업): 祭侍內官. 《인조실록》 12년 윤 8월 21일조에 나온다.

126) 珍原君大君(진원군대군): 昭顯世子의 어머니인 仁烈王后 韓氏의 庶弟였던 李世完.

127) 文牒(문첩): 관아에서 쓰던 문서.

128) 舍魚取熊(사어취웅): 두 가지 가운데 하나를 취사선택하기 어려운 경우를 비유하는 말. "고기도 내가 바라는 것이고 곰의 발바닥도 내가 바라는 것이지만 두 가지를 모두 갖지 못할 경우라면 고기를 버리고 곰의 발바닥을 가지겠다. 마찬가지로 나는 생명도 취하고 정의도 취하고 싶지만 두 가지를 모두 갖지 못할 경우라면 생명을 버리고 정의를

劍得仁, 視死如歸[129].」引佩刀自刎其腹, 幸賴傍人之救, 雖不致死, 血遍全身
矣。

二十八日

朝後, 賊來西門外呼之, 崔判與洪相往, 則龍馬兩人。曰: "爾國於南朝[130]往
來時, 其禮何如?" 答曰: "奉勅者南面立, 侍臣[131]受之." 又曰: "以爾長子爲質,
諸臣有子者以子, 無子者以弟爲質." 又曰: "明日, 不可不早行禮, 而禮則古有其
規[132], 爾國何以爲之?" 洪相曰: "國王, 常着袞龍袍, 以此服來見耶?" 答曰:
"不然. 以藍色服, 可也." 洪相曰: "出自南門, 何如?" 曰: "不可. 有罪者, 不可
出正門, 自西門, 可也." 又曰: "此後, 更勿通南朝。歲貢, 則白金一千兩 · 白苧
布一千疋 · 白米萬石 · 黃金一百兩 · 虎皮三百張爲約." 崔判 · 洪相卽還。

二十九日

吳達濟 · 尹集, 以斥和罪, 將往淸陣, 故拜謝闕下, 上曰: "卿等父母妻子, 予
當顧恤." 是日, 崔鳴吉等, 率二人往淸陣, 則淸主曰: "爾等, 何爲斥和?" 對曰:
"我國臣, 事大明故, 只知有大明, 不知有淸國." 淸主笑而因留之, 謂崔鳴吉, 曰:
"爾國王, 明將早來, 陪從者無過數百人." 云云。○ 鄭蘊上疏曰:「臣之欲自決
者, 正爲不忍見殿下今日之事也, 一縷殘命, 三日猶存, 臣實愧之。鳴吉, 旣使殿
下稱臣出降, 則君臣之分, 固已定矣, 臣之於君, 不徒承順爲恭, 可爭則爭之。彼

취할 것이다.(魚我所欲也, 熊掌亦我所欲也, 二者不可得兼, 舍魚而取熊掌者也. 生亦魚我所欲
也, 義亦我所欲也, 二者不可得兼, 舍生而取義者也.)"(≪孟子≫＜告子＞ 上)에서 유래한 것이
다.

129) 視死如歸(시사여귀): 죽음 보기를 집으로 돌아가듯 함.(≪사기≫＜蔡澤列傳＞)

130) 南朝(남조): 청나라가 北朝임을 전제하여 '明나라'를 가리키는 말.

131) 侍臣(시신): 임금을 가까이에서 모시던 신하.(近臣)

132) 이 말은 칙서를 전달 할 때 과거 명나라 사신이 하던 방식대로만 하겠다는 말인지라,
   손이 뒤로 묶인 채 구슬을 입에 물고, 관을 메고 나아가 항복하는 의식인 衛璧輿만은
   면제해 주겠다는 의미가 내포된 것임. 그러나 청나라의 요구는 절대로 만만한 것이 아
   니었다.

若求納皇朝之印, 殿下將爭之曰: '祖宗之受用此印, 今將二百年之久矣.' 此印
當還, 納于皇朝。彼若助攻天朝, 殿下當爭之曰: '明朝父子之恩, 淸國亦知之.'
敎子攻父, 有關倫紀, 非但攻之者有罪, 敎之者亦不可云則彼雖凶狡, 亦必量
矣。伏願殿下, 以此二者爭之, 無得罪於天下後世, 千萬幸甚.」因伏地痛哭。上
嗚咽曰: "予與卿等, 安得復爲太平君臣, 以盡都兪[133]之樂乎?" 左右莫不垂淚
於悒。

三十日

霧而陰。上與世子, 將幸淸陣, 着前日所送藍色服, 出西門。陪輦者, 不過四
五百人。上至松城[134], 淸主設壇九層, 其上鋪龍文席・雲錦繡蛟龍褥, 坐於其
上。令我君伏地謝罪, 羣臣請鋪席。淸主曰: "有罪, 不可鋪席。朕當使之面縛
輿櫬[135], 深恩減科爾, 宜知悉." 上進前三拜, 伏地叩頭, 淸主令上升階, 西向
坐[136], 行酒[137]後出。淑儀・嬪宮・大君夫人, 見上前, 令上還宮, 世子及大君,
與之北行, 故因留之。上將渡江, 入城人心稍戢, 然城外城內, 氣象[138]愁慘。

---

133) 都兪(도유): 都兪吁咈의 준말. 임금과 신하가 마음을 합쳐서 서로 토론한다는 말.
134) 松城(송성): 淸軍이 추위를 무릅쓰며 소나무 가지와 잡목을 두세 발 높이로 쌓아 성 주
   위 100여 리를 둘러싸고 나뭇가지를 새끼로 묶고 방울과 종을 매달아 울렸던 곳. 송성
   안을 판자와 방패로 막아 군사를 숨기고 송성 밖에 포장과 초막을 만들고는, 여기에 올
   라가 남한산성 안의 움직임을 낱낱이 살피며 작전을 치밀하게 짜는 한편, 날마다 동쪽
   의 汗峰에 올라가 대포를 쏘아댔다.
135) 面縛輿櫬(면박여츤): 옛날 임금이 다른 나라 임금에게 항복할 적에 쓰는 절차. "겨울에
   채나라 목후가 허나라 희공을 데리고, 무성에서 초나라 임금을 만났다. 허나라 희공은
   두 팔을 뒤로 얽어매고 입에는 구슬을 물어 죽은 사람 모양을 하고, 대부는 상복을 입
   고, 선비는 수레에다 상여를 싣게 했다.(冬蔡穆侯, 將許僖公, 以見楚子於武城. 許男面縛銜
   璧, 大夫衰経, 士輿櫬.)"(≪春秋左氏傳≫ 僖公 6년조)고 하였으니, 스스로 죽음의 길에 나
   간다는 뜻을 나타내고 있다.
136) 西向坐(서향좌): 이는 칙서를 전달할 때 과거 명나라 사신이 하던 방식을 시행한 것으
   로, 조선의 上國이 확실하게 淸나라임을 알린 것임.
137) 行酒(행주): 술을 따라 사람에게 먹임. 여기서는 인조가 청나라 군주 및 그 신하들에게
   술을 따라 올렸다는 의미이다.
138) 氣象(기상): '氣像'의 오기. 날씨가 변덕스럽다는 의미가 아니라, 인심이 흉흉하다는 의
   미이기 때문이다.

二月　初一日

稍和。與斥和諸公, 相對痛哭, 卽發還鄕。

初二日

晴。兵革之餘, 歷路旅店[139], 太半燒火, 或兀立空舍, 雖有賣寢食一款, 極甚非便, 況無賣頗悶。

初三日

遇本邑倅家伻[140], 多有所賴, 亂離之後, 人心太變, 間有剽掠之患, 不得任意行役[141]。

初四日

終日微雪[142]。到忠州境, 道路酒店與遠近村落, 雞狗之聲, 人民之居, 略存前樣。

初五日

晴。行未幾, 飢渴特甚, 不得進。一人見余顧色, 貿進數盃酒, 飲之, 少免飢渴。是日, 踰鳥嶺, 到聞慶, 訪主倅[143], 留宿頗厚。

初六日

朝後發行, 聞慶倅以五拾銅, 饋贐[144]。是日, 到幽谷。

---

139) 旅店(여점): 예전에, 오가는 길손이 음식을 사 먹거나 쉬던 집.(客店)
140) 家伻(가팽): 하인.
141) 行役(행역): 국가의 使命으로 집을 떠나 봉사하는 것을 이름.
142) 微雪(미설): 눈이 조금씩 내림.
143) 主倅(주수): 본 고을의 원.
144) 饋贐(궤신): 전별금을 보냄. 노자를 보냄.

初七日

大雪午後稍晴。是日，到三灘留宿。離城殆五六日，而京城消息寂然[145]，甚鬱。

初八日

晴。發行，吟一絶曰:「聖恩虛負海量深，俯仰乾坤愧我心. 望裏家鄕嘉遯處，皇明日月照園林.」是日，到比安。

初九日

午後到家，家累[146]‘無故保性命.’云。

145) 寂然(적연): (소식 등) 매우 감감함.
146) 家累(가루): 딸린 식구.

後識

　丙子十二月丙辰[1]), 金虜突入我都城, 國勢危在朝暮, 凡有一分拱北[2])之心者, 孰不憤泣而激發哉? 府君[3]), 曾於丁卯之難, 未得伸忠憤之志, 及夫丙子再犯之日, 遂與鄕人, 謀劃義擧, 不肖等, 以老不堪之意, 泣諫, 則府君責之曰: "當君父危難之際, 凡爲臣子者, 豈可忘分岸視, 徒爲保軀之計哉? 今雖血氣旣衰, 尙有義理之勇, 汝等勿慮." 乃勒兵[4])登程, 及到廣漢[5]), 則和議已定。遂詣闕, 封章[6])極論其非, 慨然南下。構軒於薇谷下, 日以書史自娛, 享年九十而終。

　嗚乎! 府君, 承述乎祖武[7])忠孝之學, 擩染[8])乎師友靜修[9])之工, 早知吾道之端的[10]), 再赴國難之艱險, 此可以見樹立[11])之卓爾[12])。然恨不得大施廊廟[13]), 只以郵官[14])陵署[15]), 未展其所蘊, 則在府君, 雖淡如也, 而豈不爲子孫無窮之憾耶?

---

1) 丙辰(병진): 1636년 12월 2일.
2) 拱北(공북): 뭇별들이 북극성을 향해 읍하고 있는 것. "덕으로써 정치를 한다면, 비유컨대 마치 북극성이 그 제자리에 있어도 여러 별들이 이를 향하여 돌음과 같으니라.(爲政以德, 譬如北辰, 居其所, 而衆星之共之.)"(≪論語≫ <爲政>)라는 말이 있다.
3) 府君(부군): 죽은 아버지나 남자 조상을 높여 이르는 말.
4) 勒兵(늑병): 병사의 대오를 정돈하여 점검하던 일.
5) 廣漢(광한): 廣州의 漢山.
6) 封章(봉장): 임금에게 글을 올리던 일.(上疏)
7) 祖武(조무): 조상의 업적. 조상의 자취.(祖業) "선조의 도가 이렇게 밝으니, 후세에 선조의 발자취를 계승한다면, 아, 만년토록 하늘의 복을 받으리라.(昭玆來許, 繩其祖武, 於萬斯年, 受天之祜.)"(≪詩經≫ <大雅・下武>)에서 나온다.
8) 擩染(유염): 좋은 행실을 남에게서 본받음.
9) 靜修(정수): 마음을 고요히 하여 학문과 덕행을 닦음.
10) 端的(단적): 곧바르고 명백함.
11) 樹立(수립): 국가나 정부, 제도, 계획 따위를 이룩하여 세움.
12) 卓爾(탁이): 여럿 가운데 빼어나게 뛰어나 의젓함.
13) 廊廟(낭묘): 조정의 政務를 돌보던 宮殿을 뜻하나, 여기서는 조정을 의미함.

至若實行大槩, 已悉於阿兄家狀, 今不必更爲架疊16), 而惟所感於中者, 自不能
已, 故略記平日見聞, 所及者於卷尾, 以爲子孫之所典型17)焉。

不肖男 坫 泣血 謹書

---

14) 郵官(우관): 察訪. 1627년 소를 올리자 仁祖가 祥雲道 찰방을 제수하여 역임하였다.
15) 陵署(능서): 1632년에 齊陵과 健陵 참봉을 이어서 역임한 것을 이름.
16) 架疊(가첩): 글 따위에 거듭하여 말하거나 실음.(加疊)
17) 典型(전형): 자손이나 제자의 모양이나 행동이 그 조상이나 스승을 닮은 틀.

後敍

炳日[1]於千秋之上而皇綱[2]振, 聞風於百世之下而志士勵[3], 此固古人之所難辦, 常品之所未能也。 昔在仁祖丙子之亂, 乘輿[4]播遷, 國勢岌嶪。 其時擁兵之將率, 多逗遛, 而惟金君湜[5]·鄭君弘溟[6], 倡義於嶺湖, 余甚壯之, 在廷之臣, 多

1) 炳日(병일): 밝은 해. 正祖가 "列聖朝의 志事와 병자년(1636, 인조14)·정축년(1637, 인조15)의 斥和하다 순절한 신하들의 충성과 큰 절의를 강개한 마음으로 생각하였다. 해와 별처럼 빛나고 하늘과 땅에 견줄 만하여 후세에 법이 될 만한 일이 하고많은데도 문헌이 갖추어지지 않고 세월은 점점 멀어져 지금에 이르렀으니 朱子가 '애통함을 참고 원통함을 품었으나 어쩔 수가 없구나.(忍痛含冤, 迫不得已.)'라고 말한 것과 같아 남의 일처럼 보지 않는 이가 드물다.(懍念列聖朝志事曁丙丁諸臣斥和殉節之精忠大節. 炳日星軒天地, 可章示後世者何限, 而文獻不備, 日月寢遠, 馴至于今, 竝與朱子所謂'忍痛含冤, 迫不得已.'八字, 而不視以笆籬邊物者幾希矣.)"(≪弘齋全書≫<尊周彙編>)고 했다는 구절을 염두에 두며 표현한 어구인 듯.
2) 皇綱(황강): 천자의 기강.
3) 志士勵(지사려): 지사가 힘쓰는 일. "그 행동을 경계하는 말에 이르기를, '철인은 기미를 알아서 성실하고, 지사는 행실을 힘쓴지라 일 하는데서 지키나니, 이치에 순응하면 편안하고, 사욕을 좇으면 오직 위태하다. 순간에라도 잘 생각하여 두려워하고 조심해서 스스로 보존하여 간직하라. 습관이 성품과 더불어 완성되면, 성현과 같은 데 돌아가리라.(其動箴曰: '哲人知幾, 誠之於思; 志士勵行, 守之於爲. 順理則裕, 從欲惟危; 造次克念, 戰兢自持. 習與性成, 聖賢同歸.')"(≪論語≫<顔淵>의 注)는 구절이 참고가 된다.
4) 乘輿(승여): 임금이 타던 수레.(御駕) 여기서는 임금이라는 뜻이다.
5) 惟金君湜(유김군식): '惟全君湜'의 오기. 全湜(1563-1642)은 본관이 沃川이고, 자가 淨遠이며, 호가 沙西이다. 임진란 때 의병을 모아 왜병 수십 명을 죽이고 金益南의 추천으로 連源 도찰방이 되었다. 1603년 문과에 급제했으나 광해군의 실정으로 벼슬을 포기하고 鄭經世·李埈 등과 산수를 遊歷하여, '商社의 三老'로 불렸다. 병자호란이 일어나자 의병을 일으켜 적을 방어하였다.
6) 鄭君弘溟(정군홍명): 鄭弘溟(1592-1650)은 본관이 延日이고, 자가 子容이며, 호가 畸庵·三癡이다. 우의정 鄭澈의 아들로 宋翼弼과 金長生에게 배웠다. 병자호란 때에는 전라의병장으로서 공주까지 올라왔으나 전쟁이 끝나 전투에 참여하지는 않았다. 호란 후에는 척화파를 두둔하였다. 1646년 대제학을 잠깐 지내고 내려간 뒤 대사헌·대제학에 다시 임명되었으나 나아가지 않았다.

主講和, 而獨洪公翼漢・吳公達濟・尹公集, 苦心斥和, 余甚尊慕焉。然而倡義
者未必皆斥和之人, 斥和者未嘗有倡義之擧, 誠以一節猶難, 而兩兼未易也。矧
茲一人而再倡義兵亦世所罕有者耶? 惟我虎溪先生, 曾於丁卯西鄙之陷虜也, 糾
合義旅, 輸糧詣闕, 又於丙子南城之逼賊也, 召募義旅, 星夜7)馳赴。先生之倡
義, 凡再矣。聞和議已定, 封章而非之, 和詩8)而斥之。遂退薇谷, 杜門謝事, 先
生之於斥和, 亦至矣。偉哉! 先生之大節也。先生, 諱適道, 字士立, 嘗請益9)於
寒旅兩賢之門, 得聞淵源。與二弟, 廬墓10)盡禮, 以孝友聞。且任氷溪山丈, 割
鄭賊11)之籍12), 扶植大綱而若是乎? 倡義則似兩義將, 斥和則似三學士, 其大義
・高節, 固可以炳千秋而勵百世也夫。

歲丁卯 孟冬 下澣 後學 小宗伯13) 晉山14) 姜蘭馨15)謹叙

---

7) 星夜(성야): 밤새도록.(達夜)
8) 和詩(화시): <和李白軒相公(景奭)>을 일컬음. 곧, "무상한 벼슬바다 어찌 구차히 관심두
　랴. 농삿일 가벼이 여긴다면 뉘 다시금 받드리오. 갇혔던 물(物)이 펴나는 대화(大化)를
　입음에 그 은혜 갚긴 어려우나, 시골로 은둔함이 내 본래 뜻에 맞도다.(宦海桑瀾豈苟容,
　農虞忽沒更誰宗. 執徐洪造恩難報, 隱約鄕山愜素愉.)"이다.
9) 請益(청익): 가르침을 청함. "자로가 정치에 대해 묻자, 공자가 '백성들보다 앞장서고 백
　성을 위해 수고를 아끼지 않아야 한다.'라고 말하였다. 더 많은 가르침을 청하자, '앞에
　서 말한 것을 실천하는 데 게으름을 피워서는 안된다.'고 답하였다.(子路問政, 子曰: '先之
　勞之.' 請益, 曰: '.無倦.')"(≪論語≫<子路>)에서 나온다.
10) 廬墓(여묘): 상제가 무덤 근처에서 여막(廬幕)을 짓고 살면서 무덤을 지키는 일.
11) 鄭賊(정적): 鄭造(1559-1623). 자는 始之. 이이첨의 앞잡이가 되어 廢母論을 주장하였으며,
　　인조반정 후 사형되었다.
12) 割鄭賊之籍(할정적지적): 광해조 때 仁穆大妃를 西宮에 유폐시키는 패륜에 가담했던 方伯
　　鄭造가 이 서원에 왔다가 尋院錄에 이름을 쓰고 갔을 때 칼로 그 이름을 깎아낸 일.
13) 小宗伯(소종백): ≪承政院日記≫ 1867(고종 4) 9월 29일조를 보면 禮曹參議에 제수됨.
14) 晉山(진산): 晉州의 異稱.
15) 姜蘭馨(강난형, 1813-?): 본관이 晉州이고, 자가 芳叔이며, 호가 海蒼이다. 조선 후기의 문
　　신이다. 강원도 암행어사로 탐관오리를 탄핵하였으며, 倭譯官 재직 중 私書를 베낀 혐의
　　로 파직, 문경에 유배되었다. 좌부승지・이조참의・대사헌・형조판서 등을 지냈고 청나
　　라 목종이 죽자 陳慰兼進香正使로 청나라로 다녀왔다. 귀국후 대사헌이 되었으나 言辭를
　　함부로 하여 원칙과 예의를 손상시켰다는 죄로 파직되었다가 다시 한성부판윤・황해도
　　관찰사 등을 역임하였다.

跋

虎溪先生申公, 倡義之錄, 凡二篇, 此爲公之一惠[1], 而欲觀其大全者, 亦於此
而求之可也。夫俎豆軍旅事, 雖殊而道則一, 孔子曰'未學軍旅[2].' 有爲而言
也。世之以儒名者, 往往以軍旅戰陣, 不干己事[3]。平居則筆下千言, 而胸無一
策[4], 臨事則失主章皇, 而不省其死所, 此豈吾儒之正法哉? 公生退齋[5]之家, 已
聞罔僕之義, 悔堂[6]爲祖而陶山[7]之淵源有自, 城隱[8]爲父而又知王事之當急[9],

---

1) 惠(혜): '善'과 같은 뜻. "시호로써 명성을 높이되, 가장 큰 선행으로써 절취한다.(諡以尊
名, 節以一惠)"(≪禮記≫<表記>)에 나온다.

2) 未學軍旅(미학군려): 孔子가 衛나라에 있을 때 衛靈公이 군대를 양성하는 방법을 묻자, 그
에게 공자가 대답한 "예법에 관한 일은 일찍이 들어서 알지만 군사에 관한 일은 아직까
지 배우지 못했다.(俎豆之事, 則嘗聞之矣, 軍旅之事, 未之學也.)"(≪論語≫<衛靈公>)는 구
절을 일컬음.

3) 不干己事(불간기사): 나와 상관없는 일. "유익하지 않은 말은 함부로 말하지 말고, 내게
관계없는 일은 함부로 하지 말라.(無益之言, 莫妄說, 不干己事, 莫妄爲.)"(≪明心寶鑑≫<正
己篇>)에 나온다.

4) 筆下千言而胸無一策(필하천언이흉무일책): 붓을 찍어 천 마디 말을 하지만 마음에는 실제
로 하나의 계책도 없음. 諸葛亮이 儒者 가운데 군자와 소인을 구별한 "君子儒是 '守正惡
邪, 務使澤及當世, 名留後世,' ; 小人儒是 '惟務雕虫, 專攻翰墨 ; 青春作賦, 皓首窮經 ; 筆下雖
有千言, 胸實無一策.'(≪三國志演義≫ 제43회)에서 활용한 구절이다.

5) 退齋(퇴재): 杜門洞諸賢의 한 사람이었던 申祐의 호. 杜門洞諸賢은 이성계가 조선을 건국
하자 이를 반대하고, 끝까지 고려에 충성을 바치고 지조를 지키기 위해 두문동에서 죽어
간 72명의 고려 遺臣을 포함한 말이다. 이들의 이름은 일부만 전해지는데, 申珪, 申琿, 申
祐, 曹義生, 林先味, 李瓊, 孟好誠, 高天祥, 徐仲輔, 成思齊, 朴門壽, 閔安富, 金沖漢, 李倚 등
이다. 이들은 나라의 고관도 아니었고, 무엇을 계획한 것도 아니었다. 오직, 유학을 배운
지식인으로서의 자신의 신념과 배운 바를 실천하기 위해 세상을 버린 사람들이다. ≪大
東韻府群玉≫을 보면, 申祐는 아버지 版圖判書 申允濡가 세상을 떠나자 여묘살이 3년을
하였는데, 한 쌍의 靑竹이 돋아나니 당시인들은 孝誠에 감동된 것으로 칭송하며 旌閭했
다. 고려가 망한 후, 태조가 왕 되기 전의 친구라 하며 형조판서 벼슬을 주었으나 응하
지 않았다. 고려조에서 安廉使를 지냈다.

家學正矣, 心法要矣。方其講道於山林之中也, 知公者, 知其爲儒門之碩德, 而不知其爲干城[10]禦侮之材。乃若我憲文[11]初服[12], 以藐然一庠生[13], 膺師命[14]而敵王愾[15], 竟以和事之成, 不能發一矢而殪一賊。奧十年, 胡兵再猘, 南城被圍, 公倡率義旅, 雪涕登壇, 指顧如風霆, 義聲動天地。長軀[16]於兩湖[17]之北, 而若將指日[18]掃淸, 奉六龍[19], 而旋軫, 不幸國家, 有澶淵之恥[20], 而無復可爲,

---

6) 悔堂(회당): 申元祿(1516-1576)의 호. 본관이 鵝洲이고 자가 季綏이다. 경북 義城 출신이며, 退溪·周世鵬의 門人이다. 11살 때 아버지가 병이 들자 八空山 수백 리 길을 걸어 약초를 찾아나서는 등 8년 동안 간호하였으며, 뒷날 長水·三嘉(현 陜川)·淸道 등지에서 學官이 되어 연로한 부모를 봉양하였다. 이러한 그의 효행을 표창하기 위해 旌閭가 세워졌다. 모친상을 당했을 때는 하루에 세 번씩 성묘를 하였다고 한다. 향리에서 賑恤場을 만들어 빈민을 구휼하고, 유생을 모아 수학시킨 業儒齋를 설립하여 유생들을 모아 학문을 배우게 하였다. 그리고 蓮桂所를 설립하여 鄕內 大小科 출신 인사들을 모아 고장의 발전을 상의하고 친목을 도모하였다. 또 慕齋 金安國을 흠모하여 1551년 동료들과 함께 長川書院을 세우기도 했다. 이 서원은 이건되어 빙계서원으로 불리게 되었다. 戶曹參議가 추증되었고, 의성의 藏待書院에 배향되었다.

7) 陶山(도산): 퇴계 이황이 살았던, 안동에 있는 지명.

8) 城隱(성은): 申仡(1550-1614)의 호. 본관이 鵝洲이고, 자가 懼之이다. 아버지 申元錄의 삼년상을 마친 후 묘 아래에 집을 지어 永慕라는 편액을 달고 애도하였다. 임진란에 의병을 일으키고 金垓·柳宗介·鄭世雅와 함께 왜군에 대항하여 싸웠다. 1603년 조정의 명으로 ≪亂中事蹟≫을 편찬하였다.

9) 當急(당급): 急先務. 먼저 서둘러 해야 할 일.

10) 干城(간성): 방패와 성이라는 뜻으로, 나라를 지키는 믿음직한 군대나 인물을 이르는 말.

11) 憲文(헌문): 仁祖. 정식 명칭이 開天肇運 正紀宣德 憲文烈武 明肅純孝 大王이다.

12) 初服(초복): 정사를 보기 시작함. "왕께서는 막 정사를 처리하기 시작하셨다.(王乃初服.)"(≪서경≫<周書·召誥>)에 나온다.

13) 庠生(상생): 국자감 학생인 生員, 秀才의 별칭. 호계공이 32세 때인 1605년 鄕試에 장원으로 뽑힌 사실을 일컫는다.

14) 師命(사명): 旅軒 張顯光의 천거를 일컬음.

15) 敵王愾(적왕개): 왕의 분개함을 당함. 곧, 근왕병을 일으켰다는 뜻이다. <龍飛御天歌> 117장의 "임금의 노여움을 당하여 도둑을 치시어, 공이 일세를 덮으시나.(敵王所愾하샤 功盖一世시니.)"에 나온다.

16) 長軀(장구): 만주 오랑캐를 지칭함. "후세 당나라 시대에 이르러 또한 黨項·吐蕃·波斯·大食 등의 나라가 있어 혹은 번갈아 앙락을 침범하거나 상선을 보내와 통상을 하였는데, 붉은 머리칼에 푸른 눈을 가진 큰 몸뚱이와 큰 키의 무리들로서 드물게는 궁정에까지 출입하였다.(降至唐代, 又有黨項·吐蕃·波斯·大食之國, 或交侵洛, 或航通商舶, 而赤髮綠睛·巨幹長軀之徒, 罕至出入宮庭.)"(≪揆園史話≫<太始紀>)에 나온다.

17) 兩湖(양호): 호남과 호서. 즉 전라도와 충청도를 말한다.

18) 指日(지일): 머지않은 날.

上疏斥和, 明天下之大義, 遂復卷而懷之。隱於鶴山[21]之陽, 薇歌[22]悽愴自寓蹈
海之志[23], 是蓋以文武全材, 奮忠義之志, 自任以綱常之重, 而不規規[24]於聲名
之末也。竊嘗論之, 是不獨家庭之所本, 亦有所受於師門者也。吾先子[25]倡道
於東洛[26]之上, 而公登門請業, 屢被獎許, 及夫天綱隊地, 冠屨易常, 吾先子遯
于永陽[27], 而公守鶴山之節, 若公者, 可謂盡事一之道。而以其所受, 足以發於
其私也, 當是時也, 廟社之血食[28]不改, 羣公之從仕依舊, 而公微官也, 乃獨高
尚其事[29], 老死於窮荒之濱。而其志, 則鼓鼓之刃, 學士之鼎[30]也, 其迹, 則泯

---

19) 奉六龍(봉육룡): 청나라 군대가 淮安을 점령하여 남경의 지척에 다가오자, 南京에 세워진
   명나라 망명 정권의 福王에게 袁繼鹹이 아뢴 "겨울과 봄 사이에 회안이 반드시 무사하지
   않을 것이니 제가 비록 노둔하지만 전하를 받들어 澶淵의 승리를 이루고 싶습니다.(冬春
   間, 淮上未必無事. 臣雖駑, 願奉六龍爲澶淵之擧.)"(≪明史≫ 권277 <袁繼鹹列傳>)에서 인용
   한 말. 六龍은 ≪周易≫에 乾卦의 六爻를 가리키는데, "때로 육룡을 타고 하늘을 다스린
   다.(時乘六龍以御天)"(≪周易≫<象傳>)고 하였으니, 이는 왕의 즉위를 상징한 것이다.
20) 澶淵之恥(전연지치): 宋나라 眞宗 때에 거란이 澶淵까지 침입하였을 때, 재상 寇準이 임금
   에게 親征할 것을 청하여 직접 모시고 출정하여 물리치고는 강화를 맺고 돌아온 사실을
   일컬음.(≪宋史≫ 권281 <寇準傳>)
21) 鶴山(학산): 경북 의성군 옥산면에 있는 산.
22) 薇歌(미가): 採薇歌. 周나라 武王이 殷나라를 멸망시키자, 伯夷·叔齊가 주나라 곡식을 먹
   을 수 없다 하여 首陽山에 들어가서 고사리를 캐 먹다가 죽음에 임박하여 노래를 지어
   부르기를, "저 서산에 올라가서 고사리를 캐도다. 폭력으로 폭력과 바꾸면서 자기의 그
   릇됨을 모르도다. 신농과 우순과 하우가 이제는 없으니 나는 어디로 돌아갈거나.(登彼西
   山兮, 採其薇矣. 以暴易暴兮, 不知其非矣. 神農虞夏忽焉沒兮, 我安適歸矣.)" 한 것을 말한다.
23) 蹈海之志(도해지지): 魯仲連이 바다로 들어가 돌아오지 않은 고사. 바다에 몸을 던져 죽는
   다는 뜻으로, 고결한 절개와 지조를 지킴을 이르는 말이다.
24) 規規(규규): 급급함. "세 사람이 일의 끝에 급급하는 것을 보면 그 기상이 같지 아니함이
   라.(視三子規規於事爲之末者, 其氣象不侔矣.)"(≪論語≫<先進>의 제25장 대주) 한 데서 온
   말이다.
25) 先子(선자): 예전에 살았던 사람. 여기서는 여헌 장현광을 일컫는다.
26) 東洛(동락): 경북 星州郡 龍岩面에 있는 지명.
27) 遯于永陽(둔우영양): 장현광이 병자호란 때 화의가 성립되는 것을 보고 영양의 立巖山에
   은거한 사실을 일컬음. 결국 입암산에 들어간 지 6개월 만에 84세의 나이로 세상을 떠
   났다.
28) 血食(혈식): 국전(國典)으로 제사를 지냄.
29) 高尚其事(고상기사): 자기 몸만 고결하게 여김. "왕후를 섬기지 않고 그 일을 고상히 한
   다.(不事王侯, 高尚其事.)"(≪周易≫ 蠱卦·上九)에서 인용한 것임. 곧 賢人君子가 때를 만
   나지 못하여 자기 몸만 고결하게 할 뿐 세상일을 전혀 관여하지 않는 것을 말한다.
30) 鼎(정): 鼎呂. 九鼎과 大呂로, 구정은 禹임금이 九州의 쇠를 거두어 주조한 9개의 솥이고,

然, 數百年不幷列於尊周之諸大夫, 是又足以念世道而長吁也。 後孫敦植[31], 懼
其久而愈昧, 輯其倡義之蹟及諸家文字, 將剞劂以壽世, 而謂余以先師之裔, 索
一言以誌。 嗚乎! 今日之域中, 何如也? 身爲俘虜[32], 吾不能從吾祖于永陽, 而
讀公遺事, 安得不悽然以悲也? 是書于篇末, 以寫其感慨高景之思。

崇禎紀元 五丙辰(1916) 白露[33]節 仁州 張錫英[34]謹跋

대려는 周나라 宗廟에 설치한 鍾인데, 모두가 천하의 寶器로 일컬어진 것이다. 곧, 매우
중요함을 의미한다.

31) 敦植(돈식): 신돈식(1848-1932). 자가 敬安이고, 호가 蒙山이다. 家學의 庭訓을 입어 經史子
集에 정통하였으며 일찍이 과거에 뜻을 끊고 爲己之學에 전념하였다. 일제치하에 대항
일체 행위를 거부하였고 飢寒의 救恤에 힘썼다.

32) 俘虜(부로): 적에게 사로잡힌 사람.(捕虜)

33) 白露(백로): 이십사절기의 하나. 處暑와 秋分 사이에 들며, 9월 8일경이다.

34) 張錫英(장석영, 1851-1929): 조선말기의 독립 운동가이자 유학자. 본관이 仁同이고, 호가
晦堂이다. 경상도 칠곡 출신이다. 1905년 일제가 무력으로 위협하여 을사조약을 강제 체
결하고 국권을 침탈하자 통분하여 일제침략을 규탄하고 을사조약의 파기와 을사오적의
처형을 요청하는 <請斬五賊疏>를 올렸고, 1907년 대구에서 국채보상운동이 일어나 전
국에 파급될 때 칠곡지방의 국채보상회 회장으로 추대되어 활동하였다. 3·1운동이 일
어나자 파리평화회의에 제출할 독립청원서를 작성하였고, 또 성주 장날의 독립만세운동
에 적극 참여하였다가 일본 경찰에 붙잡혀 징역 2년형을 선고받고 복역하였다.

부록 1

虎溪 申遁道 略傳

虎溪 申適道 略傳

　호계공(虎溪公) 신적도(申適道)는 1574년 경상북도 의성(義城) 도암리(陶巖里)의 퇴재가(退齋家)에서 태어났다.

　퇴재공은 두 왕조를 섬기지 않은 절의로 명성이 나 있던 신우(申祐)이다. 공은 고려조에서 봉상대부(奉常大夫) 사헌부장령(司憲府掌令), 전라도 안렴사(全羅道安廉使), 신호위보승[1], 섭호군[2] 등을 지냈다. 그런데 고려 말 정치가 혼란하여 결국 조선조가 개창되자 그 주도세력과 이념을 달리하여 야은(冶隱) 길재(吉再)와 손잡고 함께 남쪽으로 내려왔는데, 퇴재공은 상주(尙州) 망경산(望京山)으로 야은은 선산(善山) 금오산(金烏山)으로 들어갔다. 퇴재공의 아우 신면(申勉)의 딸과 결혼했으니 길재는 퇴재공의 조카사위이다.[3] 달리

---

1) 神虎衛保勝(신호위보승): '신호위'는 고려시대 중앙군의 조직으로 육위(六衛: 좌우위, 신호위, 흥위위, 금오위, 천우위, 감문위) 중의 하나인데, 육위 중 가장 핵심은 좌우위·신호위·흥위위로서 수도 開京의 수비와 변방에 대한 국경방위의 임무를 맡았으며, '보승'은 신호위 내의 병종으로 신호위는 保勝兵 五領과 精勇兵 二領으로 구성 되었다.

2) 섭호군(攝護軍): 고려조 무관직. 조선조 五衛의 무관 벼슬중 副護軍(종4품)에 해당된다.

3) ≪冶隱集≫의 <行狀>과 ≪世宗實錄≫ 1년 4월 12일조 4번째 기사 <高麗 門下注書 吉再 卒記>를 보면, 다음과 같은 일화들이 전한다. 장인 申勉이 일찍이 10여 명의 종이 있었는데, 도피하여 해가 지나도 돌아오지 않으므로, 자손과 약속하기를, "찾은 자에게 넘겨주라." 하니, 길재가 마침 찾아내었다. 그래서 신면은 약속과 같이 하려 하니, 길재는 굳이 사양하므로, 몰래 약속한 바와 같이 증서를 만들어 주었다. 길재는 얼마 뒤에 문서를 뒤지다 그것을 보고 또 굳이 사양하니, 신면은 성내어 하는 말이, "벼슬도 사양하고 노복도 사양하니, 사람의 처사는 아니다." 하였다. 길재는 이르기를, "자손은 조상의 遺體인데 厚薄을 두어서는 되겠습니까? 嫡子가 이미 죽고 없으니, 비록 서자라도 마땅히 제사를 받들어야 하는 것인즉, 소중하지 않을 수 없습니다." 하고, 드디어 나누어 반 이상을 주었다. 또 길재 나이 62세 때(1414) 장인이 돌아가시자, 마침 喪主가 從軍하여 미처 돌아오지 못하였으므로, "내가 신씨 가문에서 받은 은혜는 너무나 무거웠다." 하고, 緦麻服을 입고, 100여 일을 나다가 상주가 돌아오자, 비로소 服을 벗었다고 한다.

말하면 정숙공(貞肅公) 신윤유의 사위인 것이다. 신면은 중랑장(中郎將)을 지냈다.

이때 퇴재공은 어버이를 모시고 낙향하였는데, 공의 부친은 아주 신가 5세손 신윤유(申允濡)이다. 원래 초명은 원유(元濡)였다가 충선왕(忠宣王)을 휘(諱)하기 위하여 이름을 고쳤다. 고려조에서 봉익대부(奉翼大夫) 판도판서(版圖判書) 겸 군기시별검교사(軍器寺別檢校事)를 지냈는데, 국사를 그르치는 간신배를 베어낼 것을 극간하는 등 목숨을 돌아보지 않는 충성을 보였으니, 그의 청직함은 송(宋)나라의 당개4)에 비유되었던 분이다.

퇴재공은 아주 신가 6세손으로서 성품이 지극히 효성스러웠다. 부친상을 당하여 무덤 곁에 3년 동안 하루도 빠지지 않고 여묘살이를 했는데, 그의 효성에 천지신명도 감명한 탓인지 무덤 앞에 두 그루의 청죽(靑竹)이 돋아나니, 당시 사람들은 이를 효성에서 비롯된 일이라며 칭송하였다.5) 조선조에 들어서 정려(旌閭)가 내려졌다. 정조 때 지어진 효자각 내에는 연대를 알 수 없는 작은 돌비석 전면에 "효자리(孝子

▲ 申祐 遺墟碑閣 : 경북 의성군 단밀면 주선 2리

---

4) 당개(唐介, 1010-1069): 宋나라 江陵人. 자가 子方이다. 皇祐연간에 殿中侍御史가 되어 간쟁할 때 권력자들을 피하지 않다가 재상 文彦博 휘하의 사람을 탄핵하다 英州別駕로 좌천당했다. 소환되어 다시 諫院을 맡았는데, 언사가 예전과 변함이 없어 다시 여러 고을의 知州를 전전했던 인물이다.

5) 이에 대한 기록은 ≪大東韻府群玉≫(1589)과 ≪大東奇聞≫(1925) 등에 나오며, ≪新增東國興地勝覽≫ 권28 <尙州牧・孝子條>에 朴世延과 함께 수록되어 있고, ≪杜門洞書院志≫(1937)에도 나온다. 퇴재공을 이야기하는 문헌에는 빠짐없이 나오는 것이다.

里)"라고 새겨진 비석[6]과 전면에 "고려 봉상대부 사헌부장령 전라도안렴사 신우지각(高麗 奉常大夫 司憲府掌令 全羅道安廉使 申祐之閣)"이라는 중간 크기의 정려비(旌閭碑)가 있다. 전정(前庭)에는 "高麗 奉常大夫 司憲府掌令 全羅道安廉使 申祐 遺墟址"라고 새겨진 큰 유허비(遺墟碑)가 있는데, 유허비명은 정조(正祖) 때 우의정, 좌의정, 영의정을 역임한 번암(樊巖) 채제공(蔡濟恭; 1720-1799)이 찬술(撰述)한 것이다.

한편, 조선이 개국된 후 태조 이성계는 왕이 되기 전의 친구였던 퇴재공을 형조판서라는 벼슬을 주며 여러 차례 불렀으나 끝내 유혹을 뿌리치고 응하지 않았으니[7], 충신이면 두 임금을 섬기지 않는 절의 정신을 보여준 것이다. 이러한 정신은 상주 만경산(萬景山)을 두고 송경을 바라본다는 뜻을 붙여 망경산(望京山)으로 새겼던 데서도 잘 알 수 있다.[8] 이처럼 퇴재공은 이성계가 조선을 건국하자 이를 반대하고 끝까지 고려에 충성을 바치고 지조를 지키기 위해 두문동(杜門洞)에 들어갔던 제현들의 강직한 정신을 그대로 지녔던 것이다.

두문동은 개성 만수산(현 송악산) 기슭에 있는 지명이다. 이른바 두문동 72현은 이곳에 들어와 마을의 동·서쪽에 모두 문을 세우고는 빗장을 걸어놓고 밖으로 나가지 않은 것에서 유래된 것이다. 이들을 포함한 두문동 제현들은 모두가 살해되어 두문동에서 일생을 마친 것은 아니다. 두문동에서 나와 향리에 은거하거나, 이성계의 간곡한 부탁으로 조선에 출사한 사람도 있다.(예; 황희) 그렇지만 이들 대부분은 고려에 대한 절의 내지 신의를 지킨 사람들이었는데, 고려조의 고관이 아닌 오직 유학을 배운 지식인으로서 자신의 신념과 배운 바를 실천하고자 한 사람들이었다. 이들은 후세에 절의의 표상으로 숭앙되었고, 1783년(정조 7)에는 왕명으로 개성의

---

6) 아마도 이것이 조선조 초에 내려진 정려비인 것으로 보인다.
7) <退齋申先生奉安文>, 『杜門洞書院誌』, 孔聖學, 두문동서원사무소, 1937, 228-229면. 이 자료는 약전 말미에 참고자료로 덧붙인다.
8) 申敎植의 序文, ≪退齋實紀≫.

성균관(成均館)에 표절사(表節祠)를 세워 배향하게 하였다. 퇴재공은 84번째이다.9) 뿐만 아니라 상주 소재의 속수서원(涑水書院)에도 배향되어 있다.10)

이러한 퇴재공의 사적을 기록한 ≪퇴재실기(退齋實紀)≫가 2권 1책의 목활자본으로 1908년 신돈식(申敦植)에 의해 간행되었다. 책머리에 김도화(金道和)와 16세손 신돈식이 쓴 서문 및 신씨세계(申氏世系)가 있고, 책 끝에 유도헌(柳道獻)이 쓴 발문이 있다. 내용은 모두 일반문집에서는 부록에 해당하는 내용이라 할 수 있는 것으로, 권1에는 묘표(墓表)·수갈고유문(豎碣告由文)·속수서원봉안문(涑水書院奉安文)·상향축문(常享祝文)·속원봉안시고묘문(涑院奉安時告墓文)·고유손우재선생문(告由孫愚齋先生文)·상주사림통문(尙州士林通文)·속원경현사상량문(涑院景賢祠上樑文)·경현사기(景賢祠記)·제쌍죽도(題雙竹圖)·사적(事蹟)·여묘도(廬墓圖)·정려도(旌閭圖)·밀성지(密城誌) 외 8편이 더 수록되어 있고, 권2에는 부후손조두문적(附後孫俎頭文蹟) 17편 등이 수록되어 있다. 현재 국립중앙도서관 등에 소장되어 있다.

신석명(申錫命)은 아주 신가 9세손으로서, 호계공의 5대조이다. 공은 사마시(司馬試)에 급제할 때 시성(詩聲)이 났다. '유월중계(有月中桂: 달 속의 계수나무)'라는 시에 대해 사운시(四韻詩)로 차운하라는 과제(科題)가 걸리자, 공은 다음과 같이 지었다.

누가 영롱한 달에다	誰把玲瓏
계수나무 옮겨 심었나.	樹移來種
토끼 궁전에 그림자 드리우고	兎宮影分
천리 밖까지 향기가 그윽하네.	千里外香
달을 꿰뚫어야	透一輪中
잎이라도 딸 수 있을런가.	採葉知無

---

9) 각주 7) 참조.

10) <尙州士林通文>, ≪退齋實紀≫. 이 글을 보면 愚伏 鄭經世, 蒼石 李埈, 沙西 全湜 세 사람이 퇴재공을 속수서원에 배향하고자 통문을 돌렸음을 알 수 있다.

가지라도 잡아야 할 듯한데	價攀枝似
어느 때나 잡을 수 있을꼬.	有功何時
먼저 꺾고 술잔 기울여야만	先折得傾
일산을 푸른 하늘로 추어올리리라.	蓋拂靑空11)

마지막 두 구에서 장원급제자의 모습을 형용한 시를 지어 사마시에 급제한 후, 생원 시절에 거주지를 상주(尙州)에서 의성 원흥동(元興洞)으로 옮김으로써 이로부터 자손들이 의성에 세거하게 된 계기를 마련한 분이다.

회당(悔堂) 신원록(申元祿: 1516-1576)은 아주 신가 12세손으로서, 호계공의 조부이다. 자는 계수(季綏)이다. 회당공은 생육신 이맹전(李孟專)의 손자인 이지원(李智源)의 딸과 결혼했다. 하여 이맹전은 처증조부이고, <이맹전전(李孟專傳)>을 쓴 인재(訒齋) 최현(崔晛: 1563-1640)과는 처조카 이모부 사이이다. 인재의 부친 최심(崔深)의 셋째 부인이 이지원의 딸이기 때문이다. 또한 이맹전은 퇴재공의 사위인 김성미(金成美)의 딸과 결혼한 사이이기도 하다.12)

회당공의 효성은 어릴 때부터 남달랐다. 11살 때 아버지가 병이 나자 수백 리 밖 팔공산(八空山)까지 가서 손수 약초를 구해오는 등 지극정성으로 8년 동안이나 밤에도 옷을 벗지 않고 형과 같이 간호하였으나, 끝내 18세 때 돌아가시자 3년간 여묘살이를 했다.13) 아버지가 돌아가신 뒤 홀로

---

11) ≪鵝洲申氏世譜≫, <申錫命>조.

12) ≪訒齋先生文集≫, <三仁事跡>.

13) ≪悔堂集≫ 권3 <拾遺>에는 회당공과 그 부인의 효행에 관한 일화가 전하고 있다. 晚悟公 申達道의 아들 迂齋公 申圭의 딸이 大山 李象靖(1710-1781)의 할아버지 李碩觀에게 시집갔는데, 그 이상정 조모가 전해들은 말을 수록하고 있다. 이상정의 할머니는 회당공의 현손녀이며, 이상정은 회당공의 外裔孫이다. 회당공은 아버지가 돌아가자 3년 동안 여묘살이를 하였다. 그러던 중 어느 해에 새해가 임박하여 연료와 길쌈 뒤처리가 걱정이 되어 집으로 내려갔더니, 나무 한 더미가 쌓여 있고, 베도 다 짜여 있었다. 이웃 사람들에게 물어보니 한 노인이 땔감을 날라주고 홀연히 사라진 일과 한 여인이 베를 짜고 사라졌다는 것이다. 이에 마을 사람들은 부부의 지극한 효성에 감동한 하늘이 신선을 내려보내 걱정을 덜어 주었다고 극구 칭찬을 했다는 일화이다.

남은 어머니를 위해서 장수(長水)·삼가(三嘉: 합천)·청도(淸道) 등지에서 학관(學官)이 되어 봉양했던 것으로 전해지는데, 가난한 살림이었지만 명절이 돌아오면 맛있는 음식을 차려드리고 색동옷을 입고 재롱을 부려 보였으며, 58세 때는 연친곡(宴親曲) 8수를 지어서 불러드려 마음을 즐겁도록 했다고 한다. 61세 때 모친상을 당하자 눈비를 가리지 않고 하루에 세 번씩 성묘를 하며 시묘(侍墓)하던 중에 건강이 악화되어 급서(急逝)하였다.

이와 같은 회당공의 효행은 돌아가신지 39년 뒤인 1615년(광해군 7)에 조정이 비로소 알고 정려(旌閭)를 내렸고, 그 비석은 비좌(碑座)와 옥개형(屋蓋形) 지붕이 있는 형태로 세워졌다. 앞면에는 '신원록정려각 효자 증 통정대부 호조참의 신원록지려(申元祿旌閭閣 孝子 贈通政大夫戶曹參議申元祿之閭)'라는 비명이, 옆면에는 '만력 을묘 금의속삼강소재행적각석언 계미이월일립(萬曆乙卯今依續三綱所載行蹟刻石焉癸未二月日立)'이라고 비를 세운 연대가 새겨져 있다. 곧, 통정대부 호조참의의 벼슬이 증직되었음과, 또한 회당공의 효행이 ≪속삼강행실도(續三綱行實圖)≫에 실려 있음을 알려 주고 있다.

▲ 悔堂申元祿先生 旌閭閣
경북 의성읍 도동리(원흥동)

회당공은 신재(愼齋) 주세붕(周世鵬)과 퇴계(退溪) 이황(李滉), 남명(南冥) 조식(曹植)에게 배워서 학문적 기반을 쌓았다.14) 21세 때 향시(鄕試)에 합격하

---

14) 1750년에 權相一(1679-1760)이 쓴 師友錄 跋文에서 "공의 학문은 주세붕에게서 수학함으로써 발단이 되었으며, 曹植에게 감화를 받고, 만년에는 李滉에게서 얻은 바 있다."라고 연원을 밝히고 있듯, 金麟厚, 朴雲 등 많은 이들과 교유했으니 기록에 전하는 이름만도 74인에 달한다고 한다.

였으며, 23세 때 성균관에서 수학했다. 특히, 신재가 풍기군수(豊基郡守)로 재임시 신재의 백운동서원(白雲洞書院)에 머물면서 조목(趙穆), 김극일(金克一), 김팔원(金八元) 등과 함께 강론하면서 교유했다고 한다. 신재의 문하에 들어가 학문에 정진했던 것이다[15]. 학행(學行)으로 장수(長水)·삼가(三嘉: 합천)·청도(淸道) 등지에서 학관(學官)이 되어 관학(官學)의 교수(敎授)를 지내면서 유생들을 교육했다.

이처럼 후진 양성은 물론 선현들을 받들어 학문 진흥에도 이바지 하였다. 회당공은 1556년 41세 때 고향으로 돌아와 뜻이 맞는 동료들과 함께 인재교육을 위해 서원(書院)을 세우기로 결의하고 터를 닦아 공사를 시작하여서 1569년에 완공했다. 스승 신재의 백운동서원과 엄유재를 본받은 것이다. 완공한 서원에는 모재(慕齋) 김안국(金安國: 1478-1543)을 흠모하여 봉안하고 '장천서원(長川書院)'이라 하였다. 창건 시에는 의성읍 장천(현 남대천 상류 구봉산록)에 위치하였는데, 1576년(선조 9)에 이와 같은 일이 조정에 알려져 '장천서원'으로 사액을 받아 의성지방의 유일한 사액서원(賜額書院)으로서 인재양성의 요람이 되었다. 이후 1600년(선조 33) 향시에 장원하여 예조를 놀라게 한 학동(鶴洞) 이광준(李光俊)이 그해에 춘산면 빙계리로 이건 후 회재(晦齋) 이언적(李彦迪)을 합향하여 '빙계서원(氷溪書院)'으로 개칭하고 서애(西厓) 유성룡(柳成龍), 학봉(鶴峯) 김성일(金誠一), 여헌(旅軒) 장현광(張顯光)을 추향하여 왔다. 1868년(고종 5) 흥선대원군의 서원 철폐령으로 없어졌다가 2002년 유교문화권 관광개발사업의 일환으로 복원된 서원이다. 호계공은 공의 조부와 관련이 깊은 이 서원의 원장직을 1620년 전후로 하여 역임하였는데, 광해조 때 인목대비(仁穆大妃)를 서궁(西宮)에 유폐시키는 패륜에 가담했던 방백(方伯) 정조(鄭造)가 이 서원에 왔다가 심원록(尋院錄)에 이름을 쓰고 갔을 때 호계공은 칼로 그 이름을 깎아낸 일화가 있다.

---

15) 스승 周世鵬에 대한 존경은 3년의 心喪을 입었을 정도였다.

　1560년 45세 때 여씨향약의 4조목을 기본으로 하고, 퇴계의 예안향약
(禮安鄕約)에서 세부 조목을 취한 총 30여조로 된 향약을 정하여 반포하고
실행하게 하였다. 이는
스승 퇴계에게 다니면서
향약을 필사해 온 것인
데, 풍속의 순화에도 힘
쓴 것이라 할 수 있다.
만년에는 도산서원(陶山
書院)에 드나들며 학문연
구와 진흥에 이바지하였
다. 향리에서 진휼장(賑
恤場)을 만들어 빈민을

▲ 悔堂申元祿先生 史蹟碑文
경북 의성군 의성읍 도동리 향교 동편

구휼하고, 유생을 모아 수학시킨 업유재(業儒齋)를 설립하여 유생들을 모아
학문을 배우게 하였다. 그리고 연계소(蓮桂所)를 설립하여 향내(鄕內) 대소과
(大小科) 출신 인사들을 모아 고장의 발전을 상의하고 친목을 도모하였다.
이러한 삶을 산 회당공은 1683년(숙종 12)이 되어서야 장대서원(藏待書院)에
배향되었다.

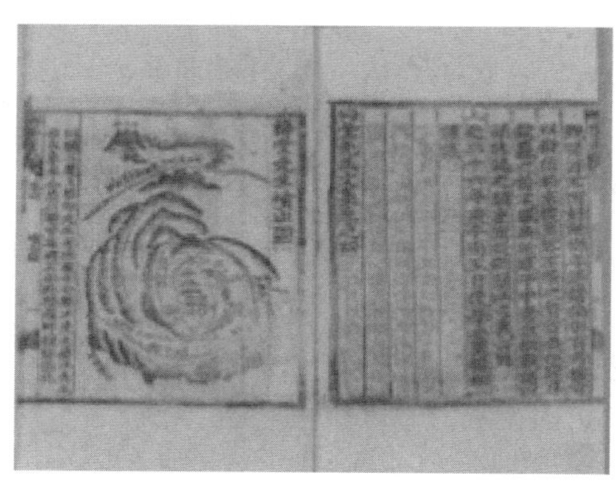

　《회당집(悔堂集)》은 시
문집으로 목판본 4권 2책
이다. 앞부분에는 연보(年
譜)와 발문(跋文)이, 권1에는
부(賦)와 시(詩)가, 권2에는
서(書)와 잡저(雜著) 및 제문
(祭文)이, 권3에는 부록(附錄)
이, 권4에는 신재주선생유
묵(愼齋周先生遺墨) 등이 있

다. 신정모(申正模)가 1740년(영조 16)에 편집한 것이 1769년(己丑)경 간행된 듯하다고 한다. 이 문집 책판 속에 들어 있는 분산도(墳山圖)가 주목의 대상이다.[16] 분산(墳山)은 묘를 쓴 산을 의미하고, 분산도는 조상의 분묘 위치를 주변 산의 형세와 함께 그린 지도를 일컫는다. 그런데 1739년 신언모(申彦模)가 회당선생 분산도(悔堂先生墳山圖)를 작성한 것이다. 이 묘도가 가리키는 곳은 현재 경북 의성군 비안면 고도산이다. 문집을 엮은 후손들은 "많은 세월이 흘러 조상의 무덤을 찾지 못하는 안타까운 일이 있을 때 문집 뒷부분의 묘도를 베껴서 묘소를 찾으라."고 분묘도를 작성하게 된 연유를 밝히고 있다. 이 지도판은 아주 신가 집안에서 한국국학진흥원에 기탁하였다.

성은(城隱) 신흘(申仡: 1550-1614)은 아주 신가 13세손으로서, 호계공의 부친이다. 자는 구지(懼之)이다. 영가[17] 교수(教授)를 지냈다. 적도(適道), 만오공(晚悟公) 달도(達道), 난재공(懶齋公) 열도(悅道) 세 아들과 세 딸을 두었다.[18] 이 아들들에 대해서 호계공을 제외하고는 언급을 않겠지만, 성은공이야말로 자식복이 대단한 분이시다.

성은공도 역시 아버지 회당공이 돌아가시자 삼년상을 마친 후, 묘 아래에 집을 지어 영모(永慕)라는 편액을 달고 애도하였다. 또한 임진란 때 왜적이 몰려오자 황학산(黃鶴山)에 들어오지 못하도록 하기 위해 한창 전쟁을 벌였을 때도 편모의 마음을 즐겁게 해 드리고, 흡족해 하실 물건을 갖추는데 소홀히 함이 전혀 없었다. 임진란 다음해에 어머니가 돌아가시자 너무나 슬퍼하여 기절까지 하였으며, 상을 치르면서 상례(喪禮)에 조금도 어긋남이 없을 정도였다. 이후로 의병활동을 폐하고 심통성정도(心統性情圖; 洛書)에 몰두하느라 침식도 잊었다고 한다.

---

16) '고문서…역사와의 대화'(6): 아주신씨 ≪회당집≫ 분산도, 『동아일보』, 2004. 6. 7. 이 기사는 ≪회당집≫에 수록된 분산도가 지닌 의의를 집중적으로 다루었다.
17) 영가(永駕): 韓國의 鄒魯之鄉으로 有名한 安東의 옛 명칭.
18) 첫째 딸은 金有曄, 둘째 딸은 任乃重, 셋째 딸은 朴宗敬에게 시집갔다.

성은공은 삼경(三京: 한양, 평양, 경주)을 지키지 못해 함락되고 대가(大駕)
가 의주(義州)로 파천했다는 비보를 듣고는 형님 신심(申伈)과 함께 의병을
창기하고 수백 명을 모집하여 김해(金垓), 유종개(柳宗介), 정세아(鄭世雅)와
함께 왜군에 대항하여 싸웠다. 성은공이 일직현(一直縣)에서 결진(結陣)한 의
병의 작전수행 모습은 <여도내의장 김한림(해) 유정자(종개) 정진사(세아)
(與道內義將金翰林(垓)柳正字(宗介)鄭進士(世雅)>를 보면 알 수 있다. 이 글에서
당시 의병들이 다른 부대와 연합작전을 펴지도 않고, 이웃 고을의 의병이
위급하여도 도와주지 않으며, 싸움을 미루고 세월만 허송하고 있음을 우
선 지적하였다. 그리고 머지않아 바닥이 날 군량과 백성에 대한 신뢰 실
추, 이에 따른 이합 집산을 말하고 나서는 기회를 놓치지 말고 죽기를 각
오하고 싸울 것을 촉구하였다. <섭공위덕비(葉公威德碑)>에서는 예천에서
안동방면으로 진영을 옮겨온 명나라 장수의 노고를 치하하였고, <상방백
이완평(원익)(上方伯李完平書(元翼))>에서는 전란이 끝난 뒤 전란에 대한 기록
을 실록청에 제공하면서 자신의 감회를 밝
히고 있다. 이러한 글들은 임진란 당시 지
방의병의 활동과 실상을 이해하는 데 참고
할 만한 자료들이다.

　한편, 성은공은 1603년(선조 36) 조정의
명으로 ≪난중사적(亂中事蹟)≫을 찬진(撰進)
해 올리니, 완평부원군(完平府院君) 이원익(李
元翼)이 "근거가 넓으면서도 정밀하고, 글의
이치도 전아(典雅)하며, 깊이 체득할 만한
기사로 채워졌으니 진실로 좋은 사료라."며

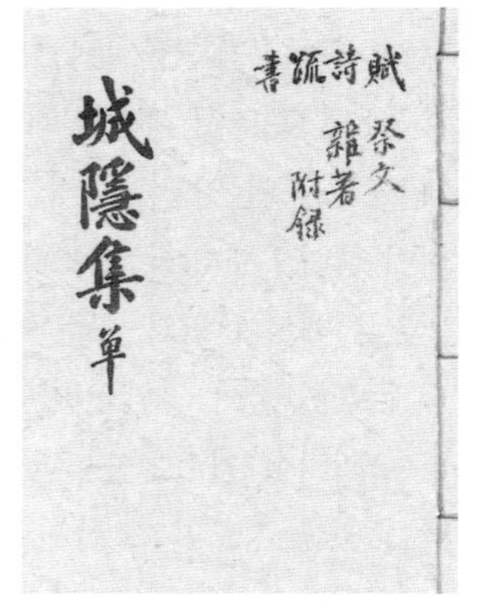

칭찬하였다. 1608년(광해군 원년) 고경리(高敬履: 1559-1609) 등이 선조를 호
종하지 않았다는 이유로 곤경에 빠진 정철(鄭澈)과 성혼(成渾)을 변명하는
상소에서 이언적을 제외하자, 성은공은 종질(從姪) 홍도(弘道)와 함께 이언

적(李彦迪)을 변무하기 위해 고경리 등을 탄핵하는 상소를 올려 종신금고에 처해지도록 하여 관로에 나오지 못하게 했다. 1611년에는 정인홍(鄭仁弘)이 국정을 농단하고 성현(聖賢)을 모함한 죄를 범하자, "학자는 시비를 가리는 데 추호도 탐함이 있어서는 아니 된다."며 논핵하였다. ≪성은선생일고(城隱先生逸稿)≫가 2권 1책 목판본으로 있으며, 1749년(영조 25) 통정대부 승정원 좌승지 겸 경연관 참찬관(通政大夫承政院左承旨兼經筵官參贊官)에 추증되었다.

지금까지 장황할 정도로 호계공의 선조들을 살핀 것은 호계공이 전수받은 '가학의 바름과 심법의 중요성(家學正矣, 心法要矣.)'을 이해하기 위해서였다. 회당공과 성은공이 마련한 기초와 바탕 위에서 호계공은 한강(寒岡) 정구(鄭逑)와 여헌(旅軒) 장현광(張顯光) 등 영남의 거유(巨儒)들로부터 많은 영향을 받아 벼슬길에 나아가기보다는 향촌사회의 학문진흥과 사회구제 등 오직 성리학적 질서에 따른 전통유지에 힘쓰고자 한 바, 이를 개략적이나마 살필 것이다. 이 14세손부터 아주 신가 가문은 의성을 중심으로 양반 사족가문으로서 튼튼한 사회적 기반을 가지게 된 것으로 보인다[19].

호계공은 아주 신가 14세손이다. 공은 성품이 수미(粹美)하고 재주가 총명하여 남달리 어릴 때부터 이미 사물에 대해 깨닫지 못하는 것이 없을 정도였다. 부모들이 웃어른들의 뜻만 좇고 집이 가난해도 봉양하는 것만 일삼아서, 먹을거리와 땔거리를 주야로 공이 손수 마련해야 하는 데도 조금도 태만하지 않고 전혀 수치스럽게 생각지 않았다.

재종형 정봉(鼎峰) 신홍도(申弘道)가 여헌 장현광과 낙재(樂齋) 서사원(徐思遠)으로부터 가르침을 받은 터인데, 호계공이 자신에게 와서 배우는데 게으름이 전혀 없으니, "우리 가문을 크게 빛낼 사람이 반드시 이 동생이로다."라며 탄식한 바 있었다. 호계공은 임진란을 겪은 뒤 과거 보는 공부보

---

19) 『義城郡誌』(의성군, 1998.)를 보면, 學行 11명, 儒行 25명, 孝行 9명 등 많은 선조가 등재되어 있음. 이것도 하나의 방증 자료가 될 것이다.

다는 위기지학(爲己之學)에 뜻을 두어, 한강 정구의 문하에 출입하여 연원 있는 학문을 깨우쳤고, 여헌 장현광의 삭강회(朔講會)에도 나아가 곧잘 문 난질의(問難質疑)를 하여 칭찬을 받았다. 1605년 32세 때는 향시(鄕試)에 장 원으로 뽑히었는데, 서애(西厓) 유성룡(柳成龍)이 그의 시권(試卷)을 보고 "의 리가 일상적인 틀에 매어 있지 않고 조목조목 트였으니, 세유(世儒)가 가히 미칠 수 없는 바이다."라 하였으며, 우복(愚伏) 정경세(鄭經世)도 "신적도는 견식이 단적(端的)하여 오당(吾黨)의 본보기가 될 만하다."고 했다. 이로써 호계공은 조부 회당공과 재종형 정봉공으로부터 가학(家學)을 전수받고, 또 한강 정구와 여헌 장현광의 문하를 좇아 수학한 것이 전부였던 것 같다. 그리하여 퇴계의 제자들인 한강과 여헌 두 선생으로부터 감화를 받은 호 계공은 퇴계의 출처관인 '난진이퇴(難進易退; 벼슬길에 나아가는 것을 어렵게 여기고 물러남을 쉽게 여기다.)의 영향을 받아 향촌교화와 학문수양에 매진했 던 것으로 보인다.

그런데 오랑캐라며 하찮게 여겼던 후금(後金)의 정묘호란이 일어나자, 그 는 인생의 일대 전환기를 맞는다. 정묘호란을 당한 인조(仁祖)는 국난극복 에 혈성(血誠)을 다해주기를 바라는 교서를 내렸는데, 이를 받아 읽은 호계 공은 다음과 같이 의분을 토하였다.

형세를 틈탄 강포한 오랑캐 중화를 어지럽히고,　　强虜秉勢亂中華

어찌 뜻하였으랴! 이제 또 조선까지 침범할 줄을.　　豈意如今左海加

임금의 빛나는 강기 아직 건재함이니,　　眞主皇綱猶有在

하늘도 저 교만한 오랑캐를 물리칠 날 멀지 않으리.　　天驕豕突不能退[20]

곧, 명나라를 공략했던 후금이 뜻하지 않게도 조선까지 침범하였으나 임금의 밝은 강기에 의해 또한 천의(天意)에 의해 격퇴되리라며 충성스런

---

20) 문집, 권1 詩, <聞虜兵犯境>. 김태안(1996), 「호계 신적도의 생평과 의병활동」, 『퇴계학』 8, 안동대학교 퇴계학연구소, 89면 번역문 재인용.

울분을 토해내고 있다. 당시 1627년 1월 19일 경상좌도(慶尙左道) 호소사(號召使)에 임명된 장현광의 천거로 54세 때 의병장이 되자, 분연히 몸을 떨치고 일어났다. 강화도로 파천한 종묘사직의 위급함을 강개한 어조로 피력하면서 고을의 사우(士友)들에게 충의의 분발을 촉구하였다.

오호라! 국가의 변란은 어찌 차마 말하랴. 왕궁(王宮)이 강화도로 옮겨가니, 종묘사직(宗廟社稷)이 고립무원(孤立無援)의 지경이라. 200년 예의의 나라가 하루아침에 오랑캐들에 의해 유린되었도다. 작금의 신하된 자로서 누구인들 한 번 죽기를 바라는 마음이 없을까만, 의분에 복받치는 뜻을 지닌 선비들과 의리 있는 독서한 사람들임에랴.

오호라! 이 못난 사람이 본디 형편없는 자질을 지녔지만, 나라가 태평할 때는 기왕에 잘못된 일을 바로잡아 구제하지 못했을 바엔, 지금이라도 나라의 어려움에 충성을 바치려하오. 이. 세상에 태어난 후손들로서 아주 굉장히 치욕스러움을 모르는 것이 아닐 것이오. 그러나 다만, 떳떳한 마음으로 임금에게 충성을 다하는 것은 하늘에서 타고 나는 것이로다. 그렇지만 물고기냐 곰발바닥이냐 하면 곰발바닥을 선택하듯 삶과 죽음의 선택에서 의로운 죽음을 선택하리라는 맹자(孟子)의 가르침을 들었는지라, 일찌감치 신하가 임금을 위해 죽어서 충효를 다하는 것이 당연히 해야 할 일이라는 것을 알 것이오.

지금 임금님이 위험에 처하여 죽을지도 모를 지경이 저와 같으니, 신하된 자로서의 마땅히 하여야 할 본분은 바로 몸을 떨치고 일어나 곧장 의병활동에 뛰어드는 것에 달렸는지라, 진실로 조심스러워하고 움츠리며 물러나 있을 처지가 아닌 것이오. 이렇게 눈물을 뿌리며 의병장으로서 우리 고을 선비들에게 알리노니, 나와 뜻을 같이하는 사람들은 각각 스스로 분발하고 힘써서 기어이 실효(實效)를 거둘 수만 있다면 퍽 다행이겠노라.21)

---

21) 문집, 권3 倡義錄, <通諭一鄕士友文>.

또한 의소(義所)에 의병들을 불러 모으는 글에서도 충신지사(忠臣志士)로
서의 기백을 떨쳐 구국의 선봉이 되자고 독려하였다.

> 삼가 성상의 전교를 보건대 말씀하시는 뜻이 간절하고 측은하니,
> 이때야말로 바로 충성스런 신하와 의로운 선비는 눈물을 뿌리며 장도
> 에 오를 때이라. 오호라! 나랏일이 어렵고 위태한데다 힘든 지경인지
> 라, 임금께서 백성들에게 널리 알리는 말씀이 여러 차례 내려졌는데
> 도, 신하된 자로서 구차히 머뭇거리며 관망하고자 한다면, 이는 임금
> 이 없는 것이라. 임금을 뒤로한 죄로서 죽임을 어찌 면할 수 있으랴.
> 장차 기일에 맞춰 군사를 정돈하여 임금의 급박한 처지를 구하러 달
> 려가야 하느니, 각기 사나운 기세와 씩씩한 담력으로 오랑캐의 노린
> 내가 우리 강역(疆域)을 더럽히지 않도록 해야 할 것이라. 위반한 자는
> 군율(軍律)에 의거하여 처단하리로다.[22]

우여곡절 끝에 의병군을 규합한 호계공은 한 밤중이지만 적진을 향해
출정길에 올랐는데, 이때 그의 심정을 이렇게 나타내었다.

한 밤중 자리를 박차고 일어나 칼날 마음을 품고,	中宵蹴起劍心盟
의로써 서행(西行)길 오르니 한 목숨 가벼울 뿐.	仗義西行一死輕
이 나라에 생장(生長)한 이 몸 받은 은혜 두터우니,	生長靑邱恩渥裏
나라 승평(昇平) 위해 보답할 일 그 무엇이뇨.	此身何以答昇平[23]

위망에 처한 나라를 구하기 위해서라면 기꺼이 목숨을 바치겠다는 비장
한 각오를 나타낸 것이다. 그러나 호계공은 강화가 체결되는 바람에 자신
의 우국충정을 펼칠 수가 없었고, 이에 따라 결연한 뜻도 꺾지 않을 수 없
었다. 이에, 호계공은 화의론자(和議論者)를 공격하고 화의의 부당성을 피력

---

22) 문집, 권3 倡義錄, <義所召諭文>.
23) 문집, 권1 詩 <倡義西赴途中口占>. 김태안(1996), 92면 번역문 재인용.

하는 충정의 소(疏)를 올렸으니, 다음과 같다.

　　이 전에 일종의 망령된 의론이 조정에서 나왔는데 그것은 이른바 나라를 위해 강화를 해야 한다는 그 설입니다. 이 설이 먼저 평소 매우 신임 받는 이들의 입에서 나와 임금의 덕을 그릇되게 하고 나라를 위태롭게 한 것이었음에도 불구하고, 그들은 스스로 일을 마땅히 처리하였다고 하니 이것은 정말 후세에 기롱과 냉소 받을 일을 저질러 놓고도 부끄러워할 줄 모르는 처사라 할 것입니다. 아! 이와 같이 하고서 나라를 보존하려 한다면 조종의 신령께서 어찌 마음이 편안하겠으며, 또 이와 같이 하고서 백성들을 보전하려 한다면 신(臣)들의 마음은 어찌 즐겁겠습니까? 슬프다. 이러한 일을 가히 할진댄, 어떠한 일인들 차마 하지 않으리오마는 신(臣)이 가만히 생각하건댄 금일의 이 화의는 도리어 후일의 화본(禍本)이 되어, 저 견양(犬羊)들의 무례한 버릇과 탐포(貪暴)한 짓하기를 만족할 줄 모르는 그 성질을 반복되게 끝없이 저지르게 하여, 그 잔인한 짓을 더욱 심하게 할 것인 즉, 이렇게 화의를 한 것이 정말 종묘사직을 위하여 그 마땅한 처사를 한 것이라 할 수 있겠으며, 또 나라를 위해 그 태평함을 열어 준 것이라 할 수 있겠는가 하는 것입니다. 신(臣)같이 어리석고 게으른 사람은 평소 훌륭한 계책 한 번도 못 내고 단지 옛 수레바퀴만을 따랐던 사람이었기에, 스스로를 돌아보건대, 천의(天意)를 감동시켜 세도를 만회할 만한 능력을 갖진 못했습니다만, 백 세 후에 또 다시 춘추가 일어난다면 과연 필삭(筆削)을 어떻게 할는지 알 수가 없습니다. 오호라! 대명(大明) 중화(中華)의 주(周)나라를 존상해야 할 것이오니, 바라옵건대 조속히 화의를 그치고 대의(大義)를 펴야 할 것입니다.24)

　　강화(講和)야말로 역대 열성조(列聖祖)와 후손들에게 수모의 역사, 치욕의 역사일 뿐이니, 춘추대의에 부합하는 떳떳한 역사를 만들어야 함을 주장

---

24) 문집, 권1 疏, <請罷和議疏(丁卯)>. 김태안(1996), 92면 재인용.

하였다. 이 소(疏)를 본 인조(仁祖)가 매우 훌륭히 여겨 상운도찰방(祥雲都察訪)을 제수했다. 얼마나 선정을 잘 베풀었는지, 호계공이 떠난 후에 거사비(去思碑)가 세워지기도 했다. 1632년 59세 때 재신(宰臣)들의 천거로 제릉참봉(齊陵參奉), 건원릉(健元陵) 참봉(參奉)에 제수되었으나 한 차례 숙배(肅拜)를 하고 곧 사퇴하였다.

한편, 청(淸)나라의 병자호란이 다시 일어나자, 의성 유생(儒生)들의 추대로 63세의 고령에도 불구하고 의병장이 되어 그 취지를 알렸다.

오호라! 예로부터 글을 읽어 의리를 배운 선비들은 스스로 임금과 부모가 일체인 줄로 알았으니, 충과 효는 둘로 나뉜 것이 아니라 원래 하나의 이치였다. 집에서 효를 다하는 사람은 반드시 임금에게 충을 다하니, 나라가 변을 당할 때마다 임금을 우러러 모시기에 마치 부모가 물불 속에 있는 듯이 허둥지둥 서두른다. 전쟁터로 달려가서 살기를 꾀할 겨를도 없는 듯이 자신의 몸을 던져 나라를 위해 죽는 사람들이 또한 있었다.

오호라! 지금의 국가 변란은 옛적에도 드문 바이나, 변방의 성들이 함락되고 임금이 궁성을 떠나게 되심은 신도 인간도 공분(共憤)하거늘, 어찌 감히 조(趙)나라의 한단(邯鄲)이 진(秦)에 의해 조만간 망하리라 했던 것처럼 조금이라도 기다리랴. 그리고 월(越)나라 사람들이 진(秦)나라 사람의 살찌고 야윈 것에 대해 전혀 개의치 않았듯이 무관심하랴. 이것이 못난 내가 제군들에게 알려 깨우치고자 하는 까닭이라. 충성스러움이 이미 지극하거늘, 하물며 정묘년(丁卯年)에 저 오랑캐들이 틈을 엿본 지도 얼마 오래지 아니하여 또다시 위난을 만나서 우리 신하들이 아직도 격한 충분(忠憤)이 남아 있음에랴. 오호라! 우리 영남(嶺南)은 본래 선비가 많은 고장이라 일컬어지는데다 예의와 풍속이 서로 전하고 충효와 문견(聞見)에 익숙하니, 이처럼 어렵고 위태한 때에 자식 된 사람은 효를 위하여 죽을 수 있고 신하 된 사람은 충성하여 죽을 수 있음을 알아야 한다.

간절히 바라건대, 제군들은 각자 피를 뿌리는 투지를 떨쳐서 풍전
등화(風前燈火)와 같은 위급한 상황을 함께 구함이 어떠한가. 바야흐로
오랑캐의 끔찍한 재난이 하늘까지 넘실거려 나라의 운명이 달걀을 포
개놓은 듯 절박한 위기에 놓여 있거늘, 널리 알리는 글[諭文]이 지나는
곳에서 만약 옷소매를 떨치며 분연히 일어나지 아니한다면 제군들이
평소에 배운 의리란 정녕 어디에 있다고 하겠는가. 오호라! 오랑캐를
소탕하기 위해서는 모름지기 충성을 다하는 데에 두어야 하나니, 사
람의 마음이 하늘을 감동시킨 바가 있으면 뜻이 통할 것인지라, 이 오
랑캐를 섬멸하기 이전에는 결단코 죽음을 맹세코 용감히 달려가되 충
을 제대로 갖추어 오랑캐를 쳐야 한다. 이러한 뜻을 일일이 알리노니
착실히 거행해야 한다.25)

또한 호계공은 의병장으로서 향인(鄕人)들이 마음을 합쳐서 죽음도 불사
하여 구국의 대열에 앞장서자며 적개심을 고취시키고 있다.

의병장이 여러 고을의 노인네들, 벼슬이 없는 선비들, 백성들에게
널리 알리노라.

오호라! 십 년 전 정묘년에 틈을 엿보았던 오랑캐들이 지금 멧돼지
같은 기세로 쳐들어와 용만(龍灣)과 안시(安市)의 높은 성벽이 무너졌
고, 부윤(府尹)이 변경을 순찰하는데 많은 열사(烈士)들이 전사하였다.
변방의 모든 고을들은 이미 멀리 바라보고 놀라서 싸우지도 않고 달
아나는 형국인지라, 우리 조선의 서부 지방은 바야흐로 오랑캐들이
득실거리며 날뛰는 소굴이 되었으니, 늙은이나 어린아이가 무슨 죄가
있어서 흉적의 칼날에 피를 뿌린단 말인가. 자녀들이 포로가 되어 모
두 음산(陰山)으로 끌려가고, 오랑캐의 기세가 날로 대단하여 민심은
날로 요동치니, 왕실을 옮기어 나라의 보존을 도모코자 한 것은 진실
로 부득이하게 조정의 당면 문제를 해결하려는 데서 나온 것이라.

---

25) 문집, 권4, 倡義錄, <諭一鄕大小人員文(丙子)>.

오호라! 미처 어찌할 사이도 없이 바다의 입구에 삼궁(三宮)이 파천(播遷)하니, 200년의 종묘사직(宗廟社稷)이 고립무원(孤立無援)의 섬에 의탁해 있도다. 경성(京城)이 결딴나서 온 성안의 사람들이 어찌할 줄 모르는 것이 물고기가 놀라듯 하니, 누군들 부모가 없으랴마는 도로에서 붙들고 잡느라 야단이고, 누군들 부부가 없으랴마는 산골짜기로 도망가 숨느라 난리이다. 뿐만 아니라 변란을 당한 사람치고 세상에 살 길을 찾을 만한 곳이 없으랴마는, 왕실의 위태로움을 생각하면 어느 곳이라야 편하게 쉴 수 있을런가. 지금의 나랏일은 지사(志士)를 기다릴 필요도 없이 목을 놓아 크게 울 일이로다.

오호라! 우리 동방은 비록 작고 좁으나, 의관(衣冠)이며 문물(文物)이 너무도 성하고 예악(禮樂)이며 교화(敎化)도 너무나 훌륭하여 천하에 소중화(小中華)라 일컬은 지가 지금까지 천오백 년이라. 어찌 거칠고 사나운 도적놈들에 의해 한 번 짓밟힌 바가 되었다고 해서, 이내 비린내며 털북숭이의 오랑캐 땅이 될 수 있으랴. 운수에 관계된 일은 아무리 애를 써도 벗어날 수 없다 하나, 하늘은 따르는 자를 도와주리니 억울함이 반드시 풀릴 것이리라. 더구나 영남(嶺南)이 학식과 능력을 갖춘 선비의 보고(寶庫)이자 나라의 근간임에랴. 열성조(列聖朝)가 배양(培養)하고 선현(先賢)들이 교훈(敎訓)하여 집집마다 절의(節義)의 기풍이 있고 가정마다 충효(忠孝)를 전하는 풍속이 있는지라, 의병의 명성이 이미 임진란 때 현저했거늘 충성스런 울분을 어찌 지금이라서 토하지 않으랴. 조정이 우리 경상도에 기대하는 것도 적지 않도다.

오호라! 나 적도(適道)는 본디 궁벽한 시골에 묻혀 살다보니 태평성대엔 쓸데없는 사람이었다 해도, 임금을 바르게 하고 시국을 바로잡아 화란(禍亂)에서 위태롭고 망할 뻔한 종묘사직을 구하지 않았을 뿐만 아니라 또한 붓을 던져버리고 전쟁터에 나가 적개심을 불태우지도 않았으니, 여러 선비들에게 죄를 지은 것이 참으로 많도다. 나 스스로가 사람들의 결기를 북돋우면서 으뜸으로 의병을 일으키는 데 부족하다는 것을 알지만, 위급하고 어려운 때에 의병장이란 중책(重責)을 부여받았으니, 도리상 사양하지 않겠다. 피눈물을 머금고 맹서하건대 밤이고 낮이고 애를 쓸 테지만, 있는 힘을 다했는데도 끝내 패배할까봐 정녕 두렵도다. 그러나 믿는 바는 똑같이 하늘에서 부여받은 충의를 내가 먼저 드러내면, 여러분들도 배운 바를 깨치는 것이 바로 이런 때에 있을 것이라는 점이다.

오호라! 여러분들이 평일에 성현의 글을 읽었으니 배운 바가 무엇이뇨? 나라의 운명이 매달린 깃발보다 더 위태로운 때를 당했는데도, 의분에 복받쳐서 떨치고 일어나 자기 몸을 나라 위해 바쳐 죽으려 하지 않고, 단지 풀속을 헤매면서 살기를 도모한다면, 여러분들이 평일에 글을 읽고 안 명분과 의리는 어디로 갔단 말인가. 가령 오랑캐의 기병이 쳐들어와서 팔도(八道)가 짓밟혀 더럽혀진다면 여러분들의 몸과 집, 처자식들만 과연 깨끗한 곳에서 보존할 수 있으랴. 의리가 이와 같고 이해관계가 이와 같으면, 자기 몸을 나라 위해 바쳐 죽는 것이 속수무책으로 참혹하게 죽는 것보다 낫지 않으랴. 의(義)란 힘으로 되는 것이 아니고, 끝내 꼭 죽어야 하는 경우가 아님에랴.

오호라! 시대를 거슬러서 같은 경우를 본다 하더라도, 선비들 및 노인네들과 백성들이 지존(至尊)이신 임금께서 흙탕길에 이슬 맞으며 피난하고 계심을 차마 들어야 하랴. 종묘사직이 몽진함을 차마 보아야 하랴. 열성조(列聖朝)의 은택(恩澤)을 차마 잊어야 하랴. 의관(衣冠)이 오랑캐 풍이 됨을 차마 태연하여야 하랴. 더구나 지금 교서(敎書)가 또다시 내리시어 임금께서 맑은 목소리로 우리 경상도 많은 선비들을 부르시고 바람심에랴. 뿐만 아니라 정녕코 비유컨대 부모가 물불 속에 있으면서 자식에게 구해주기를 바라는데, 이를 알고도 눈물 뿌리고 옷소매를 떨치며 분연히 일어서지 않는 자라면 또한 사람의 도리라곤 없는 것이리라. 저 원충갑(元冲甲)이란 한 서생(書生)이 향병(鄕兵)으로써 홍건적(紅巾賊)을 크게 무찔렀나니, 군대가 바른 명분 아래면 역시 씩씩함은 어찌 예나 지금이나 다를 수 있으랴. 무릇 혈기(血氣)를 지닌 사람들은 의를 보면 용기를 떨칠 것이고, 또한 같은 뜻을 다 드러내어 호응할 것이니, 이들을 향리(鄕里)에 불러 모아서 의병(義兵)으로 규합하여 관군(官軍)과 협동하고 전략을 기다려야 하는데, 더러는 험한 고갯길을 차단하여 분조(分朝)를 호위해야 할 것이다. 만일 적의 형세에 기가 죽어 움츠려 들어서 기꺼이 응모하지 않는 사람이 있다면 깨우쳐 타이르기를 더욱 힘써야 할 것이고, 두세 차례나 힘썼는데도 오히려 따르지 않는다면 이는 머리를 땋아 뒤로 내려뜨리는 오랑캐 풍속을 기꺼이 받아들이겠다는 것이고, 스스로 임금을 뒤로한 죄에 들겠다는 것이다. 대의(大義)가 있는 곳엔 절로 그에 따른 떳떳한 형벌이 있을 것이로되, 우리 경상도에 어찌 이 같은 사람이 있으랴.

오호라! 나와 뜻을 같이하는 사람들은 모두 내가 정성껏 고한 말을 잘 듣되, 행재소(行在所)를 그리워하여 눈물을 뿌리며 죽기를 각오하고 많은 사람들을 모아서 원수를 갚아야 할 것이라. 중히 여길 바는 의(義)일 뿐이니, 물고기냐 곰발바닥이냐 하면 곰발바닥을 선택하듯 마땅히 의로운 선택을 하여 오랑캐들의 간담을 서늘케 해야 하느니. 할 말이야 아직도 다하지 못했지만 뒤에 하기로 하니, 각각 마땅히 잘 살피도록 하라.[26)]

이리하여 호계공은 의병군을 규합하였으니, 그 규모는 활을 쥔 사람이 150여 명, 포를 가진 사람이 230여 명, 또 진중(陣中)을 지휘할 사람이 50여 명으로 편성되어 도합 400여 명이나 되었다. 호계공이 이끄는 의병진(義兵陣)이 1636년 12월 26일에 출발하여 16일만에야 1637년 1월 11일 한산(漢山: 지금의 廣州)에 도착하여 체류하게 되었다. 이때 임금이 파천한 지 한 달여에 혹한과 기아 속에 침구도 없이 지낸다는 소식을 들은 호계공은 자신의 참담한 심정을 드러낸다.

내 분발하여 몇 사람과 함께,	奮身願與二三子

---

26) 문집, 권4 倡義錄, <通諭道內文>.

궁성을 바라보며 힘차게 말을 달리었네.	瞻望王居勇赴之
이 조금의 쌀이나마 어쩜 임금께 보낼 수 있으랴.	些米何能需御供
孤軍이라 宮城을 돕는덴 여의치 못하리라.	孤軍不合補京師
다만 나라를 憂愛하는 衷心을 품고,	祇將憂愛彜衷秉
함께 위난을 구할 생각뿐이로다.	欲效艱危共濟思
눈길 속 찬바람을 내 어찌 꺼려하랴.	踏雪衝寒吾豈憚
궁성에 닿을 날만 기다리며 나아갈 뿐이로다.	指期趁到九重堨27)

호계공은 간신히 1월 13일에야 남한산성에 입성한다. 바로 전날 조정에서는 최명길(崔鳴吉), 홍서봉(洪瑞鳳), 허한(許僩), 윤휘(尹暉) 등으로 하여금 국서를 가지고 오랑캐 진영에 들어가게 하였고, 각도에서 올라온 군병과 의병들은 입성이 금지되고 있는 실정이었다.

호계공은 당시 조선이 겪은 치욕을 씻기 위해 감연히 일어나 구국의 대열에 앞장을 섰으나, 이 역시 화친(和親)이 맺어지는 바람에 자신의 뜻을 또 한 번 이루지 못하게 된 것이다. 이때 호계공의 막내 아우인 난재공(懶齋公) 신열도(申悅道)도 남한산성에서 인조를 호종(扈從)하며 척화(斥和)를 주장하였는데, 뒤에 전라도 능주목사(綾州牧使)를 지냈다. 이에, 그는 화친을 반대하는 극언의 상소를 또 한 번 올렸다. 또한 평소 알고 지내던 척화파(斥和派) 청음(淸陰) 김상헌(金尙憲), 동계(桐溪) 정온(鄭蘊), 용주(龍洲) 정경(鄭絅)과 서로 마주 보고 화의의 부당성에 대해 통곡하며 열변을 토하다가, 자신의 충정이 무너지는 심정을 읊었다.

화의를 배척함이 정녕 당당한 일이거늘,	斥和認是堂堂事
어찌 그대들은 화의로 일을 그르치는가.	胡爾講和相反之
내 오랑캐를 겁주고 화를 물리치려 했건만,	寔出惕夷抒禍耳

---

27) 문집, 권1 詩, <上出都城向南漢倂日糧飯屢夜不寢群僚近侍或至凍餒云及此時臣子分義固勒兵投亂脫危殉節故遂糾旅輸糧直赴行在>. 김태안(1996), 97-98면 번역문 재인용.

주객전도의 세상 가의(賈誼) 심정과 같도다.　　　　倒懸賈喩先符之[28]

　1637년 1월 30일 끝내 우리 역사상 민족의 최대 치욕이라고 일컫는 인조의 삼전도 굴욕을 지켜보아야 했던 호계공은 통곡하며 귀향했다. 귀향한 후, 호계공은 오랑캐를 쳐부수지 못하고 돌아온 것을 자책하며 은둔하기로 한 심정을 읊는다.

어쩌다가 임금 은혜 두터이 입었던가,	誤被天恩重
되레 신하의 분수를 소략했음이 부끄러워라.	還慚臣分踈
고향의 봄은 이미 저물었지만,	故園春已晚
어찌 주저할 필요가 있으련가.	何用更躊躇[29]

　호계공은 당세의 념(念)을 끊고 마침내 학산(鶴山) 미곡(薇谷) 아래 채미헌(採薇軒)을 짓고 산림처사(山林處士)로서 은둔하며 여생을 보냈다. 날마다 ≪춘추≫를 읽으며 비완(悲惋)의 뜻을 붙였다.

　"소주(韶州)의 동쪽에 정령(鼎嶺)이 있는데 이곳은 곧 청부산(靑鳧山)과 보현산(普賢山)의 여록(餘麓)이다. 꾸불꾸불 북쪽으로 흐르다 중간쯤에서 나뉘어져 두 갈래가 되었다. 한 갈래는 서쪽으로 흐르다 북쪽으로 뻗어 수봉산(睡鳳山)이 되었고, 다른 한 갈래는 북쪽으로 쭉 뻗어 험한데 황학산(黃鶴山)이 되었다. 물은 정령에서 흘러내려 시내(溪)를 이루는데, 어떤 물줄기는 북쪽에서 서쪽으로 굽어 흐르고, 어떤 물줄기는 서쪽에서 동쪽으로 굽어 흐르기도 한다. 왕왕 물굽이를 이루다가 북쪽 백리(百里)쯤에서 영호(暎湖)와 합류한다. 위로는 미곡과 정령이 10리쯤 떨어져 있고 아래로는 학산(鶴山)과 수리(數里)쯤 떨어져 있다. 맑은 냇물에는 백석(白石)이 깔린지라 진세(塵世)와 멀리 떨어진 진

---

28) 문집, 권1 시, <廣陵城吟示同義諸公>
29) 문집, 권1 詩, <還鄉>.

은자(眞隱者)의 처소로써 이리저리 노닐 만한 곳이다. 지난날 임란(壬亂) 때 돌아가신 아버님과 백부님이 의려(義旅)를 일으켜 전란에 나갔을 때 19살 나이로 식구들을 데리고 미곡(薇谷) 하성동(下城洞)에 들어간 적이 있었다. 그리하여 이곳 산천의 평탄하고 험한 곳이며 토속의 풍검(豊儉)함도 잘 알고 있었다. 당시에 이곳에다 몇 서까래를 얽어 집을 지으려 하였으나 이루지는 못하였다. 이후 정묘년(丁卯年)에 오랑캐가 국경을 침범하였을 때, 종묘사직(宗廟社稷)이 몽진(蒙塵)하고 임금의 수레가 파천(播遷)함에, 내 의(義)으로써 산곡에 도피하여 숨어 있을 수는 없었다. 의병을 모을 것을 계획한 후, 서쪽 길을 출정하려 할 즈음에, 여헌(旅軒)·우복(愚伏) 두 어른의 재촉하는 바를 받았으므로 더욱 물러나 웅크리고 있을 수는 없었다. 마침내 뭇사람 앞에 맹서를 하고 영(嶺)을 넘었었지만, 그러나 조정에서는 이미 화의(和議)를 맺고 말았으므로 비록 구구한 충분(忠憤)일지언정 이를 펼 수가 없었다. 곧장 단기(單騎)로 궐하(闕下)에 나아가 존주양이(尊周攘夷)의 의(義)를 부르짖고 곧 통곡 남귀(南歸)하여 천의(天意)의 돌아올 날을 기다렸다. 10년 후, 병자년(丙子年)에 또 다시 오랑캐가 국경을 침범하였다. 내 이전의 분통함을 거듭 씻고자 가장 먼저 의병을 일으킨 후 말을 달려 광릉(廣陵)을 향하였다. 조정에서는 군사 진격을 가벼이 하지 말라는 유시(諭示)가 자주 내려졌으나 군사들은 이미 쌍령(雙嶺)에서 무너진 형편이었다. 마침내 단신(單身)으로 남한산성에 나아가 강화(講和)의 그릇됨을 소(疏)로써 아뢰었다. 그러나 성(城)에 머무른 지 한 달 만에 갓과 옷이 거꾸로 되고 천지가 닫히는 꼴을 보게 된 것이다. 가만히 생각건대, 내 전후(前後)로 난(亂)에 나아갔으되 도리어 의성(義城)을 허장(虛張)한 게 부끄러울 뿐이었다. 낙중(洛中)의 제현들과 이별하고 눈물을 뿌리며 남하를 하였다. 이후 은둔할 곳을 두루 찾은 바 정말 미곡(薇谷)만한 곳은 없었다. 그리하여 이곳에 띠집 몇 간을 얽어 종로(終老)할 생각을 하였던 것이다. 지명(地名)과 연유하여 집을 편액하기를 '채미(採

薇)'라 하고 마침내 벽에다 몇 마디를 써 본 것이다."

〈채미헌기〉30)

이러한 삶을 산 호계공에 대해 당시 사람들은 '의성산림(義城山林)에 대명일월(大明日月)이라.' 하였고, <행장(行狀)>을 쓴 김도화(金道和)는 '이것은 (충의의 節과 적개의 勇) 갑자기 얻어진 것이 아니요, 평소의 학문 가운데서 나온 것이 아님이 없을 것인 즉, 이것은 정말 회당(悔堂) 가학(家學)의 떳떳한 덕과 한강(寒岡)·여헌(旅軒)의 가르침의 바른 것에서 나왔음이 분명하다.'고 하였다. 1867년(고종 4)에 이르러서야 호계공의 도학(道學)과 충절(忠節)을 기려서 이조참의(吏曹參議)가 추증되었다.

이처럼, 호계공은 성리학적 화이론(華夷論)의 입장을 지녔던지라, 오랑캐로 여겼던 후금과 청에 대한 강렬한 적개심의 발로로 의전(義戰)을 치르는 의병장으로서 활동했고, 또한 끝내 은거(隱居)라는 방식으로 청에 대한 저항의지를 나타내며 90세의 생을 마친 인물이다.

≪호계선조유집≫은 6권 3책이다. 책당(冊當) 2권으로 편차되어 있는데, 1책 권두에 유필영(柳必永)이 서(叙)한 <호계선생유집서(虎溪先生遺集序)>가 나오고, 권1에는 시와 그 밖에 만사 13편, 소(疏) 3편, 서(書) 13편이 들어 있다. 만사는 신적도가 써준 유성룡(柳成龍), 정구(鄭逑), 장현광(張顯光), 정경세(鄭經世), 최현(崔晛), 신지제(申之悌), 이민성(李民宬), 신즙(申楫), 이민환(李民寏), 권익창(權益昌), 최산휘(崔山輝), 김회(金淮), 신지도(申志道)의 만장이다. 권2 잡저에는 <성설(性說)>, <용학도후지(庸學圖後識)>, <채미헌기(採薇軒記)> 외 9편과 <잠명(箴銘)> 4편, <제문(祭文)> 6편으로 짜여 있다. 권3,4는 <창의록(倡義錄)>을 싣고 있다. 부록 권5는 신적도의 셋째 아들 채(埰)가

---

30) 문집, 권2 잡저, <採薇軒記>. 김태안(1996), 「<호계선조유집> 해제」, 『퇴계학』 8, 안동대학교 퇴계학연구소. 김교수의 앞논문과 중복되는 부분이 많다. 번역문은 그의 해제 글에서 재인용한 것이다. 이 약전을 쓰는데 김태안 교수의 글로부터 지대한 도움을 받았음을 밝히며, 심심한 고마움을 전한다.

쓴 <유사(遺事)>와 김도화(金道和)가 쓴 <행장(行狀)>, 또 고을 인사들이
신적도의 대절(大節)을 기리기 위해 세운 단구서원(丹邱書院)에 그와 난재공
(懶齋公) 열도(悅道), 인재공(忍齋公; 埰)의 위패를 봉안할 때, 이돈우(李敦禹)가
찬한 봉안문 및 김석유(金奭裕)가 찬한 <사림통문(士林通文)>으로 구성되어
있고, 이 밖에 <묘표(墓表)>, <단구서원 상량문> 외 몇 편이 더 게재되
어 있다. 부록 권6은 신적도에게 써준 장현광 외 9인의 서간문과, 정유숙
(鄭惟熟) 외 2인이 쓴 신적도의 제문, 그리고 김응조(金應祖) 외 20인이 쓴
만사가 실려 있고, 이 밖에도 신적도의 타계 후 204년이 되는 1867년(고종
4)에 이조참의로 증직되는 은전을 입었을 때, 이에 축하의 뜻을 부쳐준 김
도화 외 31인의 글(贈恩賀章)이 담겨 있으며, 권미에 후손 상헌(相憲)이 쓴
문집 <후서(後叙)>와 이중구(李中久)가 쓴 <발(跋)>이 붙어 있다.

【참고】 <退齋申先生奉安文>(幷實蹟)

先生諱祐, 鵝州人, 版圖判書貞肅公元濡之子, 官安廉使(從三品)。 父喪廬墓
三年, 有雙竹生于墳前, 號堂以雙竹, 事聞命旌, 名所居里曰孝子刻石立之。
麗運訖, 遂隱于尙州萬景山, 日望松岳, 恨不死國。 太祖有舊契, 以刑判屢徵,
矢死不就。 享尙州涑水書院。
嗚呼先生, 膺期鍾精. 孝感天神, 志秉春王. 遭麗運訖, 之死罔僕[31]. 杜門不仕,
名垂無極. 凡在衿紳, 疇不欽仰. 況値陽九[32], 益切羹墻[33]. 幸玆士林, 慕義創

---

31) 罔僕(망복): 망국의 신하로서 의리를 지켜 새 왕조의 신복이 되지 않으려는 절조를 말함.
殷나라가 장차 망하려 할 무렵 箕子가 "은나라가 망하더라도 나는 남의 신복이 되지 않
으리라.(商其淪喪, 我罔爲臣僕.)"(≪書經≫<微子>)라는 말에서 유래한다.
32) 陽九(양구): 엄청난 災厄을 일컫는 말. 陰陽道에서 數理에 입각하여 추출해 낸 말로, 4천
5백년 되는 1원(元) 중에 陽厄이 다섯 번 陰厄이 네 번 발생한다고 하는데, 1백 6년 되는
해에 양액이 발생하기 때문에 그런 이름이 붙여졌다고 한다.(≪漢書≫ <律歷志 上>)
33) 羹墻(갱장): 어진 이를 사모하는 말. "舜이 堯를 사모하여, 앉아 있을 적에는 요임금을 담
에 뵙는 듯하고, 밥 먹을 적에는 요임금을 국에서 뵙는 듯했다."(≪後漢書≫<李固傳>)
라는 말에서 유래한다.

祠. 新廟赫赫, 杜門之址. 於焉安侑, 肸蠁千禩. 共義諸賢, 儼臨縟儀. 培植綱
常, 光前迪後. 高風尙凜, 芳躅不朽. 將事之始, 潔薦虔誠. 願垂顧享, 佑啓文
明。

　　선생은 이름이 우(祐)이고 관향이 아주인데, 판도판서(版圖判書)였던 정
숙공(貞肅公) 원유(元濡)의 아들로서 벼슬은 안렴사(安廉使, 종3품)를 지냈
다. 부친상을 치르고 삼년간 여묘살이를 했는데, 무덤 앞에 쌍죽(雙竹)이
돋아나자 당(堂)을 쌍죽이라 부르니, 조정이 이 일을 알고 정려비(旌閭碑)
를 내리면서, 살고 있는 마을에다 '효자리'라 새긴 돌을 세우도록 하였
다. 고려가 망하자 상주(尙州) 만경산(萬景山)으로 은둔하였는데, 날마다
송악(松岳)을 바라보며 고려를 위해 죽지 못한 것을 한스러워 했다. 조선
조 태조(太祖)가 임금이 되기 전의 친구였던지라 여러 번 형조판서(刑曹判
書)로 불렀으나 죽기로 맹세하고 나아가지 않았다. 상주 속수서원(涑水書
院)에 배향되어 있다.
오호라! 선생은 때에 응하여 나온 이로 정기를 모아 태어났으니, 효성은
천신(天神)을 감동케 하였고, 지조는 춘왕일통(春王一統)의 대의를 지켰었어
라. 고려의 운명이 다하여 망하자 죽음을 무릅쓰고 망복(罔僕)의 의리를 지
키려고, 문을 닫아걸고는 벼슬길에 나아가지 않았으니 그 명성이 후세에
길이 전하네. 무릇 벼슬아치들이야 누군들 흠모하여 우러르지 않겠는가마
는, 하물며 난세를 만나 더더욱 간절히 어진 이를 사모함에랴. 다행히 이
렇게 사림(士林)들이 의로운 이를 사모하여 사당을 창건하니, 두문동 유지
(遺址)엔 새 사당이 빛나고 빛나는구나. 어느덧 진실로 봉안(奉安)하기에 마
땅하여 제수를 올리오니 천년토록 흠향하옵고, 절의를 함께한 제현들도
엄연히 성대한 의식에 임하소서. 강상(綱常)을 배식하면서 선현을 빛내고
후세를 이끌어 주었나니, 높은 풍도는 여전히 늠름하고 훌륭한 행적도 썩
지 않고 우뚝하여라. 비로소 이제야 제사를 받들려고 깨끗이 잔과 제수를

경건하고 정성스레 갖추었으니, 바라건대 흠향하시고 문명성대를 도와서
계도해주옵소서.

≪杜門洞書院志≫, 두문동서원사무소, 1937, 228-229면

부록 2

≪虎溪先祖遺集≫ 卷三(정묘호란), 卷四(병자호란)

倡義錄

여기서부터는 影印本을 인쇄한 부분으로 맨 뒷 페이지부터 보십시오.

虎溪先生逸集卷之四

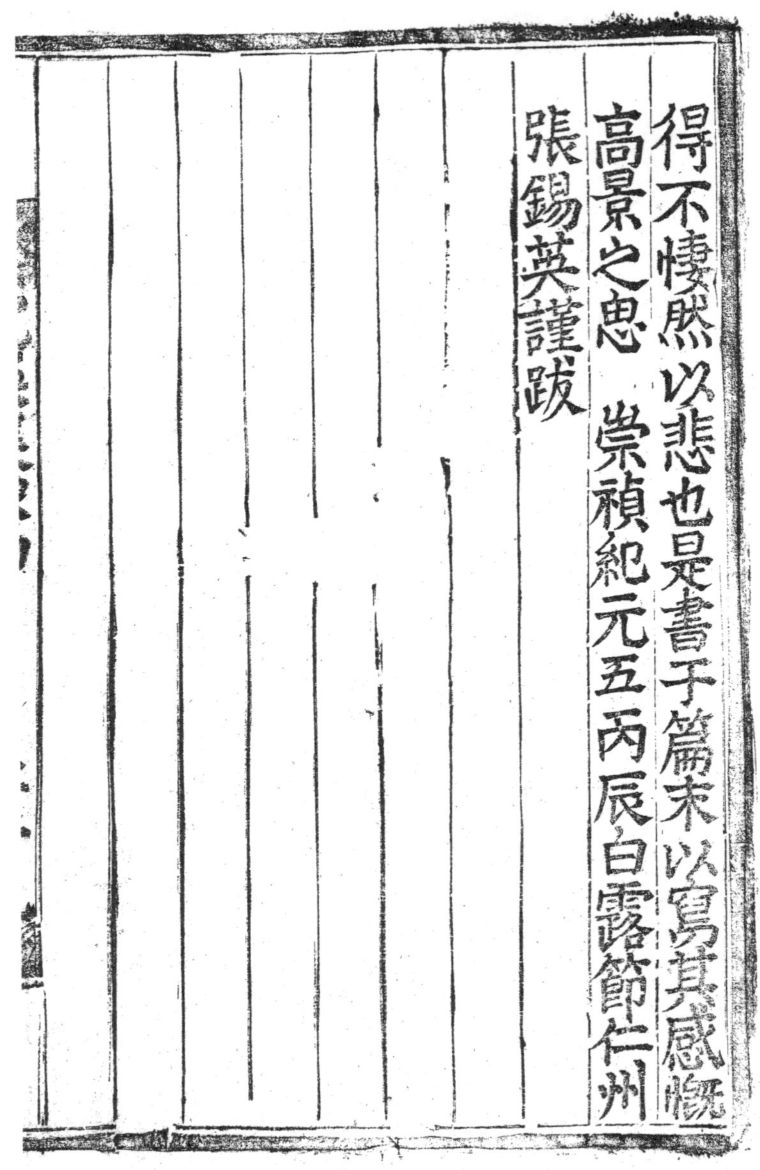

得不愴然以悲也是書于篇末以寫其大感慨

高景之思　崇禎紀元五丙辰白露節仁州

張錫英謹跋

節若公者可謂盡事一之道而以其昕受足
以發於其私也當是時也廟社之血食不改
羣公之從仕依舊而公微官也乃獨高尚其
事老死於窮荒之濱而其志則鼓鼓之刃學
士之鼎也其迹則泯然數百年不弃刻於尊
周之諸大夫是又足以念世道而長吁也後
孫敦植懼其久而愈昧輯其倡義之蹟及諸
家文字將剞劂以壽世而謂余以先師之裔
索一言以誌嗚乎今日之域中何如也身爲
俘虜吾不能從吾祖于永陽而讀公遺事安

壇指顧如風霆義聲動天地長軀於兩湖之
北而若將指日掃清奉六龍而旋軫不幸國
家有澶淵之恥而無復可爲上疏斥和明天
下之大義遂復卷而懷之隱於鶴山之陽薇
歌悽愴自寓路海之志是蓋以文武全材奮
忠義之志自任以綱常之重而不規規於聲
名之末也竊嘗論之是不獨家庭之昕本亦
有昕受於師門者也吾先子倡道於東洛之
上而公登門請業屢被獎許及夫天綱墜地
冠屨易常吾先子遯于永陽而公守鶴山之

旅戰陣不干己事平居則筆下千言而曾無
一策臨事則失主章皇而不省其死所此豈
吾儒之正法哉公生退齋之家已聞僕之
義悔堂為祖而陶山之淵源有自城隱為父
而又知王事之當念家學子正矣心法要矣方
其講道於山林之中也知公者知其為儒門
之碩德而不知其為干城禦侮之材乃若我
憲文初服以藐然一庠生贗師命而敵王愾
竟以和事之成不能發一矢而殞一賊粵十
年胡兵再猘南城被圍公倡率義旅雪漲登

聞淵源與二弟廬墓盡禮以孝友聞且任永

溪山丈割鄭賊之籍扶植大綱而若是乎倡

義則似兩義將斤和則似三學士其大義高

節固可以炳千秋而勵百世也夫歲丁卯孟

冬下澣後學小宗伯晉山姜蘭馨謹敍

跋

虎溪先生申公倡義之錄凡二篇此爲公之

一惠而欲觀其大全者亦於此而求之可也

夫俎豆軍旅事雖殊而道則一孔子曰未學

軍旅有爲而言也世之以儒名者往往以軍

集苦心斤和余甚尊慕焉然而倡義者未必
皆所和之人斤和者未嘗有倡義之舉誠以
一節猶難而兩無未易也矧茲一人而再倡
義兵亦世昕罕有者耶惟我虎溪先生曾於
丁卯西鄙之陷虜也糾合義旅輸糧詣關
又於丙子南城之逼賊也召募義旅星夜馳
赴先生之倡義凡再矣聞和議已定封章而
非之和詩而斤之遂退薇谷杜門謝事先生
之於斤和亦至矣偉哉先生之大節也先生
諱適道字士立嘗請益於寒旅兩賢之門得

爲架疊而惟眄感於中者自不能已故略記
平日見聞眄及者於卷尾以爲子孫之眄典
型焉不肖男站泣血謹書

後敍

炳日於千秋之上而皇綱振聞風於百世之
下而志士勵此固古人之眄難辦常品之眄
未能也昔狂　仁祖丙子之亂乘輿播遷國
勢岌業其時擁兵之將率多逗遛而惟金君
湜鄭君弘演倡義於嶺湖余甚壯之狂廷之
臣多主講和而獨洪公翼其漢吳公達濟尹公

視徒爲保軀之計哉今雖血氣旣衰尚有義
理之勇汝等勿慮乃勒兵登程及到廣漢則
和議已定遂詰　關封章極論其非慨然南
下構軒於薇谷下日以書史自娛享年九十
而絡嗚乎府君承述乎祖武忠孝之學擩染
乎師友靜修之工早知吾道之端的再赴國
難之艱險此可以見樹立之卓爾然恨不得
大施廊廟只以郵官陵署未展其所蘊則枉
府君雖淡如也而豈不爲子孫無窮之憾耶
至若實行大槩已悉於阿兄家狀今不必更

仰乾坤愧我心望裏家鄉嘉遯處　皇明日

月照園林是日到比安

初九日午後到家家累無故保性命云

　後識

丙子十二月丙辰金虜突入我都城國勢危

在朝暮凡有一分拱北之心者孰不憤泣而

激發哉府君曾於丁卯之難未得伸忠憤之

志及夫丙子再犯之日遂與鄉人謀劃義舉

不肖苓以老不堪之意泣諫則府君責之曰

當君父危難之際凡爲臣子者豈可恝分岸

初四日終日微雪到忠州境道路酒店與遠近

村落雞狗之聲人民之居略存前樣

初五日晴行未幾飢渴特甚不得進一人見余

顧色貿進數盃酒飲之少免飢渴是日踰鳥

嶺到聞慶訪主倅留宿頗厚

初六日朝後發行聞慶倅以五拾銅餽贐是日

到幽谷

初七日大雪午後稍晴是日到三灘留宿離城

殆五六日而京城消息寂然甚鬱

初八日晴發行吟一絶曰聖恩虛負海量滾俯

出淑儀嬪宮大君夫人見上前令上還宮世
子及大君與之北行故因留之　上將渡江
八城人心稍戰然城外城內氣象愁慘
二月初一日稍和與斥和諸公相對痛哭卽發
還鄉
初二日晴兵革之餘歷路旅店太半燒火或元
立空舍雖有賑寢食一款極甚非便况無賑
頗悶
初三日遇本邑倅家倅多有昕賴亂離之後人
心太變間有剽掠之患不得任意行役

萬幸甚因伏地痛哭 上鳴咽曰予與卿等
安得復爲太平君臣以盡都兪之樂乎左右
莫不垂淚於悒
三十日霧而陰 上與世子將幸清陣着前日
所鈌藍色服出西門階輦者不過四五百人
上至松城清主設壇九層其上鋪龍文席雲
錦繡蛟龍褥坐於其上令我君伏地謝罪羣
臣請鋪席清主曰有罪不可鋪席朕當使之
面縛輿櫬渡患减科爾空知悉 上進前三
拜伏地叩頭清主令上升階西向坐行酒後

忍見 殷下今日之事也一縷殘命三日猶
存臣實愧之鳴吉既使 殷下稱臣出陛則
君臣之分固已定矣臣之於君不徒承順為
恭可爭則爭之彼若求納 皇朝之印殿下
將爭之曰祖宗之受用此印今將二百年之
久矣此印當還納于皇朝彼若助攻 天朝
殿下當爭之曰明朝父子之恩清國亦知之
教子攻父有關倫紀非徒攻之者有罪教之
者亦不可云則彼雖凶狡亦必量矣伏願
殿下以此二者爭之無得罪於天下後世千

歲貢則白金一千兩白苧布一千疋白米萬
石黃金一百兩虎皮三百張爲約崔判洪相
卽還
二十九日吳達濟尹集以斥和罪將徃清陣故
拜謝　闕下上曰卿等父母妻子予當顧恤
是日崔鳴吉等率二人徃清陣則清主曰爾
等何爲斥和對曰我國臣事大明故只知有
大明不知有清國清主笑而因留之謂崔鳴
吉曰爾國王明將早來陪從者無過數百人
云云○鄭蘊上疏曰臣之欲自淩者正爲不

雖不致死血遍全身矣
二十八日朝後賊來西門外呼之崔判與洪相
往則龍馬兩人曰爾國於南朝往來時其禮
何如答曰奉敕者南面立侍臣受之又曰以
爾長子爲質諸臣有子者以子無子者以弟
爲質又曰明日不可不早行禮而禮則古有
其規爾國何以爲之洪相曰國王常著衰龍
袍以此服來見耶答曰不然以藍色服可也
洪相曰出自南門何如曰不可有罪者不可
出正門自西門可也又曰此後更勿通南朝

也時城中未知江都事自聞此言偵探虛實
則事皆然矣　朝廷莫不驚惶失色
二十七日大霧是日會君臣乃渡出城之議使
崔判持書遣胡曰早欲朝謁畏兵威未果幸
蒙赦宥明欲出城儻蒙聖明之德得免異域
之鬼何幸何幸答曰第待夏諭出來是日金
尚憲引繩自渡傷人適知而解幸得不死鄭
蘊吟四言詩曰主辰己極臣死何遲舍魚取
熊此正其時陪輦投降余實恥之一劍得仁
視死如歸引佩刀自刎其腹幸賴傷人之救

將明日將欲發行若皇帝還國爾國錐欲結
和事不可成云 朝廷聞之相議明日早朝
世子率斤和人送胡陣可也聞不勝憤慨
二十六日洪相崔判往胡陣通世子與斤和人
出城來見意胡答曰爾國王不共來耶以江
都內官羅僕及珍原君大君手書及尹昉懷
恩狀啓文牒一一出示曰吾盡取江都且淑
儀嬪宮及大君夫人以本國人陪行明日當
來到而府庫則使之堅守待爾國王出城朕
後當輸八于關爾國王不出有何疑慮而朕

命 上曰予無所和臣縛送之意卿莘安
退去
二十四日雪晴賊一邊有敦和之意一邊有掩
襲之計以此以彼廟筭無策夜砲聲忽起於
西暗門外人聲與砲聲相雜撓亂有頃聞之
虜賊欲乘夜踰城襲之城內守卒覺之相與
接戰云與金尚憲徹夜不寐共憂國事
二十五日稍和虜賊十四人來西暗門外呼曰
我皇帝以朝鮮國王不爲受命怒欲擊之應
之可也且急於還國爾國事事委於龍馬兩

躬陛下則陛下之命固當奔走奉承之不暇
而至於不敢出城之由則臣之情勢實有如
前日昕陳只此一款臣有死而已至於所和
諸臣實小邦君臣之所共憤也首倡臺諫洪
翼漢上年斥拜平壤庶尹班師可得縛送其
他被斥在外者道路不通難尋其去處請
師還之日查得以待處分胡見書目如不縛
送斥和人則和事不成金判聞之以所和待
命於　闕下臺諫尹煌亦待命於、闕下校
理尹集修撰吳達濟亦以所和首罪上疏待

世子下敎曰吾有子又有羣弟吾豈愛自身
不爲保宗社之計乎明日吾將出城朝
廷皆曰寧送斥和人世子不可徃參判鄭䌓
曰臣雖非請斬胡使至於斥和臣皆主之縛
臣送胡云云李命雄亦陳斥和之罪世子曰
姑退安心是日胡大供餉軍故夏無催言
二十三日朝雪而午晴撤開元寺一廊以爲城
堞炊爨之具○胡陣壯士百餘人仗劍詣
闕下曰何不從速出給斥和人堅定和議也
朝廷使鳴吉製國書奉遣胡陣曰臣餓委

誤朕西征之計陷爾生靈於水火者非此人
而誰也　上見之曰寧與斥和人俱斃不可
縛送因淚下諸臣皆痛哭聲聞于外
二十一日崔判李相等持國書往胡陣而辭曰
以出城縛送斥和人爲難胡曰如此則和事
決不可成李相曰以兄弟之國稱則事當容
量夏何詔難從之事乎胡曰爾歸告爾王李
相卽還
二十二日氣和早朝傳曰軍兵免賤者亦給復
戶各以其技將取萬科之意使諭于城堞且

○余見金尚憲自裂書後食飲專却臥念國
事涕泣沾衿
二十日大風雪潑尺餘送李相崔尹等受登書
還辭曰凶悖其書曰大淸國寬溫仁聖皇帝
詔諭朝鮮國王爾違天背盟故朕赫肆怒統
兵來征志在不赦今爾困守孤城見朕手詔
切責方知悔罪屢屢上書求免朕開宏度許
以自新者非力不能取也十分含忍又曰首
謀背盟之臣朕初意盡戮之今爾果能出城
歸命可先縛送二三人朕當梟示以警言後之

天子者禮不可廢而兵威亦可怕也皇帝方
以生物爲心則小邦豈不枉全活優養之中
乎伏惟帝德如天必垂矜恕敢吐情實恭俟
恩皆金尚憲見其書即欲裂涕泣曰公等胡
如此事也鳴吉曰吾等固知受台鑒之責蓋
出於不得已即拾其裂紙補綴金判出言曰
國事之使之曰非者某也與之相泣
十九日甚痼使崔鳴吉尹暉等傳國書胡受書
見曰爾國王何不出城二人力言不可出城
之意胡不答書曰當從後修答諸人皆空還

從速畫策云云
十八日稍和賊至南門招曰欲和好則可也若
不然則當決戰深量處之　朝廷使崔鳴吉以
製國書其辭曰伏承明旨勤賜申諭其昕以
責之切者乃昕以敎之至秋霜烈日之中帶
得春生之意伏讀惶感措躬無地今之昕顧
只在改心易慮洗條舊習舉國承命備此藩
臣而已至於出城實出仁覆之意顧念重圍
未解帝怒方盛往此亦死出城亦死是以瞻
望龍旗自分必死情亦慽矣古人有城上拜

立于南別臺下其跳跟之勢莫能禦之
十七日稍晴賊書來到而書末曰天道福善禍
潘至公無私朕體天地之道傾心歸命者優
待之望風請降者全安之逆命者奉天討之
黨惡攖鋒者誅之頑民不順者俘之今爾與
朕爲賊國故我今與兵至此若爾國盡八版
圖朕豈不有生養之若赤子哉今爾欲
生也宜速出城歸命欲戰也亦宜一戰相接
上天自有處分云送崔鳴吉往賊陣告白如
此難從之議不可猝朕凌定姑爲緩稽賊曰

十五日賊勢熾張各道各邑狀啓不得入己有
日官軍二人始入來獻啓文郎沈器遠狀啓
云臣與北伯南兵使共陣于陽根金元帥到
兇山遇賊大戰三別將八百餘騎到安峽
慶尙左右道官軍與義兵到雙嶺敗歿忠淸
監司亦敗走不知去處全羅兵到半屹山監
司則到安城云○是日與金尙憲鄭蘊繼同議
國事不覺血淚沾衿共陳罷和議疏　上曰
汝言甚嘉然到此地頭莫可奈何
十六日風雪極甚午後賊以木牌書招降二字

上之誤悉吾等之罪也願休咎爲又曰爾國
何不一戰答曰小邦何敢與大國抗戰乎賊
遂持國書入陣有頃出曰獻于皇帝則曰當
商量回報云云○午庫秦陵放火我國君臣
莫不失色隕淚○賊自南門外放砲聚散無
常莫知其狡猾之計○都元帥金自點終不
進兵　朝廷心甚怪之
十四日極寒大風我國壯士晝夜露處凍寒之
狀憺不忍見矣○是日烟焰蔽天問之則曰
胡放火獻陵云本國人士莫不憤惋

體天地之道恢覇王之業則如小邦之顛改
前懲自托洪庇窀不在棄絕中云云胡答曰
今日已曛矣惟難往復以朋日自西門來則
與之相議云
十三日僅入城中城中柴糧俱乏日勢極寒我
國人民凍餒死者無數○議金尚憲鄭蘊諸
公相議力爭講和之非問季弟晉昕柱曰
吾亦不見已數日矣○是日朝廷使崔鳴吉
諸人持國書往見龍馬兩將彼曰尚者背盟
之過在我乎柱役乎鳴吉叩頭謝曰此非聖

和議　朝廷使崔鳴吉洪瑞鳳許僴尹暉等
持國書遺胡其書曰朝鮮國王某謹百拜上
書于大清國寬溫仁聖皇帝小邦君臣延頸
企足日竢德音而今已浹旬訖無皃白勢窮
情迫未免再號惟皇帝察焉又曰君臣父子
兄弟久處孤城其窘亦甚誠於此時特蒙夫
國黼黻舍過許其自新俾得保　宗社長奉
大國則小邦君臣當銘鏤感戴室于子子孫
孫未世不忘顧粦孫小邦恢張河海之澤今
皇帝新建大號首揭寬溫仁聖四字蓋將以

擧云

初十日馳到廣州漢山〇聞江都胡兵跳跟侵
掠罔有餘地極爲憤歎
十一日日氣寒列因留漢山聞城中又象懍不
忍言〇大駕撥遷南漢幾至一朔寢食諸具
泠薄極甚忠憤所激感涕先下〇時季弟悅
道邑　駕在南漢園中尚未知死生尤極悶
鬱是夜賊放火烟霧漲天
十二日朝廷日敦和事禁止各道軍兵義旅皆
使退去聞不勝憤鬱方入城抗疏又聞胡催

諭朝鮮國王僅以一身逃入山城縱延千年

有何益哉云云

初八日早起餉軍發行日暮到枰酣軍卒多有

凍餒者○聞湖嶺義兵多敗雙嶺京畿義兵

戰于廣州皆敗走而死者殆多胡兵死者不

過數人而胡將將兵入城云

初九日早餉軍卒是日馳到龍仁夜已初鼓遇

大邱軍卒逃下者問之則兵使主不知賊屯

雙嶺無疑踰嶺為賊所敗全羅兵使領兵入

據光皎山猒未知虛實賊兵之猖獗不可枚

卒來言賊捕朝鮮人男壯者削髮爲軍老者
使之樵薪婦女之年少者置軍中老醜者備
其炊汲且我國軍士凍餒死者甚多云○午
本邑都總金燁馬卒逃下開義城義兵留此
地來言今初三日金燁三軍赤衫來戰此雙嶺云
初七日綃和領軍發程到團酒店○聞朝廷欲
敦和事使左相洪瑞鳳往賊陣賊責以負約
且日觀爾國文簿則皆稱奴賊爾國之罪實
斫難赦我之行事光明正大何敢以我爲賊
因以書授之有日大清國寬溫仁聖皇帝詔

卯哲誓天之約恤小邦生民之命令小邦改圖
自新則小邦洗心從事自今日矣伏願皇帝
垂察焉遣書之時　朝廷互爲持難鳴吉曰
吾寧雖爲萬古罪人今日之和不可不爲也
以李景穫遣胡胡曰使王子八來相議云
初五日早朝餉軍發行到大秋院聞各道官軍
與義兵多敗于黔丹山云○又聞杞昌君兪
曾上疏極陳海昌君尹昉及金瑬誤國之罪
朝廷蕭然
初六日大風雪不得行軍因留于秋院星州以

初四日雪稍晴領軍到水亢○聞列邑義兵多
敗于雙嶺三不勝憤裂且本邑官軍都總金
燁於丁卯之亂與余倡義者今以領軍前進
九淡係慮本陣糧餉每患不給是日發關本
縣募糧所及寄書伯兒使之督運軍餉而戒
其曉諭以理切勿勒推之意○聞上詔崔鳴
吉製賊書譽有曰朝鮮國王某謹百拜上書
于大清國寬溫仁聖皇帝小邦獲戾大國自
遠兵禍捿身孤城危迫朝暮已知罪矣有罪
而怨之昕以體天心容萬物者也如蒙念

寝至於供具不能繼魚肉陪臣剖氷捉柳目
魚煮進　上嘉其味問曰是何魚也侍者對
曰柳目魚　上曰此魚味甚嘉賜名金增魚
云伏想御供之甚薄○又聞忠清兵使及都
元帥與賊戰于黔丹山下皆敗走而諸道義
兵聞賊勢熾張逗遛不進或前進多陣距漢
山二十里之地卽雙嶺也胡兵橫截道路不
得通於　朝廷日夜積柴放火烟焰漲天使
城中知援兵柱逈一夜自城中送開元寺二
衲戒以勿輕進兵云

騎相拒我國又出砲手二百餘人體府麾嶺
令進軍兵惶懼不進斬其不進者我軍遂下
山聚于松城外賊策馬突入我陳我軍不得
放一砲一矢大亂潰散爲賊踏死者不知幾
許云聞來膽裂心寒○是日到咸昌
初二日余氣不平不食飲車城不能領軍發程臥
強扶行軍暮到新院留宿
初三日小雪氣漸不平強起發行至鳥嶺東院
軍兵凍寒百無人色矣○聞大殿寢具皆爲
賊所掠義昌君進羊皮衾　上自此不得就

黔丹山下云
二十九日大雪獰風軍卒手足俱凍余亦寒氣
剝膚又以風眩發作強扶登程○本道兵使
來陣尙州云○城中尤迫之狀日間益甚忠
憤耶激不覺淚下寒程軍行飢寒若無尤難
馳行是日發關本邑募糧所到三灘留宿
丁丑正月初一日日氣稍和旱起餉軍發行聞
湖嶺各邑義兵次第發程爲國之誠誠無異
同矣○本邑體家僅來云三十九日體府使
率軍百餘人自北門緣山而下賊亦出百餘

亦優備無至臨急竇路云

二十八日西報日益困措故不得雷待列邑義
兵領軍發行而砲軍二名發病不得進使之
少差後急急來到無至抵律○是日到安溪
聞列邑義兵多發程云吾領士君子爲國同
聲之應甚喜甚喜直聞胡賊乘勢國兵皆有
退縮之意云曰不覺憤裂遂令軍中曰仁不
以勇義不以力各自奮勵則可以一夫當百
吾何畏彼哉是日聞都元帥金自點領軍陣
于薇園逗遛不進而原州營將權正吉屯于

弓者百五十餘執砲者二百三十餘凡陣中
指揮諸員五十餘合四百餘名是日宿桃院
○西來消息互相傳播不可的知朕賊至南
門外讒言時有通議事送信人可也云故遣之
判令盡國則賊日十年和約何可一朝倍之
爾國奸邪既已稔知矣雖欲夏和難矣云
二十七日早朝餉軍到比安聞各邑義兵皆未
發程當此　君父危急之日尤不勝紆鬱比
安倅持督兵關文出接而關文內軍兵擇其
勇健者輦糧使之精鑿繼繰箭矢火藥等物

二十五日本道兵使許完督列邑發兵關文來
到辭意截嚴云昨見京關則 君父方在水
火中而諸道勤 王兵訖無形影當此危迫
凡烏臣子者豈忍如是且 上御樓上領哀
痛教有曰一隅孤城和事已絕內無可恃之
勢外之蟣子之援百官聽教莫不號痛云本
道各邑火速發兵以今晦日會于咸昌以勤
王事云云
二十六日本邑軍容稍成而雪路米程兵馬失
足勢難發程朕咸昌期日急迫領軍發行執

曰公等何以爲此言也吾與公等不復共立
體府還入待罪 上曰此非相持之日卿等
各還安職世子曰吾何有不可徃之理云云
二十三日鄉員齊心奮勵峻議義旅約束嚴整
紀律甚密然其募軍一款全境之丁壯者盡
入官軍昕餘者止是老弱甚悶
二十四日諭莫粟有司自丁卯兵革之餘歲不
登而公私儲蓄竭盡今日其募糧有甚於丁卯
雖一斗一斛之穀出義無隱以助軍需則當
一一禀報事○是日安東義陣關文來到

○又云賊兵進陣于楮子山
二十二日一鄕齊會推余爲義將余以病廢固
辭不獲乃爲倡率義旅之計○有人來言王
弟綾峯君諭和好之意云而未知虛實○夕
後營關來到內洪瑞鳳韓汝稷往胡陣誘曰
王世子時在江都還則以送虜曰世子然後
可也世子聞之陳于上前曰若事迫則臣當
往　上以大君代之胡不應大君還報朝臣
相顧無語新豐君張維曰世子卽可往矣諸
臣相應曰計已定矣禮判金尚憲正色大責

倡義日錄

丙子十二月二十日以倡義之意發文諭于一
鄉大小人○營關內本月十四日原任大臣
尹昉金尚容陪 宗廟社稷赴江都妃嬪王
子皆隨行東君親執鞭策 大駕前後隨行
射隊失度城中士女四散哭聲震動云
二十一日營吏文告丙本月十五日崔鳴吉啓
云胡言今我之行專爲和事而爾邦人民潰
散至於主上播遷心甚不安若堅定和好遣
一王子一大臣及斥和人數三則當還去云

伍以待改傳令朝令夕發

一各邑必有私砲手不屬官軍者各須詢問有

應募者各給羽林衛帖不願者則當給賞布

以此意開諭

一庶孽許通帖三百張啓請賣來三從事官各

持一百張每一張定價白米十石以此開諭

應募者一一置簿報從事官出給次

一召募之事雖以忠義爲主軍中亦不可全無

法令如或有違拒不從者杖二十以下義將

自斷重者報于都義所施行

事官各管兩都會使之巡行檢飭以省往來

聚會紛擾之弊各定知悉

一當職行未跡嶺聞本道諸君子倡義之檄已

交馳於道路同心之喜豈有極哉當以此意

馳報轉聞矣凡事更須十分者實以副　朝

廷屬望之意

一今見遠近官各分日期齊會咸昌此是當初

悉於勤　王而不暇念及事勢耳今當面論

停寢此事諸君姑勿爲赴會之計須先急急

召募擇可堪將領者使之率領操鍊明其部

一各邑召募官各擇同志之士稱爲召募有司
使之遍走閭閻開諭小民或兵或糧隨所募
得一一開錄成冊以待從事官之行或先爲
報知則尤好
一今去邇文眝在召募官到卽謄書各其邑下
塡書時刻後卽令校奴或院奴次次飛傳毋
得一刻淹滯終到處則元通文還送于眝屬
從事官以憑後考
一本道幅員甚廣同志士子及應募軍人等難
扵一處聚會故在右道分爲六都會令三從

積耶須以此意至誠開諭使之傾囷倒廩以效殉國之義其間或有有志之士本無惜財之心而但以納粟之名爲耶 不肯應募者則此乃避嫌之小節非殉國之忠心但能重義輕財效力於急難之際則他日國家酬報之典乃是倘來之事非昕當避此意亦可勉諭 一應募之兵皆是白徒必無聊役極爲可慮今方移文兵水營及各鎮浦收合弓矢鳥銃火藥等物矣然吾輩昕仗者只是忠義而果能堅此心則錐持三稜杖可以奮勇也

一義兵須與官兵協勢然後可以有濟而官義
兵常患於不協此壬辰以來已然之事也今
日本道事勢又盡壬辰不同不可有一毫侵
占之事如有謀避官軍者勿許應募
一今日募糧之難甚於募兵而軍兵既聚之後
不可使之負食又不可聚用官穀多定募糧
有司廣行開諭使之隨力應募庶幾積小成
多以爲接濟之計
一積栗富家當此忌難之日寧有惜財之心設
或不幸而虜兵淺入則雖有栗其不爲大盜

節目

一今日丁壯盡八於官軍無一名遺漏召募之
難倍於丁卯厭官家調發不無餘遺就其中
募得驍健可用者切勿以成冊按名推求只
令各里士子一一詢訪詳加開諭使之應募

一務精不務多本是兵家勝筭况今糧運極難
尤不可多聚無用之軍以致有損無益必須
募得有膽氣有膂力精悍勇猛者以爲着實
効力之用

人理焉矣元中甲一書生耳能以鄉兵犬挫紅
巾之賊師直為壯寧有古今之殊耶凡有血氣
者各奮見義之勇且效同聲之應招集鄉里科
合徒衆協同官軍以竢規劃或遮絕嶺路捍衛
分朝裔有委靡退縮不肯應募者務加曉諭至
再至三猶不聽信則是甘心被髮而自入於後
君之罪也大義昕在自有常刑默本道寧有如
此之人乎鳴乎凡我同志之人咸聽用亶之誥
戀　行在而揮涕有死之心籲爾衆而同仇昕
重者義安審熊魚之取舍以破犬羊之心膽言

不能慷慨奮發忘身衛國但向草間求活則其
於名義何居如使鐵騎克所八路糜爛則諸君
之身之家若妻若子果能獨保於乾淨地乎義
況義不以力終未必死者乎嗚乎越若士大夫
理如此利害如此忘身殉國猶愈於束手就屠
曁父老民庶至尊泥露其忍聞乎廟社蒙塵其
忍視乎屢朝恩澤其忍忘乎冠裳左衽其忍
乎況今 敎書又下王音琅然屬望於本道多
士者不啻丁寧譬如父母在水火之中而望救
於子耳於此而不灑泣投袂而起者則亦無復

之風家傳忠孝之俗義聲既著於壬辰忠憤豈
慚於今日　朝廷之所期待本道者不淺鮮矣
嗚乎適道素以草野踪跡爲　聖代之棄物既
不能格君匡時以救危亡之禍又不能投筆讀
纓以效敵愾之忱獲罪於鄒魯諸君子固已多
矣自知不足以激人心首倡義旅而受重責於
危難之際義不敢辭歃血而誓曰夕焦煎惟不
克効力是懼所恃者秉彝同得之天自我發之
而諸公所學之得力正在此日耳嗚乎諸君子
平日讀聖賢書所學何事當國勢綴旒之日若

門三宮播遷二百年　廟社托在孤島之中京
城波蕩士女魚駭誰無父母扶携道路誰無夫
婦逃竄山谷不但傅孌之身世無處求生言念
周室之艱危稅駕何地今日國事蓋一不待志士
而痛哭矣嗚乎惟我東方地雖褊小而衣冠文
物之盛禮樂敎化之懿稱爲小中華於天下者
千五百年于玆矣豈有一爲狂寇所乘而便作
腥羶韋毛毛之域哉氣數所關雖不能免而天之
助順理必伸矣況嶺南人材之府庫國家之根
柢　列聖之所培養先賢之所敎訓戶有節義

烏他日賞刼之地

一今日之事與曩時不同凁不至救急於有亂

之日而關賞於無事之時弁以此意開論

通論道內文

義兵將爲通論列邑父老儒品民庶事嗚乎十

年伺釁之賊乘突於今日龍灣安市高壘蚵矣

府尹巡邊烈士殞矣關外諸藩已成望風之勢

箕封以西方作射虎之場旄倪何罪血滅凶刃

子女爲擄盡八陰山寇勢日淡而人心日搖遷

國圖存誠出於廟筭之不得已也嗚乎蒼黃海

後錄

一擇勤幹有計慮者每各面有司開陳利害至
誠告諭聽其昕納勿爲勒推

一富實有儲峙之人不可沉隨貧戶出資但止
塞責而已須念捐囷之義以濟軍需

一昕募皮穀派給老弱之不堪從事者預爲作
米以待搬運

一此文未到前必自各面已有募糧之舉而却
恐閭巷不知國事之急況當應募故更爲知

盒前後昕募成冊火速上送則一一啟聞以

己至矣劉乎丁卯之祠覺未久而荐遭危險惟
我臣民尚有忠憤之餘激者乎嗚乎我領南素
稱多士府庫禮義之風俗相傳忠孝之聞見慣
習每於艱危之際惟知子死孝臣死忠切望諸
君各舊沫血之志共濟燃眉之急如何方今賊
禍有滔天之慘國勢有累卵之危論文昕過之
地若不投袂趄起則諸君之平日昕講義理果
安狂哉嗚乎盪掃之期須藉於盡忠人心有感
天意必通此賊未滅之前斷當矢死勇赴不懲
于伐此意一一知委以烏著實與舉行事

倡義錄

諭一鄉大小人員文 丙子

嗚乎自古讀書講義之士皆認以君父爲一體
忠孝無二致孝於家者必忠於君而每當國家
有變之日則仰如父母之在水火中汲汲焉若
赴難圖存之不暇而捐身殉國者亦有之嗚乎
今日之變古昔之所稀邊城摧陷 大駕播遷
其在神人之共憤豈敢少疑邯鄲之朝暮而優
若秦瘠之越視也此不佞所以告諭於諸君子

虎溪先生遺集卷之三

司切望開諭同志應募闔境克奮沫血之志
共濟燭眉之急賊禍有滔天之慘聞闖無結
州之防今日之憂此事為急嗚乎國運無往
而不復恢復之道須藉於盡忠人心有感則
必通遠近相應則傳檄此賊未滅雖有粟而
食諸諭文珩過必投袂而起矣顯傾資而應
慕須重義而輕財

管餉官前行弘文館典翰李塚爲應募糧餉
以補軍需事嗚乎國家之覆古昔所稀邊城
蕩然　大駕播遷在我臣民之分竭勝心膽
之裂刻兹嶺南素稱多士冀北風俗之美禮
爲敎而義爲習艱危之際子死孝而臣死忠
惟我號召使張黎判鄭副學字兩相公承　朝
廷命令倡一道義旅風威雷動忠義天知顧
念列郡應募厥數雖多而軍興之食自潰有
虞思惟糧餉之繼實在私儲之募務欲鉄錙
之盡爲救庚癸之呼兹以諸君差爲募粟有

寧不痛心兹於列邑各定義將斜合義旅至
於糧餉一款辦出無路各邑兵糧則已有自
官辦措而若或賊勢鴟張軍兵久持則此後
繼用不可不預爲措置兹送募糧官令飭軍
務各邑守令同議開諭鄉校書院鄉所及
鄉大小人員幷心合力各出斗斛以助萬一
而其中私鬻優於用餘者則亦爲十分曉諭
示以能懲周急之義使之盡誠則隨其多寡
將爲啓聞處置幷以此意着實施行事
管餉使關丁卯二月初六日到付

伏讀 聖教細細十札辭旨懇惻此正忠臣義
士灑泣登途之時也嗚乎國事之艱危旣棘
王音之宣諭屬下而爲臣子者苟懷遲回觀望
之意則是無君也烏得免後君之誅耶將及期
整旅以赴　君長之急其各厲氣張膽無使腥
羶汚我壇域也違者斷依軍律
號召使關附
爲盡此舉行事國家不幸西變此極臣民之
痛何可勝言不意今者遽承號召之命責以
董率之任此非老病所能堪當而國事至此

或拘於常調沉淪草萊不獲展布者必多有
之宐各奮風雲之志母失經綸之期或杖鋤
來赴或勸駕起送予當聞于　天朝承命除
拜雖至一才一能微勞細切亦將甄錄收叙
母或失信嗚乎非忠無君非孝無親中國所
以異於醜類生民所以異於鱗介靡不在此
予小子雖未敢多告爾士民其尚念我　祖
宗念我君上母遐棄予以佑邦家故兹諭示
想宐知悉

　義所招諭文

士民將誰望哉曩因廢朝橫政瘡痍未蘇
聖上臨御國家多故雖心切如傷實惠未數
爾士民亦必諒之至於號牌之法本欲均賦
繕兵以防寇賊之舉有法無人操切太甚以
致邑里惡咨咸懷不便　主上浚懲其故除
實軍案外已將原牌案燒除不用中外罪因
惡逆大故外皆加蕩滌爾士民亦宜各陳弊
瘼各效計策則凡係民生利病庶政得失可
行可罷者予當優容從事其有奇才浚識可
備帷幄武勇才力可合領衆者或限於科目

民未嘗負國家遠而姑近而姑賊之
變爾士民乃祖乃父及爾之身或率旅勤王
或聚糧濟餉厥有義烈昭載紀籍酬報之典
有不暇言也況今胡羯之變古今所罕腥羶
汚於壇域禽獸逼於人類此正忠臣義士必
身殉國之秋立事圖功之會也誠顧士民等
咸勵厥志各殫乃力父詔子兄告弟或倡起
義旅或募聚義粟或捍衛江都或遮截漢津
或出奇剿賊或遣諜撥賊大小齊奮遠近相
應庶可以直爲壯因衆成功中興之績微爾

犯內地顧我　主上濬惟宗社大計且念慈
殷震驚遷幸江都以爲據險過賊之圖且命
予小子受分朝之寄視師于南巓兹幼冲當
此巨艱　聖上非無顧復之念予小子豈忘
晨夕之奉哉昕以割慈忍愛冒險就遠以至
于此者庶幾維繫民心鼓動義旅拯君父於
艱危回國勢於顚擠此誠區區之至願而未
知昕以爲計也惟爾三南士民自乃祖乃父
涵泳二百年文明之化忠信之美比屋可封
變亂之際常賴其力雖國家負爾士民爾士

火之中咨爾中外士民雖以予爲不君獨不
感列聖覆幬之遺澤乎卽予寡國雖不足恤
獨不念宗祏之珍祀八路之魚爛乎茲以一
紙怛惻敷諭多方其各諒予此心激昂忠義
奮勵股肱或召集義旅來赴行在或鳩聚糧
儲轉運軍前各隨事力之所及以盡分義之
當然言非騰口實出情惻故茲敎示想宜知
悉

宣諭三道士民

王世子若曰國運迍邅虜勢猖獗連陷大鎮猝

在明況予有此四失尨凶之至非不幸也亂
如此膲凶奴荐食五亢廟蒙塵慈聖茇舍無兵
可以戰守無食可以給支智者不能爲謀勇
者不能出力瞻四方而靡聘涉大水而無涯
言念時事維其棘矣雖然天地有至仁之德
未嘗絕物君臣有素定之義豈忍棄予入今予
將回心易圖舍舊從新召還諸道御史采悉罷
號牌焚其成籍凡前後坐號牌事自鸞誅徒配
者悉皆宥除以與斯民夏始雜新括良丁定
克軍役者仍存不攺各道籍軍成案不柱燒

之二也西鄙宿師屯鎭督納糧餉行齎而居
送頭會而箕歛民竆財盡內外繹騷雖事非
得已而民何堪命此予所以失民之三也至
號牌之法本欲補逃故之蔽除隣族之弊䂁
非所以病民也然猝舉一百年廢典強束許多
遊民忌於就緒未免無漸拊勒過嚴程督太
密人或言其不便予獨難於中輟積犯衆怒
誰諒本心儒生孜講實非剏始事倣舊典亦
乘時窘志雖存於勸課人反疑其苛刻此予
所以失民之四也書不云乎一人三失怨豈

亦將遷幸事至於此夏何言哉鳴乎播遷之
辱雖使百年一値猶爲大變予於四載之間
已再遭焉旻天仁覆夫豈酷予靜言思之莫
非自取蓋予當鼎革之會繼大亂之後不能
布德行惠大庇庶民失措非一二郞祚之始
有意民隱蠲除之令蓋屢屢布而奉行不稱實
惠未究嗷嗷塗炭者其不謂予囷民乎此予
昕以失民之一也逆節屢起大獄相仍元惡
渠魁固穴伏辜株連屢及豈無橫枉一夫含
冤足傷天和況不特一夫乎此予所以失民

足以制亂發政圖事動乘道理賦煩役重民
困兵疲甲子之變逆豎反噬廟貌顛倒神器
貼危潑息召亂咎實在予迺予不能懲創違
謬愼毖舉措德日益泯政日益污天災物怪
式月斯生衆謗羣讒靡昕不足將卒失機而
予不知隣敵伺釁而予不覺以致逆虜大擧
猝犯西陸龍灣雄鎭一朝陷敗武庫軍實盡
爲賊有凶燹內侵已過定州永突之勢莫可
遏制潑惟宗社大計無採廟堂君議玆奉廟
社慈殿及中宮八避江都倘賊勢漸過則予

切予不吝賞故茲敎示想宜知悉

諭中外大小臣僚耆老軍民閒良等

王若曰嗚乎治亂與衰有國之所必不免厥究

其所以致未嘗不由於一人之得失方其事

變之未作也恬嬉偷安敗度失德上怒下叛

惜不省念馴致禍敗啜泣無及徇覽前牒每

用傷惕不圖今日乃路斯徹予以凉德遭罹

否運宗國將覆不容坐視祗畏明命臨莅崇

高夙夜憂懼思所以保國安民顧予明不足

以燭理仁不足以澤物信不足以感人武不

鑑不遠在宋之世危急存亡此維其時乃今
日定第則旬服之卒屯據南漢三南之兵遮
絕漢江西北之軍議賊之後廢齊鋒淬刃相
機剿滅伹江都根本形勢孤危三軍暴露百
官倚壁糧餉方圓舟師未集沿江諸屯兵食
俱鈹西師新敗北軍未到而隨突之患政在
朝夕此乃忠臣烈士流涕讀詔血誠起義之
秋也咨爾藩鎮守宰大小士民咸奮舊忠義敵
王昕懍或催趲兵馬或督運糧餉同心同仇
以赴國難於于王事孔棘爾莫愛身須時有

出次江都都下士女顯仆道途萬品失序八
路震盪痛心覿貌罪實在予尚何言哉虜賊
自過安州以後屢次致書以要通好犬羊之
言雖不可信在我權宜應變以爲一時緩兵
之計則有不得已而虜心叵測至以拒絕天
朝爲辭此則君臣天地大義截然寧以國斃
不敢從也朝廷方遣晉昌君姜絪回答于虜
中此一款必當嚴辭拒之賊欲捨此一款仍
求和好則雖有下城之恥或紓目前之急第
無厭之欲無已之求一有不從其禍尤酷前

滅竭奴者也方今賊變猝發公儲罄竭國事之
艱危言之痛哭自　行朝特思權宜濟事之策
發遣管餉官爲募糧餉補軍需之擧爲今日任
司諸員合攴惕念施行

教書附

王若曰不弔昊天降禍于我國金虜小醜越兹
蠢動西土人士咸罹兵刃龍灣淩漢淸川三
城不能一朝守以至平壤潰黃州散封豕長
蛇之勢有不可過惟予否德延遭大艱不得
不踵太王之踰梁小避凶鋒兹奉廟社慈殿

義膽以遂敵愾之忱若其成敗利鈍非適道之
昕逆觀顧當盡吾義而已兵以義名義不以力
雖張空拳冒白刃寧有頓挫之慮況今豈效仗糧
餉已令措處兵進有可恃之勢正吾輩効力之
秋望諸君各須勉勵故茲知委

　　義所䅏諭

今此募糧之舉實軍國之急務自古軍餉餽而
能濟事者未之有也前無可仰之積後無可繼
之輸則雖有敢死之勇能戰之心而其如困餒
不振何此雎陽烈士之昕以城陷身死而竟不

退慮自抵於不忠之科哉惟我韶州卽古文獻之地平日家庭之所訓誨鄉黨之所勉飭不出乎忠孝則當 君父危急之秋可不激勵奮發恩所以捍衛之道乎逢螻蟻之微尚有君臣之分矧伊人矣苟不能見義思勇同聲効力而坐視鑾輿之播遷廟社之蒙塵但向草間求活則秉彝同得之天鄉曾素養之風顧安在哉適道之無似自知儒素之不能効武而上司之敦迫旣切弭中之忠憤自激義有所不敢辭者茲庸奮身爲斜旅苑長之計幸我同志諸君子各張

道號召使關者及管餉使文告內兵馬糧餉
愚董運指期勿滯各令盡忠於國家遭亂之日
而爲邱恩報毫之計伏惟閤下平日義理明白
才氣英卓不待國家之勤托而已有忠奮畫敵愾
之勇矣曷不犯冒於艱危之極思所以向前直
赴不避死生哉今此事勢萬分緊急此所以仰
陳情由極力同仇以保我　宗社幸甚

　　義所傳令
今見號召使關到辭意懇懇開諭明切有足以
感動人心激勵士氣其在奉行之道宙或逡巡

性則豈敢少忽於向上哉今又我國家不幸酷
被兵燹見此播遷之辱環東一域舉八魚淵之
中嗚乎國執之際此危險痛哭無地今以本道
號召使之差出已自　朝廷簡擇其賢良才俊
之人而各所義兵同料合勢一時向赴得遂其
忠君事上之願而平日素講義理只是　君父
一體忠愛二字而已今奈　朝廷和使之論乃
發於罔措之日而使彼犬羊蠢蟲悖之性敢肆逢蟲
蠹蛇蝎之毒忍忍迷意遂欲結和乎况今
綸屬下求望於本道多士者甚切至此昕以兩

好則共享太平見此文告讀之未半不覺血淚
祓而也夫我國之於　天朝不佃有服事之勤
而亦不敢有一日忘恩者昔在壬辰之始訌也
肆言假道通使我國我先朝　昭敬王斥絕其
使因員奏聞于天朝以為懲荆之舉遂致外國之
攔入陷我八路覆我三都而末乃夷先君二墓
執國　王二子見此罔測之變也　昭敬王因
乞師　天朝遂發十萬衆十萬斛以救我生靈
陷溺之命而保有我　宗社式至于今日休此
莫非　天朝之盛恩也顧惟蜂蟻之微亦有天

義勵之心奮發於今日思昕以北首爭死報國
而已豈敢少有退縮之心乎今方董率義旅指
期勇赴而兩道號召使來到關旨當依令擧行
各令知委後次次馳報辭溢情厥無任兢惶之
至

呈右道號召使鄭經世 文

謹呈爲仰陳痛迫事伏以適道不量駑劣糾率
義旅行至中道卽見營吏李廷馨突告內二月
初五日自江都宣傳官言內和使姜絪入去姜
弘立以爲若送重臣則和事可成又云兩國和

望於今日矣茲於左右號召使卽令糾衆董促
應募而屢屢　天書若是懇至凡爲臣子之分
孰敢不效死殫試於如此危難之日哉卯惟先
生平日以英邁之才德拔出羣僚爲一世之所
推服況今全道之擔任不輕所以有憂勤惕慮
之心而各邑義兵所前後閱旦申嚴催截使之
欣動感激於羣心向上之誠如適道者服龍蟄孚
家庭之傳聞見乎師門之訓雖粗知義理之有
君臣父子之分而素以學幾才劣固不足以臨
大事涉大策措國家於磐石之安厥尚有忠憤

亂凡百條束當十倍加意後乃可對陣以此

各令知委事

一上項諸件各爲條約後如或有不遵此令者

當依律馳報事

呈左道號召使 張顯光 文

謹呈爲仰告事先生道學之純一忠義之奮激

朝野之所顒望已久不幸庚寅播道境 大駕播

遷中外諸臣忸於豕突鄕曲民心忌於魚駭方

今國勢危髮廟筭失措 朝廷恃我本道者不

帝若手足之捍頭目子弟之衛父兄而所以爲

一措辦軍糧若未及期收捧則當有重罰宜寫
先官穀貸出事
一軍糧軍器弁爲輪運之時一郷人無論儒坐
閑丁公私奴幷有馬之人抄出載來事
一軍器措備萬分時怠如有錢財之人爲國傾
困捐金則當各別馳報轉聞優施褒奬之典
右人姓名詳細成冊知委事
一能射能砲者雖或得罪於郷中渠能回心向
義則亦容許應募事
一我國自經壬辰兵燹之後人心未定今且繼

率節節依此知委擧行事
一前銜閒良納粟店匠人及無論公私賤鄉吏
驛吏私砲手摠年少壯健者幷無遺領來事
一鄉儒生或老病殘弱而無年少子姪者當以
壯奴代行事
一軍器諸具率難辦備本邑官軍器當與相通
而若或搪塞則爲先啓聞次第急急馳報事
一軍糧調轉之節不可經乏當與校院任鄉所
及一鄉員相議辦出以爲輸送而如或老病
無奴之人不能領代願出軍糧者諒許事

計而至於糧餉一款猝難調劃若或賊勢熾張
軍兵久持則後用軍糧不可不預焉措置玆於
各面抄出募糧都監令飭軍務而又於鄉校書
院鄉所及大小人員許同議開諭隨願隨力各
出斗斛以備資用之萬一而各使盡誠則第當
隨其多寡轉聞處置并以此意者實施行事故
諭

後錄

一各面有司當商量抄定必以勇健有智謀者
其或有疾病難赴者則代以無故人差定領

之分固不可一日心安而神定則至如不俊之
屢屢告諭一出於忠憤義勵之心而不率斜義
之舉者寔可曰其罪容巳乎若此書申諭之後
惟我同志之人一豈岸視不應則先自馳赴不
避危難而後當啓聞以勘蔑分之罪更加十分
調畫以爲量窔處事之地幸甚

諭各面募粟有司文

右爲盡心舉行事今國家不幸西纓此劇臣
民之痛曷勝言哉斜義之舉迺臣分之不容巳
者爲先本縣各面擇定有司以爲倡人令董率之

之援𡙇與、用力於蓋君貴危難之際而尙有國難
之可圖哉茲於揮弟登壇之日已爲發通告諭
而頹與一鄉同志之士極力共濟以保我二百
年、宗社之責則安容爲憤勵倡導之不暇矣
豈敢有逡巡退縮之如是乎幸聖念君子夏曉
諭意以爲糾合同聲之應幸甚幸甚

三諭文

嗚乎三千之衆一心猶難故自古誓師之法或
一再而至於三至於誓師再三而不用命者則邦
有常刑況今國家宭憂 聖上蒙塵凡爲臣子

心退縮之地玆庸揮涕登壇以誓于眾惟我同
志之人各自奮勵期有實效幸甚

再諭文

嗚乎我今日國家之變凡有忠憤敵愾之心者
孰不欲奮身一死而況平日讀書之人講究義
理之學辦涉於死生之分弊屣捐軀徒有向上
之誠而已哉不俟素知此義乃欲效忠於國家
忠生之日以遂其萬一之忱而方今賊勢熾張
寡固不可以敵眾則雖若燎原之可撲而正恐
杯水之難救豈可以子臆特立絶無蚍蜉蟻子

相須之義則不得不諗諸後世於是乎書
上之五年辰良月下澣聞韶金岱鎭謹叙

誌略

余於丁卯之亂被旅愚兩爺所敦迫猥忝本縣
斜義之長軍未到而賊已退去矣及夫丙子再
亂思所以北首孚先而馳赴　行在則國家遼
下城矣與沙西諸公相對痛哭而歸每一念至
憂憤欲死玆庸掇拾前後大小文字爲一通曰
以當時日記及團結諸條附于其下俾後孫知
乃祖虛張義聲終始負國之罪如此云

丁丙倡義錄叙列當日文牒節目頗詳而卷
首小誌有無切員國等語盖公之素蘊異於
人矣而倡焉而委諸虛擲籲焉而歸於空言
此所以寓恨於遺錄而又足以釀東韓志士
之涕矣　今上丁卯因直指使採聞以道學
忠節遂　贈公天官右侍郎後孫等感戴
恩榮愍所以益闡潛光發巾行舊藏修繕文
集若干卷外別以丁丙錄為一冊將壽其傳
俾邨鎮為一言弁于錄竊惟公之為一世師
仰未必特籍丁丙之事而顧俎豆軍旅有時

衆西赴行到嶺底則國家已定和議矣衆請
罷還而公不聽馳抵廣陵復抗一疏直斥和
議與同志諸公相向痛哭而歸自是卽公遂
與世長辭而終于林野矣於乎公儒者也軍
旅之事非其所聞戰陳之勇非其所試而特
以明於君親之倫列於忠孝之節值國危急
直前不辭有若業之平日而需之當世者然
其義誠偉矣且其兩度義舉雖未能得當以
報而前後陳章有以贊國家經遠之謨揭天
下倫常之義其爲樹立爲如何哉公有手幕

有斯文之望丁卯金人入境而　大駕幸江
都公以一庠生爲召募使旅軒先生所議定
爲義兵將慨然起贗布韋而從金革之事裕
紳而爲介冑之服激厲同志紏合徒衆觀其
節制之密約束之嚴蓋將自當一隊以遂敵
懍之意而會有講和罷兵之命遂停其師上
陳一疏極論與衰撥亂之策於是　君上始
知公何狀矣及丙子虜人再擔南城受圍時
則公嘗經郵丞陵署而有朝衙矣卽奮袯首
義登壇誓言衆約束節制一如丁卯之爲因傾

主之事變則有殉國死長之節是以當君親
之難則發乎秉彝之衷奮乎義理之勇砥礪
以爲刃鞱蘊以爲甲手足爲之捍衛樽俎與
之折衝其濟則列於勳庸不濟亦有以扶樹
綱常是則軍旅之義己具於俎豆之中而戰
陳之勇宜其爲忠孝之事也以余觀之若故
贈吏議虎溪先生申公卽其人乎公幼而
性孝奉親以誠繞冠經龍蛇之亂人有勸業
弓馬者公不屑也從寒旅兩先生之門以私
淑退陶與弟晚悟懶齋二公博約征邁蔚然

虎溪先生遺集卷之三

倡義錄

序

俎豆之事則嘗聞之矣軍旅之事未之學也
此吾夫子訓也然則軍旅非儒者務也而又
有曰戰陳無勇非孝也何哉君子學以求道
昕程者詩書誦讀昕肄者禮樂和序至於操
弓鳴劍之技鋪陳設伍之法有昕不屑而不
暇也然而君子之昕謂道者本乎君臣父子
之倫盡夫孝悌忠信之行故常則有安親尊

凡溪先生遺集目錄

卷之四 倡義錄

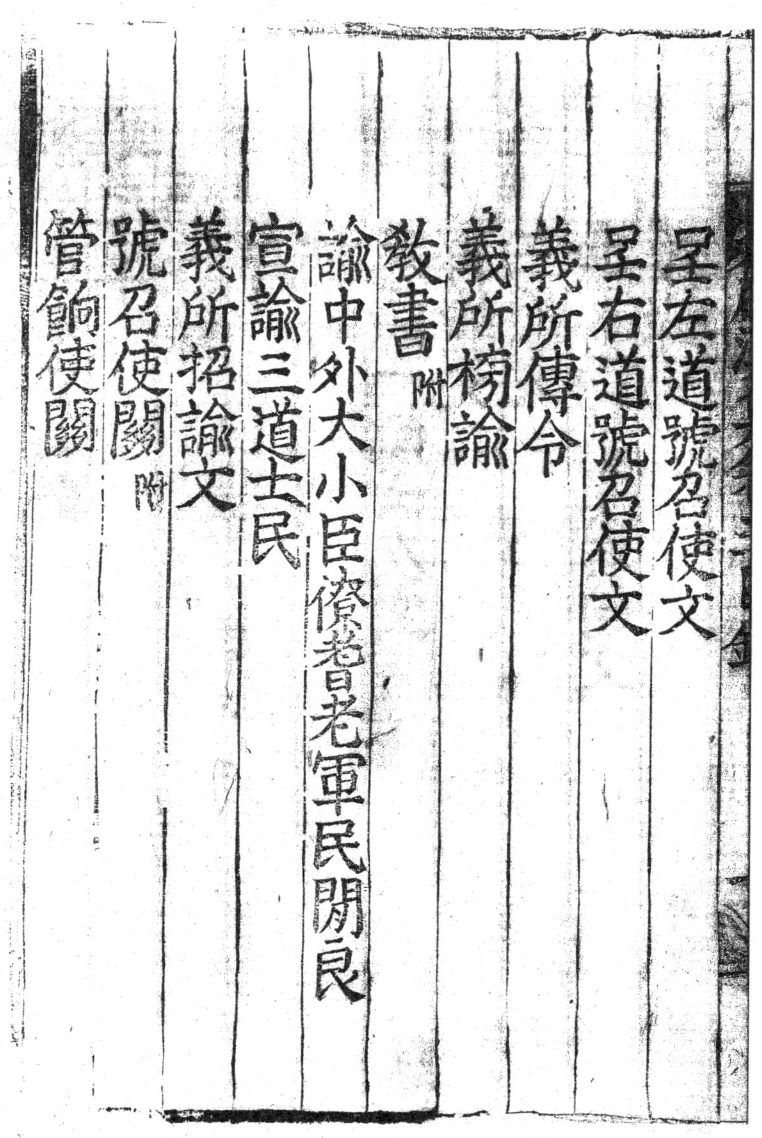

呈左道號召使文
呈右道號召使文
義所傳令
義所榜諭 附
教書 附
諭中外大小臣僚耆老軍民閒良
宣諭三道士民
義所招諭文
號召使關 附
管餉使關

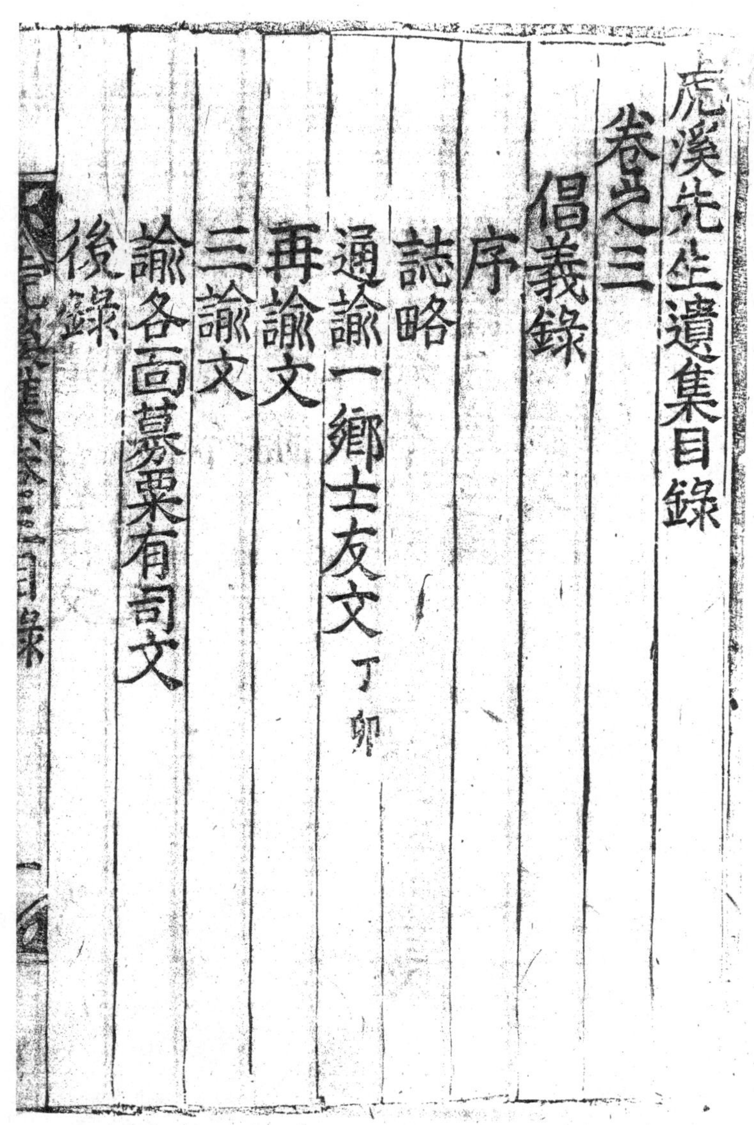

虎溪先生遺集目錄

卷之三

倡義錄

序

誌略

通諭一鄕士友文 丁卯

再諭文

三諭文

諭各面募粟有司文

後錄

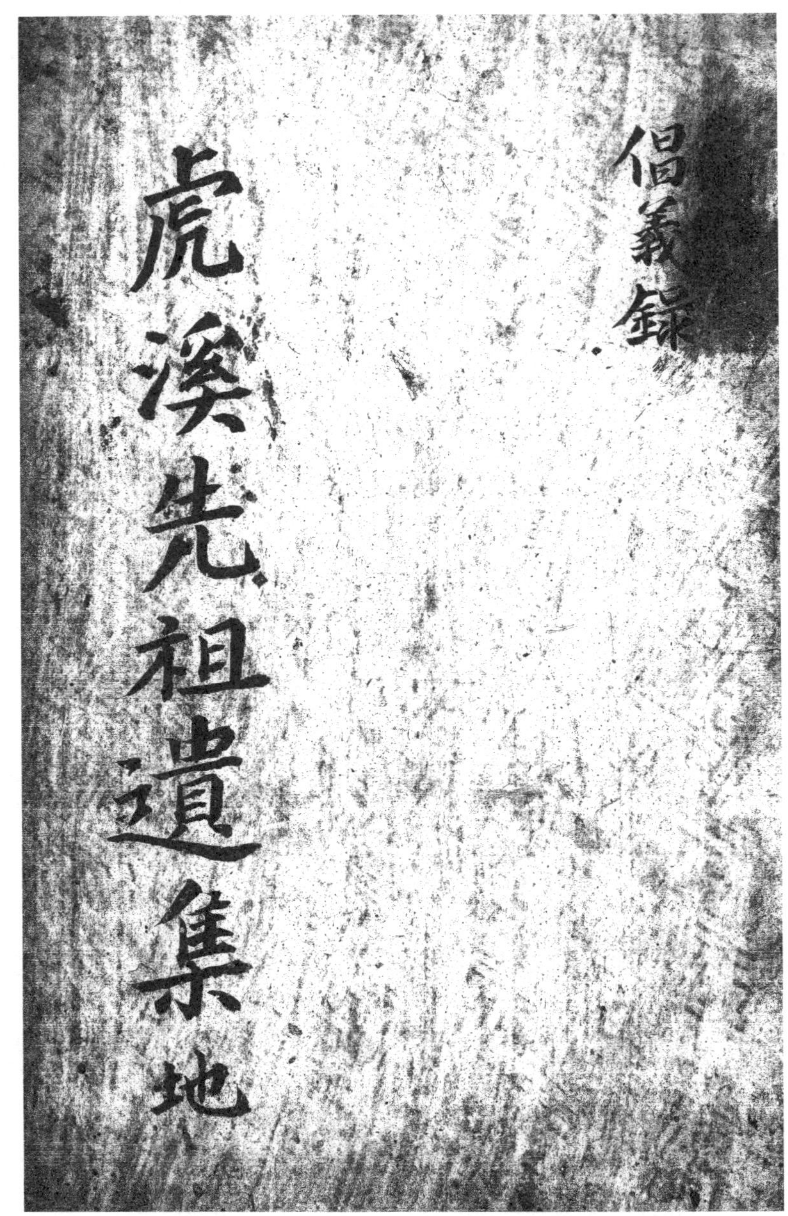

虎溪先祖遺集 地
倡義錄

倡義錄 影印

〈上方伯李完平(元翼)〉 癸卯(1603)

酒者, 伏承道內亂蹟撰進之命, 此實當時公議之攸係, 後日史筆之所據, 雖使能言者當之, 猶且不敢, 況孤陋蔑識如仡者? 邇來, 疾病侵尋, 精神耗憒, 尋常記聞, 尙未能之。如此撰錄, 何可容易承當耶? 盖據其耳目所及, 則前後錯漏, 憑他公私所錄, 則彼此矛盾, 恐不可以此遽成編帙。傳信於來後, 乃遂就當時從職事者, 以博其聞, 求當時掌文簿者, 以洽其見, 有聞輒錄, 有見必謄。還向一室, 反復參互, 則乙或是而甲反非, 彼有正而此可疑, 疑端不一取, 舍無據。故各項事件, 必求其彼此俱合, 前後一出然後, 乃敢取以爲信。若乍合而乍同者, 一皆置之, 此謏聞, 強記之斷案也。書成復毀, 至于再三, 猶不自是, 就正於博雅者, 遂遺之書, 人繕寫以呈。嗚呼! 自壬辰至戊戌, 凡七年之間, 事機之會, 本道爲最, 耳駭而目慘者, 奚啻百千? 吁不有今日之蒐採, 許多時事, 其將泯滅無傳, 疲精閱朔, 粗成一書。或因成敗之跡而微評之, 或隨策應之變而直書之, 勸懲之所係, 則雖閭巷美惡, 必記之, 事蹟之難泯, 則雖他道得失, 或附焉。美其得者, 非阿好也, 誚其失者, 非沽直也。稽之散逸之藁, 參以公共之論, 狂簡一筆, 不得不爾。去其浮辭, 而取其一得, 以補傳。疑之, 萬一惟閣下, 恕其僭而採之, 則幸甚。

이번에 임진란 중 겪은 도내의 사적을 지어 올리라는 명을 삼가 받들고자 하건대, 이것은 실로 당시의 공론과 관계된 것이요, 후일 역사 기록의 근거가 되는 것이라, 비록 글 잘하는 사람에게 맡겼어도 감히 감당하지 못할 것이거늘 저같이 고루하여 견문이 좁은 자야 말할 필요가 있겠습니까?

요즈음 질병이 찾아들어 정신이 쇠하고, 대수롭지 않은 것을 보고 듣는 것조차도 제대로 할 수가 없사옵니다. 이 같은데 찬록(撰錄)하는 것을 어찌 쉽게 받들어 시행하겠다고 하겠습니까?

대개 눈과 귀로 직접 보고 들은 것을 근거하면 앞뒤 사이에 잘못되거나 빠지게 될 것이고, 다른 공적이거나 사적인 기록물을 의지하면 그것들 사이에 모순이 있을 것이오니, 서둘러서 책을 엮는 것은 옳지 않은 것으로 사뢰옵니다. 후세에 분명한 기록을 전하고자 하신다면, 당시 직무에 종사한 자들을 찾아서 널리 들어야 하고, 당시에 문서와 장부를 관장한 자들을 찾아서 관련 서류를 세밀히 보아야 할 것이되, 새로 들은 것이 있으면 곧바로 기록해야 하고, 새로 본 것이 있으면 반드시 베껴야 합니다. 다시 한 방에 들어가서 거듭거듭 서로 비교하여 헤아려 살핀다면, 을(乙)이 간혹 옳고 갑(甲)이 되레 그르며, 저것이 바르고 이것이 의심스러울 수도 있으니, 의혹의 단서는 하나라도 취해서는 아니 되며 근거가 없는 것은 버려야 하옵니다.

그러므로 각 항목의 사건들은 반드시 공사(公私)의 기록이 모두 부합하고 전후가 한 곳에서 나온 듯 서로 합치된 연후에라야 감히 그것을 취하여 분명한 기록으로 삼았습니다. 만약 잠시 부합하고 잠시 같은 것도 하나같이 모두 수록하였는데, 이런 것들은 아주 작은 영예이지, 오래도록 기억하여 옳고 그름을 따져야 하는 것입니다. 책을 만들었다가 다시 뜯기가 두세 번에 이르렀을 때는 오히려 스스로 옳다 여기지 않고 학식이 넓고 행실이 바른 사람에게서 질정(質正)을 받아 마침내 빠진 것을 보태고 채워 책을 만들고는, 사람을 시켜 정서토록 하여 바치옵니다.

오호라! 임진년(1592)부터 무술년(1598)까지 7년간 겪었던 참상은 본도(本道)가 최고로 심하였으니 귀가 놀라고 눈에 참혹한 것이 어찌 백 가지 천 가지 뿐이었겠습니까? 오늘날 수집한 것이 있지 않다면 당시에 겪었던 수많은 사건들이 장차 민멸되어 전하지 않을 것인바, 한 달이 가깝도록 정력

을 쏟아서 거칠게나마 한 권의 책을 만들었습니다. 간혹 성공하거나 실패
한 사적 때문에 은미하게 평가하고, 간혹 책명(策命)에 따라 변화가 있더라
도 사실 그대로 기록했으니, 권선징악에 관계된 것이면 비록 우리 고장의
미추(美醜)가 드러날지라도 반드시 기록했고, 사적이 잊기 어려운 것이면
다른 도(道)와 이해관계가 생길지라도 더러 붙였사옵니다. 사적을 아름답게
여겨 올린 경우는 좋아하여서 아첨한 것이 아니요, 사적이 말썽스러워 올
리지 않은 경우는 곧다는 소리를 듣고자 곧음을 빙자한 것이 아니옵니다.

　흩어져 있는 글들을 상고하고 똑같은 공론들을 참고하였지만, 뜻만 컸
지 제대로 되지 않은 간단한 책자가 되지 않을 수 없었습니다. 허식으로
칭찬하는 부질없는 글은 없애고, 못난 저의 한 가지쯤 쓸 만한 생각을 취
하여 글을 다듬고 정리하였습니다. 의심스럽더라도 만일 오직 합하(閤下)께
서 외람되이 채록한 것을 헤아려주신다면 매우 다행이겠습니다.

≪城隱先祖逸稿≫

　성은공(城隱公) 신흘(申仡)이 당시 방백(方伯)이자 완평부원군(完平府院君)이었던
이원익(李元翼)의 명〔'朝命'이라고도 함.〕을 받들어 ≪난중사적(亂中事蹟; '龍蛇事蹟'이
라 부르기도 함.)≫을 찬진하여 올렸음을 알려주는 편지인데, 병환 중이면서도 얼마
나 사려 깊고 치밀하게 또 객관적으로 일을 처리하였는지 알 수 있는 편지이다. 아쉽
게도 이렇게 공들여 찬진한 서적의 실상을 알 수가 없는데, 임진란 때의 경상도 사정
을 알려주는 매우 중요한 책이었을 것으로 짐작된다. 계묘년(1603)에 "조정의 명으로
'용사사적'을 지어서 편수청(編修廳)에 올리니, 완평부원군 이원익 상공이 보고서 탄
식하기를, '근거가 넓으면서 정밀하고, 글의 이치도 전아하며, 깊이 체득할 만한 기
사로 갖추어졌으니, 진실로 좋은 사관의 자질이로다.' 하였다."(〈城隱公事實〉, ≪鵝洲
申氏世譜≫. "朝令, 撰輯龍蛇事蹟, 上編修廳, 完平李相公見而歎曰: '考據精博, 辭理典雅,
深得記事之體, 眞良史才也.'")는 기록과, 성은공의 이종동생인 인재(訒齋) 최현(崔晛)
의 연보(年譜) 가운데 1603년 4월 "以朝命撰輯亂中雜錄, 時完平李公以亂後事蹟撰
輯事, 陳于榻前, 道伯因朝令差出左右道都廳及列邑有司, 先生爲右道都廳, 宋進士遠

器爲左道都廳."이라는 아주 구체적인 기록이 있다. 그럼에도 문적(文籍)의 실체는 도저히 확인할 수가 없으나, 성은공의 엄정한 숨결은 조선왕조실록에 반영되어 지금도 살아 숨쉬고 있을 것이다.

※ 최종 교정이 끝나고 인쇄에 막 들어가려는 찰라 위의 편지글을 정독하고는 그것이 지니는 심중한 의의를 생각하니 이 책에 덧붙이는 것이 좋을 것 같아 의례(義例)에 어긋나지만 이렇게 보유(補遺) 형식으로 수록했다. 성은공과 제현들께 송구함을 표하고, 양해를 바라는 바이다.